Julia Niewöhner

Sehnsucht nach Sodbrennen

AF206028

Über die Autorin

Julia Niewöhner war als Diplom-Pädagogin
und Heilpraktikerin für Psychotherapie tätig, bis sie ihr
erstes Kind bekam. Während ihr Sohn in seinen ersten neun
Lebensmonaten ausschließlich mit Körperkontakt
und vorzugsweise auf ihrem Arm schlief,
schrieb sie diesen Roman einhändig auf ihrem Handy.
Sie lebt mit ihrer kleinen Familie in der Nähe von Bielefeld.
Besuchen Sie die Autorin
unter www.julianiewoehner.de im Internet.

Julia Niewöhner

Sehnsucht nach Sodbrennen

Roman

BoD - Books on Demand

Bibliografische Information der Deutschen Nationalbibliothek:
Die Deutsche Nationalbibliothek verzeichnet diese Publikation
in der Deutschen Nationalbibliografie; detaillierte bibliografische
Daten sind im Internet über http://dnb.dnb.de abrufbar.

Herstellung und Verlag:
BoD - Books on Demand, Norderstedt

ISBN: 9783744887816

Für Tobi und Titus.
Durch euch bin ich ganz.

Prolog

Klara schaute mit gemischten Gefühlen an sich hinab. Da sie seit zwei Monaten ihre Füße nicht mehr sehen konnte, blieb ihr Blick an ihrer runden Babykugel hängen, die sie in ein schwarzes Kleid mit Stretcheinsatz in der Körpermitte gehüllt hatte. Das kleine Schwarze mit den dunklen Ballerinas und der glänzenden Clutch aus ebenfalls schwarzem Lack hätte auch ein sehr schickes Bürooutfit sein können. Oder ein cooler After-Work-Party-Look, der sich mit einem angesagten, aber alkoholfreien Cocktail in der Hand gut gemacht hätte. War es aber nicht. Klara war auf einer Beerdigung. Und zwar nicht auf einer, zu deren Erscheinen man sich verpflichtet fühlt, weil man irgendwie um ein paar Ecken mit den Angehörigen zu tun hat. Hier war sie selbst die Angehörige. Die vom Weinen geröteten Gesichter um sie herum gehörten zu ihrer Familie. Die Fassungslosigkeit über die jüngsten Ereignisse und das plötzliche Bewusstsein über die Endgültigkeit hatten sich in ihre versteinerten Mienen gegraben und hingen wie dichter Nebel über ihren Köpfen in der kleinen Kapelle. Der Pfarrer sprach mit einfühlsamer Stimme über diesen Menschen, der ihr so vertraut ist - oder war - und gleichzeitig klangen seine Worte, als meinte er jemand anderes.

Es ist so unwirklich, dachte Klara immer wieder. Das kann einfach nicht sein. Wie die meisten Menschen ging sie nicht gerne auf Beerdigungen. Ihr kamen immer schon die Tränen, so bald sie die tragende Musik hörte, sogar, wenn sie den verstorbenen Menschen kaum kannte. Hatte die Familie dann noch ein Foto desjenigen neben dem Sarg aufgestellt, brachen bei Klara alle Dämme. Und jetzt, hochschwanger und so nah dran zu sein, überstieg ihre emotionalen Kräfte bei Weitem.

Am Ende der Trauerfeier waberte die Menschenmenge wie Honig aus einem umgefallenen Glas langsam aus der Kapelle hinaus auf den ruhigen, von hohen Bäumen beschatteten Friedhof. Der Sommer zeigte sich frecherweise von seiner schönsten Seite, dabei hätten Nieselregen und ein grauer Himmel so viel besser zu diesem düsteren Tag gepasst. Nach der nicht enden wollenden Kondolenzschlange wollte Klara nichts lieber, als einen Moment für sich zu sein. Bloß weg von Sprüchen à la 'Die Zeit heilt alle Wunden', weg von fremden Armen, die Trost spenden wollten, weg von unsensiblen Menschen, die mit Blick auf ihren Bauch allen Ernstes sagten: 'Ein Mensch geht, ein neuer kommt.' Als trüge sie mit ihrer Schwangerschaft die Verantwortung für diesen Anlass.

»Klara, meine Liebe!« Onkel Alfred, familienintern auch Ekel Alfred genannt, nicht grundlos übrigens, fing sie auf dem Weg zur Toilette ab und redete munter drauflos, als befänden sie sich auf einer stinknormalen Familienfeier. »Was für eine stilvolle Predigt!« Er musterte sie unverhohlen. »Du hast dich ja ganz schön verändert, seitdem wir uns das letzte Mal gesehen haben. Wann war das nochmal? Weihnachten?«

»Ja, schon möglich…« Ich ertrage jetzt keinen Smalltalk, dachte sie gereizt. Vor allem nicht mit dir.

»Und in welchem Monat bist du jetzt? Die Schwangerschaft steht dir super!« Sein Blick huschte über ihr ausgefülltes Dekolleté und er lächelte anzüglich. Sollte er ihr über den

Bauch streicheln wollen, würde sie ihn zurechtweisen, nahm sich Klara fest vor, obwohl sie keine Ahnung hatte, woher sie dazu die Energie nehmen sollte.

»Ähm, im achten Monat...und danke... ich würde jetzt gerne...«

»Ach, dann hat es wohl an Silvester bei euch ordentlich geknallt, was?« Wieder dieser zweideutige Unterton. Einen lüsternen Onkel fand sie schlimmer als zehn lästernde Tanten.

»E - Onkel Alfred, ich möchte jetzt wirklich gerne...« Warum lasse ich ihn nicht einfach stehen, schimpfte sie sich innerlich wegen ihrer unangemessenen Höflichkeit aus.

»Und weißt du schon, was es wird?«

»Ja. Es wird ein...« Klara stockte. Sie hatte Lorenz entdeckt, wie er abseits der Menge mit dem Handy am Ohr lässig über eine Grünfläche schlenderte. Einfach nur von ihm gehalten zu werden wäre jetzt genau das Richtige, ging ihr durch den Kopf. »Bitte entschuldige, Onkel Alfred, aber wir sehen uns ja gleich noch bei Kaffee und Kuchen.«

Klara näherte sich Lorenz' Rückseite und bekam mit, dass er mit seinem Vater telefonierte, den sie ähnlich unausstehlich fand wie Ekel Alfred. Sie wollte sich gerade bemerkbar machen, als Lorenz etwas sagte, das wohl nicht für ihre Ohren bestimmt gewesen war.

Mein liebes ungeborenes Kind,

meine Güte, klingt das steif! Bis zum nächsten Brief überlege ich mir einen Projektnamen oder Arbeitstitel für dich – so, wie es diese Schwangerschafts-App empfohlen hat.

Seit ein paar Stunden weiß ich, dass du es dir in meinem Bauch gemütlich gemacht hast. Jedenfalls sagen das der positive Test und meine nicht nur unzuverlässige, sondern gänzlich streikende Periode. Meine spannenden Brüste und die ständige Müdigkeit - auch jetzt gerade gähne ich herzhaft vor mich hin - stimmen in diesen Chor mit ein. Wir zwei werden also ziemlich sicher die nächsten Monate - genau genommen werden es einige Jahre - ganz eng miteinander verbringen. Ich frage mich allerdings, ob du dir das gut überlegt hast. Falls du dir nämlich eine hippe Mama gewünscht hast, wirst du vermutlich enttäuscht sein. Ich bin leider gar nicht Bleistiftrock, Mandelmus und In-Kneipe, sondern viel mehr Jogginghose, Nutella und Grey's Anatomy. Statt in meinem Leben straight einem Plan zu folgen, passiert alles einfach so. Ich bin zum Beispiel Sozialpädagogin geworden, weil Pädagogik mein bestes Abifach war. Eine bestimmte Vision hatte ich damit aber nicht. Und auch du bist entstanden, weil ich mit der Pille zu ungenau war. Dein Papa und ich haben uns also nicht beim ersten verhütungslosen Sex vielsagend in die Augen geguckt, sondern wussten schlichtweg nichts von dessen Unsicherheit. Bisher weiß er noch nichts von seiner bevorstehenden Vaterschaft und ich kann es kaum erwarten, ihn einzuweihen.

Wenn ich richtig gerechnet habe - mit einem Mathelehrer als Vater gehe ich mal davon aus - bin ich jetzt in der sechsten Schwangerschaftswoche. Dein winziges Herzchen müsste also schon schlagen. Das finde ich unglaublich, weil du angeblich erst vier Millimeter groß sein sollst.

Für die kommenden Wochen und Monate habe ich mir vorgenommen, dir mehr von solchen Briefen wie diesem hier zu schreiben. Vielleicht freust du dich ja irgendwann einmal darüber, sie zu lesen. Im Gegenzug wird es kein peinliches Video deiner Geburt geben, das ich an deinem dreizehnten Geburtstag vor all deinen Freunden abspiele - versprochen.

Auch wenn du ungeplant in mein Leben gepurzelt bist, freue ich mich sehr darauf, dich kennenzulernen - nach deiner Geburt und schon bald beim ersten Ultraschall.

Alles Gute bis dahin, deine Mama

PS: Purzelchen? Bauchzwerg? Mini-me? Ach ja, kreativ bin ich übrigens nicht.

Lorenz kam wie immer gegen 18 Uhr aus dem Büro und hängte seine dunkle Winterjacke an die Garderobe im Flur. Ihre Wohnung befand sich im Westen von Bielefeld - dem Szeneviertel der Stadt, die es angeblich nicht gab. Von dort aus waren sie schnell in der Innenstadt und erreichten auch die umliegenden Orte von Ostwestfalen-Lippe zügig, was ihnen neben den großen, hellen Räumen mit den hohen Altbaudecken von Anfang an gut gefallen hatte. Der Duft von frisch gebackenem Kuchen, den die Bäckerei im Erdgeschoss im gesamten Gebäude verströmte, verlieh ihrem Nest außerdem die nötige Gemütlichkeit, um sich geborgen zu fühlen und gerne nach Hause zu kommen.

Lorenz' kastanienbraune Haare waren vom frischen Schneefall etwas feucht geworden und kräuselten sich zu seinem Ärger. Deshalb besuchte er regelmäßig seinen Stammfriseur, um seine Haarpracht im Zaum zu halten. Der Winter war immer noch nasskalt und zog einem durch Mark und Bein. Klara empfing ihn in eine Sofadecke gehüllt im Wohnzimmer und sah wie so oft in den letzten Wochen ziemlich blass um die Nase aus.

»Geht's dir nicht gut?« Lorenz bemühte sich um Mitgefühl, hatte aber eigentlich keine Lust auf ihre Erzählungen. Vor allem für Frauenleiden hatte er jetzt kein Ohr, falls sie deshalb so käsig wirkte. Sein Tag war lang und ätzend gewesen und alles, was er jetzt brauchte, war seine Ruhe.

In Klaras Kopf stimmte die Herzblatt-Melodie an. Seitdem sie mit Anfang zwanzig als Kandidatin an der Show teilgenommen hatte - was machte man als klamme Studentin nicht alles für ein kleines Taschengeld? -, wurde sie von deren Konzept regelrecht verfolgt.

♥ »Ich komme nach einem anstrengenden Tag im Büro nach Hause. Kandidatin 1, was tust du, damit ich mich entspannen kann?« ♥

Klara atmete tief durch und stellte sich ein Pflaster vor. Einfach abreißen. Kurz und...

»Ich bin schwanger.« In ihrer Fantasie würde er ihr gleich

um den Hals fallen, ihr tief in die Augen schauen und liebevoll ihren natürlich noch superflachen Bauch küssen. Sie hatte wie jede gebärfähige Frau mit Kinderwunsch eine verträumte Vorstellung davon, wie ihr Partner auf eine Schwangerschaft optimalerweise reagieren sollte.

»Du bist - was?!« Lorenz guckte entsetzt. Er kannte ihr Drehbuch offensichtlich nicht.

»Ich bin...«, setzte sie an.

»Ich habe gehört, was du gesagt hast. Schwanger? Echt jetzt?«

Was war daran so schwer zu verstehen?

»Sieht so aus, ja.« Tief durchatmen, ermahnte sie sich stumm. Männer haben doch immer Probleme damit, ihre Gefühle zu zeigen und Lorenz' Freude tarnt sich eben als Überraschung, versuchte sie sich innerlich zu besänftigen. Oder als Schock.

»Aber du nimmst doch die Pille!« Er war auf hundertachtzig, tigerte aufgeregt vor dem Sofa auf und ab und bekam einen roten Kopf.

»Ja, aber auch die Pille schützt nicht zu einhundert Prozent...« Klara musste ihm ja nicht direkt auf die Nase binden, dass sie sie vielleicht zwei oder drei Mal vergessen hatte.

»Und wann soll das passiert sein? In den letzten Wochen waren wir ja nicht gerade oft in der Stimmung und...warst du schon bei deiner Ärztin?«

»Also, an Silvester waren wir zum Beispiel in der Stimmung, wie du es so schön nennst.« So langsam spürte sie Ärger in sich hochsteigen. Freute er sich denn wirklich nicht? »Und bei meiner Ärztin habe ich heute angerufen. Die ist seit meiner letzten Routineuntersuchung weggezogen, aber wir können morgen früh um acht Uhr zu Dr. Dubois kommen, der ihre Praxis übernommen hat.«

»Jetzt sprichst du schon von 'wir'? Der…«, er suchte nach dem passenden Begriff, »…Zellhaufen ist noch mikroskopisch klein und du tust so, als ob ihr zwei morgen einen Arzttermin hättet?« Lorenz lächelte sie spöttisch an. Ihm war deutlich anzusehen, dass er sie absichtlich falsch verstehen wollte und im Augenblick kein Interesse an ihrem Gefühlsleben hatte.

Klara schossen die Tränen in die Augen. »Mit 'wir' meinte ich dich und mich. Aber anscheinend kommt es dir gar nicht in den Sinn, mit zum Arzt zu kommen.«

»Ach Klara, zum einen bin ich ein Mann und habe doch bei einem Frauenarzt nichts verloren. Und zum anderen ist doch in den ersten zwölf Wochen das Risiko wahnsinnig hoch, dass…naja…wir sollten die Sache nicht überromantisieren, okay?« Er atmete tief durch. »Ich brauche jetzt erstmal Luft und gehe eine Runde Laufen.«

Klara starrte ihm hinterher und hoffte, dass das Kind mehr von ihren Genen erbte. Diese Situation hatte sie sich bisher ganz anders vorgestellt. Vielleicht hätte sie sich etwas Romantischeres einfallen lassen sollen, wie zum Beispiel, den positiven Test hübsch eingepackt auf einem Teller mit Teelichtern zu servieren oder einen kleinen Body mit der Aufschrift »Mein Vater ist mein Held« zu kaufen oder…vielleicht hätte er dann liebevoller reagiert, zweifelte sie wieder einmal an sich selbst.

»Listen Sie gedanklich auf, welche positiven Aspekte Sie

aus unerfreulichen Situationen trotz allem schöpfen können«, erinnerte sie sich an einen küchenpsychologischen Text aus einer Frauenzeitschrift.

Immerhin weiß ich, dass ich schwanger werden kann, ging ihr durch den Kopf. Bei ihrer Schludrigkeit in Sachen Verhütung hatte sie schon mehrfach an ihrer Fruchtbarkeit gezweifelt. Immerhin habe ich einen Partner, auch wenn er nicht so reagiert hat, wie ich es mir gewünscht habe. Auch wenn mich seine Reaktion verletzt hat - immerhin kann ich meine Gefühle wahrnehmen. Immerhin hat er mir keinen Schwangerschaftsabbruch vorgeschlagen - denn solche Männer gibt es doch bestimmt auch und somit kann ich mich mit Lorenz sogar glücklich schätzen, reimte sie sich weiter zusammen, auch wenn es nur kurzfristig half.

Von Müdigkeit und Enttäuschung überwältigt fielen ihr am frühen Abend die Augen zu. Als Lorenz von seiner ausgedehnten Joggingrunde nach Hause und ins Bett gekrabbelt kam, tat sie so, als würde sie schlafen. Sie fühlte sich noch zu verletzt für ein normales Gespräch mit ihm. Auch am nächsten Morgen schlichen sie umeinander herum und sagten nur das Nötigste, als ob jeder von ihnen kindergartenmäßig auf eine Entschuldigung des anderen wartete. Immerhin schickte er ihr eine SMS: »Sorry wegen gestern Abend. Du hast mich überrumpelt und ich war ein Idiot. Viel Spaß bei deiner Ärztin! Kuss, Lorenz«

Anscheinend hatte er ihr im Eifer des Gefechts nicht richtig zugehört, trotzdem freute sie sich über seinen Annäherungsversuch. Schon etwas beschwingter machte sie sich auf den

Weg zur Arztpraxis.

Lorenz und Klara hatten sich vor vier Jahren auf der Geburtstagsparty einer Studienkollegin kennengelernt. Sie standen zeitgleich vor den Käsepieksern, erzählten sich gegenseitig, woher sie die Gastgeberin kannten und vertieften ihr Gespräch im Laufe des Abends. Lorenz war zwar nicht völlig begeistert von Klara, aber er brauchte ein bisschen Balsam für sein angekratztes Ego, weil er gerade erst von seiner Saskia verlassen wurde. Klara war ebenfalls nicht hin und weg von Lorenz, allerdings war sie froh, nicht mehr alleine auf dieser Feier herumzustehen. Allein zu sein fiel ihr sehr schwer. So schwer, dass sie niemals einen einzelnen Dominostein in der Packung zurücklassen oder Sockenpaare getrennt voneinander zum Trocknen aufhängen könnte. Ihre Mutter, pensionierte Psychotherapeutin, sah darin den Beweis, dass Klara ursprünglich ein Zwillingskind war. Klara hingegen dachte während ihrer Beziehungskrisen, dass ihre Allergie gegen das Alleinsein der Grund war, weshalb sie immer noch mit Lorenz zusammen war. Krisen hatten sie in diesen vier Jahren bereits einige bewältigt. Manchmal ging es um Lappalien wie Urlaubsziele oder den Wocheneinkauf, aber viel zu oft stritten sie um Eingemachtes. Wie viele Grundsatzdiskussionen sie schon über eine mögliche Ehe, Kinder, einen Hauskauf, über seine Familie, ihre Familie und vieles mehr geführt hatten, konnte sie kaum noch zählen. Vor zwei Jahren hätten sie sich beinahe getrennt, nachdem Lorenz peinlicherweise damit gedroht hatte, seinen sexuellen Trieb bei seiner Ex-Freundin auszuleben, wenn Klara während ihrer Periode keine Lust auf ihn hätte. Peinlich deshalb, weil Klara dank Facebook wusste, dass Saskia gerade ultra-romantisch auf Mauritius geheiratet hatte und dabei wahnsinnig glücklich aussah. Wie Lorenz sie nach dieser Schote dazu gebracht hatte, sich wieder zu versöhnen, war ihr bis heute ein Rätsel. Der Dominosteineffekt war vermutlich Schuld.

»Frau Neumann!«, rief die Ruppige der beiden Arzthelferinnen Klara auf. »Behandlungsraum drei.«

Klara legte die abgegriffene Zeitschrift zur Seite, begab sich in den ihr zugewiesenen Raum und setzte sich an den kleinen Besprechungstisch. Der neue Arzt hatte das schlichte, aber freundlich wirkende Mobiliar anscheinend eins zu eins übernommen.

»Bonjour Madame!«, begrüßte Dr. Dubois sie nach ein paar Minuten Wartezeit. »Darf isch misch vorstellen? Pierre Dubois, Ihr neuer Gynäkologe. Sehr erfreut!«

Klara verschlug es kurz die Sprache. Das sollte ihr neuer Frauenarzt sein? Durfte ein Gynäkologe so dermaßen attraktiv aussehen? Eine männlich-herbe Duftwolke aus Desinfektionsmittel, Hugo Boss und frischem Kaffee umgab ihn und ließ Klara das Wasser im Mund und auch überall sonst zusammen laufen. Die kurzen Ärmel seines weißen Poloshirts umspannten seinen definierten Bizeps und gaben den Blick auf seine braungebrannten Unterarme frei. Mit seinen blauen Augen schaute er sie genauso aufgeschlossen wie warmherzig an.

»Ähm, hallo! Ja, ich bin auch sehr erfreut. Herzlich willkommen in Deutschland!« Was faselte sie denn da?

Dr. Dubois lachte laut auf und wirkte dadurch noch heißer. »Isch lebe schon seit fünf Jahren in Deutschland, aber trotzdem vielen Dank! Meinen Akzent werde isch einfach nischt los. Was führt Sie denn nun 'eute zu mir?«

»Ich hatte gestern einen positiven Schwangerschaftstest.« Sie spürte das Blut, wie es durch ihre Ohren rauschte und diese zum Glühen brachte. Unauffällig zog sie ihre hellblonde Mähne darüber.

»Oh, formidable! Ürin und Blut wurden von meinen Assistentinnen schon entgegengenommen?«

»Ja.« Zum Glück von der Zärtlichen. Klara hätte nicht gedacht, dass sie sich mal mit solch einem Traummann über ihre Körperflüssigkeiten unterhalten würde und wurde sich schlagartig dessen bewusst, dass er gleich noch viel mehr von ihr kennenlernen würde.

»Bien. 'Andelt es sisch um eine geplante Schwangerschaft?«

»Ähm, nee, nicht so richtig.« In ihren immer noch knallheißen Ohren klang das nach naivem Teenager oder unstetem Flittchen, weshalb sie schnell hinzufügte: »Aber ich befinde mich in einer festen Partnerschaft.« Auch wenn sich dieser Partner manchmal unmöglich benimmt und rein optisch gegen Sie den Kürzeren zieht, setzte sie gedanklich hinzu.

»Trés bien. Dann machen wir mal einen Ültraschall und besprechen danach alles Weitere.«

Das Herzchen schlug tatsächlich. Wild und gleichmäßig. Sie konnte es sehen und hören und hatte darüber ein paar Tränen der Rührung verdrückt. Dr. Dubois hatte ihr mitfühlend das Knie getätschelt, ihr strahlend gratuliert und den voraussichtlichen Entbindungstermin festgelegt: 22.9. Mit den Worten »Bis in vier Wochen, Chérie!« hatte er Klara in ihren Arbeitstag verabschiedet und beglückte nun vermutlich die nächste Patientin mit seiner hinreißenden Art. Vielleicht war Lorenz' Frauenarztphobie gar nicht so sehr von Nachteil, wie sie gedacht hatte. Und dass er immer noch von einer Ärztin ausging, auch nicht.

Der Geruch von gekochten Eiern ließ sie schneller würgen, als dass sie es noch zur Toilette geschafft hätte. Klara übergab sich direkt in den Mülleimer ihrer Kollegin und besten Freundin Romy, die ihr angewidert ein Tuch reichte, womit sie sich den Mund abwischen konnte.

»Ich mache seit heute die Hollywood-Diät. Neben gekochtem Schinken und Ananas gibt es innerhalb einer Woche vierundzwanzig Eier. Du solltest dich also besser an den Geruch gewöhnen. Seit wann kannst du die eigentlich nicht mehr riechen?«, bohrte Romy neugierig nach.

Klara ließ sich auf ihren Drehstuhl plumpsen, schaute sich vorsichtig um und raunte zurück: »Seitdem ich schwanger bin.«

»Was?! Das ist ja mal eine Neuigkeit!«, quiekte Romy entzückt. »Ich wusste ja gar nicht, dass du und Lorenz…«

»Pssssst! Es ist noch viel zu früh, um es laut rauszuposaunen!«, zischte Klara nervös.

»Ich bin sicher, dass der Gummibaum und die Kaffeemaschine dicht halten werden. Keine Sorge, wir sind alleine. Ich will Einzelheiten wissen!«

»Ich bin in der achten Schwangerschaftswoche, der errechnete Entbindungstermin ist der 22.9. und das Herzchen schlägt.« Die Berechnung der korrekten Woche war anscheinend doch komplizierter, als Klara vermutet hatte. Sie spürte wieder aufkommende Freudentränen. »Ich bin so aufgeregt!«

»Oh, wie schön!« Romy fiel ihrer Freundin um den Hals.

»Und nochwas: mein neuer Frauenarzt ist heiß.« Klaras Wangen brannten wie Feuer. »Darf ich meinen Frauenarzt heiß finden?«

Romy horchte interessiert auf. »Erstens: Du klingst wie eine meiner Kundinnen. Zweitens: Definiere heiß. Lohnt es sich, zu ihm zu wechseln? Meiner hat nämlich eher ein Radiogesicht, wenn du verstehst, was ich meine.«

»Heiß wie Brad Pitt vor zwanzig Jahren. Heiß wie McDreamy und McSexy zusammen. Heiß wie... ich hatte das Gefühl, als bräuchte er gar kein Ultraschallgerät, weil ich ihm auch so mein Innerstes gezeigt hätte.«

Romy quietschte erneut. Klara kam sich zwar vor, wie ein klischeehaftes, verknalltes Schulmädchen, aber gleichzeitig tat es mal wieder so gut, sich zu einem Mann derart hingezogen zu fühlen. Dieses aufgeregte Kribbeln, das sie in der Vergangenheit beim Flirten oder vor den ersten Küssen mit einem neuen Freund empfunden hatte, das sie nächtelang wie ein Adrenalinrausch wach hielt und ihr Herz laut und wild klopfen ließ, hatte sie in den letzten Jahren an Lorenz' Seite scheinbar mehr vermisst, als sie gedacht hatte.

»Und wie hast du dich bei der Untersuchung gefühlt? War es dir unangenehm?«

»Am Anfang war ich kurz gehemmt, allerdings geht mir

das immer so, wenn ich auf den Stuhl klettere. Tiefenentspannt bin ich dabei sowieso nie. Und dann habe ich mir gedacht, dass ich zum einen schon mit wesentlich unattraktiveren Typen im Bett und zum anderen oft wesentlich schlechter darauf vorbereitet war.«

Klara und Romy kicherten noch eine Weile und malten sich Klaras nächsten Arztbesuch aus, als ihre Chefin zur Arbeit kam.

»Ich nehme fröhliche Schwingungen und Herzlichkeit wahr, meine Lieben! So gefällt mir der Start in den Tag. Was habe ich verpasst?« Waltraud Hempel, die Leiterin der Sexualberatungsstelle »Höhepunkt«, hatte ein Faible für Esoterik und ein Herz aus Gold.

»Ach, eigentlich nichts…«, log Klara.

»Ihr wisst ja, dass ich auf der energetischen Ebene viel mehr erfahre, als ihr denkt. Ich komme schon noch dahinter.« Schmunzelnd zwinkerte Waltraud ihren beiden Mitarbeiterinnen zu. »Was sagen denn die Karten für heute?« Waltraud hatte es zum festen Ritual gemacht, jeden Morgen eine Tarotkarte zu ziehen. So sei man auf die Chancen des Tages besser vorbereitet, meinte sie.

»Damit haben wir extra auf dich gewartet«, flunkerte diesmal Romy.

»Na, dann wollen wir mal!«

Klara und Romy waren die einzigen Mitarbeiterinnen bei »Höhepunkt« und wurden dort bei der Gründung der Beratungsstelle vor drei Jahren eingestellt. Romy war für den Bereich "Ü18" zuständig und beriet hauptsächlich per E-mail und in Einzelgesprächen Erwachsene bei intimen Fragen. Klara kümmerte sich um alle Kunden unter 18. Sie beantwortete online Fragen von Jugendlichen, gab hilflosen Eltern Tipps für die Aufklärung ihrer Kinder und führte Projekttage an Schulen zum Thema Verhütung durch. Aus aktuellem Anlass war sie allerdings nicht gerade eine Gallionsfigur für effektive Verhütungsmethoden. Der Job gefiel Klara sehr gut. Schon als Teenie las sie - wie alle anderen in ihrem Alter - in der BRAVO am liebsten die Seiten von Dr. Sommer und fühlte sich durch ihren jetzigen Alltag ihrem damaligen Idol etwas näher. Lorenz hingegen schämte sich dafür, dass Klara berufsbedingt Kondome auspackte und über Bananen rollte. Und das auch noch vor Publikum. Sein Vater, Konrad Weber, ein unsympathischer, berenteter Personalleiter, hatte sie mal beim Sonntagskaffee abschätzig gefragt, wo sie sich denn beruflich in zehn Jahren sehe und sie hatte scherzhaft gekontert: »Als Leiterin eines florierenden Fetisch-Clubs für Männer in leitenden Positionen.« Seitdem gehörte sie in Lorenz' Familie nicht mehr zu den Lieblingsgästen.

»Wie hat Lorenz eigentlich auf die frohe Botschaft reagiert?«, fragte Romy über ihre Bildschirme hinweg.

»Ach...« Klara rührte nachdenklich in ihrem Tee. Ihr war immer noch etwas flau im Magen und der Nachmittag drückte auf ihre Augenlider. »Er fand die Botschaft weniger froh.«

Romy hätte sich gerne direkt über verantwortungslose Männer im Allgemeinen und über Lorenz im Besonderen aufgeregt, wusste aber, dass sie Klara damit keine Hilfe wäre. »Und wie geht's dir damit?«

»Stellst du mir gerade ernsthaft die ultimative Pädagogenfrage?«

»Ja«, gestand Romy, »und danach frage ich dich, was du brauchst.«

Klara schnaubte, freute sich aber insgeheim über die emotionale Zuwendung ihrer Freundin. »Also, gestern Abend ging es mir nicht gut, aber ich habe Lorenz auch ganz schön mit den Babynews überfallen. Ich bin sicher, dass er sich auch bald auf unser Kind freuen kann, wenn ich ihm etwas Zeit lasse.« Sie lehnte sich in ihrem Bürostuhl zurück und legte ihre Hände auf ihren noch sehr flachen Bauch. »Und ich brauche von dir, dass du mir im Laufe der Schwangerschaft Bescheid sagst, wenn ich vor lauter Hormonen bescheuertes Zeug rede.«

»Hm…hm…« Romy neigte den Kopf leicht zur Seite und machte die Geräusche, die professionelle Zuhörer so machten.

»Romy, ich erkenne soziales Grunzen, wenn ich es höre. Ich beherrsche das auch!« Klara fühlte sich nicht ganz ernst genommen.

»Sorry, du hast recht. Dann gebe ich dir mal dein gewünschtes Feedback bezüglich hormoneller Verwirrung: wenn dein Lorenz Zeit braucht, um dich, seine schwangere Freundin, in den Arm zu nehmen und sich mit dir über eure Vermehrung zu freuen, dann ist er freundlich formuliert ein Blödmann.«

Klara schnappte nach Luft. »Das sagst du doch nur, weil du noch nie ein Fan von Lorenz warst. Und außerdem bist du mal wieder gereizt, weil dir etwas Vernünftiges im Magen fehlt.«

»Du wolltest meine ehrliche Meinung hören«, rechtfertigte Romy sich. »Und du hast recht. Du verdienst einen Mann, der dich über alles liebt und dich glücklich macht und dich nicht nach einem positiven Schwangerschaftstest weinend alleine lässt. Deshalb bin ich von Lorenz nicht begeistert. Und ja, ich habe riesigen Hunger, weil ich meine Eierration für den ganzen Tag schon um elf Uhr alle hatte und die halbe Ananas zum Mittagessen auch schon durchgerutscht ist.«

Klara wusste nicht, was sie darauf antworten sollte.

Romy hatte das Gefühl, dass sie nicht noch mehr sagen sollte.

»Gehen wir zum Bäcker?«, fragte Klara.

»Liebend gern.«

Nichts konnte die beiden besser versöhnen als ein Stück Käsekuchen.

Die kommenden Tage und Wochen vergingen für Klara wie in Zeitlupe. Obwohl Romy nach drei Tagen grüne Smoothies statt Eier mit zur Arbeit brachte - Romy machte jetzt Meal Replacement -, ließ Klaras Übelkeit nicht nach. Sie war weinerlich, ständig müde und zwischen ihr und Lorenz lag eine undefinierbare Grundspannung. Sie war froh, dass sie regelmäßig E-mails von unsicheren Jugendlichen bekam, deren Fragen ihre Laune aufhellten.

»Hey Frau Neumann, ich habe mal eine Frage. Ich möchte bald mit meinem Freund (Adrian, sechzehn, voll süß) mein erstes Mal erleben. Ich bin vierzehndreiviertel und noch Jungfrau...echt peinlich. Meine Frage: geht das Jungfernhäutchen mit einem Knall kaputt, der meine Eltern wecken könnte? Das wär nämlich oberpeinlich. Die erfahrene Nicki aus der 8a hat das behauptet. Wär echt cool, wenn Sie antworten würden. Danke und YOLO! Jackie«

»Liebe Jackie, danke für deine E-mail und für dein Vertrauen. Zunächst einmal kann ich dich beruhigen: das Jungfernhäutchen macht beim Einreißen keinerlei Geräusche und schon gar keinen Knall. Nicki hat also vielleicht nicht ganz so viel Erfahrung, wie sie behauptet. Ich finde dich allerdings noch ganz schön jung für Sex! Wenn du dir aber absolut sicher bist, dass du das schon erleben möchtest, dann denk an die Verhütung. Alles Liebe, Klara Neumann

PS: Was heißt YOLO?«

»You only live once. Das weiß doch jeder, Frau Neumann!«

Ein weises Motto, dachte Klara. Die nächste E-mail brachte sie ebenfalls zum Lachen.

»Na, wieder mal was Lustiges?«, fragte Romy.

»Ja«, gluckste Klara. »Ich weiß jetzt endlich, warum du ständig neue Diäten ausprobierst.«

»Und zwar?« Romy guckte teils gespannt, teils unsicher.

»Um was anderes zu kompensieren.« Klara las die E-mail laut vor. »Liebe Frau Neumann, meine Oma hat gesagt, dass man von Selbstbefriedigung dick wird.« Sie lachte und war froh, dass ihre Oma sich nie in solche Themen eingemischt hatte.

Romy lachte mit und bewarf Klara dabei mit Papierkügelchen. »Ha ha.«

»Aber jetzt mal ernsthaft. Warum machst du andauernd Diäten? Nötig hast du das nämlich nicht.« Klara fand Romy mit ihrem schwarzen Bob, den grünen Augen, der blassen

Haut und der kurvigen Figur ausgesprochen hübsch.

»Ach«, Romy wurde nachdenklich. »So richtig unwohl fühle ich mich in meinem Körper nicht, aber in meiner Familie und Verwandtschaft war es einfach immer normal, dass die Frauen Diäten machten.« Sie schien sich bewusst innerlich aufzurichten. »Und irgendwie ist das für mich so eine Art Lifestyle. Wenn ich Promidiäten nachmache, bin ich schon etwas mehr wie die Jennifer Anistons dieser Welt.«

Klara versuchte zu verstehen und nickte, auch wenn sie froh darüber war, dass Romy Romy war und nicht irgendeine Hollywoodgrazie.

»Außerdem kann ich mich erinnern, dass mein Patenonkel mir in mein Poesiealbum geschrieben hat: »Wo die Kilos sinnlos walten, kann kein Knopf die Hose halten.«« Romy schluckte schwer und atmete durch. »Aber das ist lange her. Möchtest du eine Reiswaffel abhaben?«

In der zehnten Schwangerschaftswoche stand der nächste Termin bei Dr. Womanizer Dubois an. Klara zählte schon seit der Terminvereinbarung die Stunden und war unendlich darauf gespannt, ihr Kind wiederzusehen. Lorenz hatte sie diesmal gar nicht erst gefragt, ob er mitkommen möchte, nachdem er sie am Abend vor vier Wochen mit den Worten begrüßt hatte: »Wie war es bei deiner Gyn? Wird es ein Junge?«

Romy hatte ihr hingegen - vermutlich nicht ganz uneigennützig - angeboten, sie zu begleiten, aber Klara zog es vor, mit ihrem Kind und ihrem neuen Lieblingsarzt alleine zu sein.

»Salut Chérie, wie geht es Ihnen und Ihrem kleinen Bauch-bewohner?«, begrüßte Dr. Dubois sie herzlich. Vermutlich war das einfach seine Art, mit Frauen umzugehen und hatte nichts mit ihr persönlich zu tun, versuchte sie sich einzure-den. Trotzdem fühlte sie sich extrem geschmeichelt und gab sich hin und wieder der Fantasie hin, Dr. Dubois stehe tat-sächlich nur auf sie.

»Sehr gut, danke!« Statt ihrem üblichen Frauenarztoutfit, das seit Jahren aus einem unförmigen, fast knielangen Her-renhemd und schwarzer Leggins bestand, trug sie heute ein figurbetontes, marineblaues Strickkleid zu ihren braunen Lederstiefeln.

»Na dann wollen wir uns das Kleine mal anschauen.« Dr. Dubois betätigte das Ultraschallgerät. »Salut, mon ami!«, begrüßte er das zappelnde Gummibärchen auf dem Monitor. »Ihr Kind strampelt schon ganz kräftisch! Se'en Sie das?«

»Ja.« Klara kämpfte schon wieder mit den Tränen. »Kaum zu glauben, dass da schon Beinchen und Ärmchen dran sind!«

»Mais oui! Da wohnt ein süßer kleiner Knopf in Ihrem Bäu-schlein - ein neuer Mensch, an dem schon fast alles dran ist. Weinen Sie ruhig, Mademoiselle«, bekräftigte Dr. Dubois sie und hielt ihr ein Papiertuch entgegen, womit er eigentlich das Gel vom Bauch wischte. »Eine so 'übsche Frau wie Sie kann keine Träne entstellen.«

»Danke.« Klara schnäuzte sich geräuschvoll und glücklich. Jetzt weiß ich endlich, wie ich dich in den Briefen nennen werde, dachte sie selig.

Nachdem Romy ihr eingeschärft hatte, dass sie unbedingt eine Hebamme brauche und sich so bald wie möglich um eine bemühen müsse, hatte Klara sich die Finger wund gewählt und letztendlich einen Termin mit der sympathisch klingenden Hebamme Frau Bergmann vereinbart. »Die Vor- und Nachsorge, die die Hebammen leisten, kannst du von keinem Frauenarzt erwarten - nicht mal von deinem Monsieur Charmebolzen«, hatte Romy eindringlich erklärt. »Meine Cousine ist Hebamme in Düsseldorf und unterhält uns auf Familienfesten immer mit den spannendsten Storys aus dem Kreißsaal.«

Dass man sich so früh eine Hebamme suchen musste, damit hatte Klara nicht gerechnet. Dass es gerade so viele Schwangere in Bielefeld gab, aber auch nicht. Entweder hatten die Bielefelder die letzten Monate intensiv genutzt, um sich wie die Karnickel zu vermehren oder ihr Gehirn spielte ihr mit selektiver Wahrnehmung einen Streich. In der Innenstadt schien es vor zart angedeuteten bis kugelrunden Babybäuchen an jeder Ecke nur so zu wimmeln. Am liebsten hätte Klara jede einzelne mit einem wissenden Kopfnicken begrüßt, so wie es Motorradfahrer auf der Straße untereinander tun, aber: ihr Bauch war noch flach wie ein Bügelbrett. Sie war noch inkognito schwanger.

Immerhin kann ich mir schon mal abgucken, was man in Sachen Mode als Schwangere so trägt, dachte sie gut gelaunt.

Als sie in der Buchhandlung einen Schwangerschaftsratgeber und ein Schwangerschaftstagebuch erstand, musste sie ihr Glück einfach teilen. Sie konnte es kaum erwarten, ihre Familie endlich einzuweihen - auf die von Lorenz hätte sie dabei gut verzichten können - allerdings wollten sie warten, bis sie die ersten zwölf Wochen geschafft hatten.

»Die sind für mich«, kommentierte Klara strahlend ihren Einkauf, während die Verkäuferin die Bücher scannte.

»Aha.« Die Dame konzentrierte sich auf ihre Arbeit und nannte Klara den Betrag, den sie bezahlen sollte.

»Ich bin nämlich schwanger.« Meine Güte, war das ein tolles Gefühl, diesen Satz sagen zu dürfen!

»Herzlichen Glückwunsch.« Höflich lächelnd nahm sie Klaras EC-Karte entgegen.

»In der zehnten Woche.«

Die Verkäuferin wurde langsam aufmerksamer. »Das ist aber noch ganz schön früh.«

»Ja, ich weiß.« Klara legte eine Hand auf ihren Bauch. »Aber es ist alles gut.«

»Das war es bei der Nachbarin meiner Mutter auch«, begann sie zu erzählen, während sie die Bücher in eine Tüte packte. Klara registrierte den unheilvollen Tonfall der Frau. »In der zehnten Woche sah alles gut aus, aber als sie vier Wochen später zum Arzt kam, konnte er keinen Herzschlag mehr feststellen.«

Klara wurde etwas mulmig. »Und sie hat nichts davon bemerkt?«

»Nein.« Die Verkäuferin schüttelte den Kopf und ergänzte dramatisch: »Keine Schmerzen, keine Blutungen, kein einziges Anzeichen.«

Sowas war seit neustem ihr absoluter Alptraum. »Wie schrecklich. Die Arme.« Sie schluckte schwer und befürchtete, dass ihre weichgewordenen Knie jeden Augenblick nachgeben könnten.

»Ja. Und das kommt viel öfter vor, als man denkt«, fuhr Madame Unsensibel fort. »Haben Sie das nicht von dieser Prominenten gehört? Wie hieß sie noch gleich...«

Klara wusste, von wem die Rede war, brachte aber keinen Ton heraus. Am liebsten hätte sie die Verkäuferin an den Schultern gepackt, geschüttelt und geschrien: Behalten Sie das gefälligst für sich!!!

»...ach, der Name ist ja auch nicht so wichtig. Jedenfalls war die schon weit im zweiten Schwangerschaftsdrittel und musste dann auch noch eine Todgeburt über sich ergehen lassen. Ich habe ja noch nie verstanden, warum Ärzte die Frauen auch noch zu so etwas zwingen und...«

Klara griff nach ihrer Tüte und verließ wortlos den Laden. Erst hatte sie sich über sich selbst geärgert, dass sie sich tatsächlich in trügerischer Sicherheit gewähnt hatte - denn offensichtlich stand eine Schwangerschaft andauernd auf Messers Schneide. Danach hatte sie sich innerlich wegen ihres fehlenden Mumms kritisiert, weil sie die Dame nicht in ihre Schranken gewiesen hatte, sondern artig wie ein kleines Mädchen stehen geblieben war und den Horrorgeschichten gelauscht hatte - also floh sie mit ihrer Beute aus der unangenehmen Situation.

Während sie durch die Türen nach draußen eilte und schon die kühle Luft auf ihren Wangen spürte, die von den ersten Tränen erobert wurden, hörte sie noch, wie die Verkäuferin ihr allen Ernstes "Alles Gute" nachrief. Mit eiskalten Händen wählte sie die Nummer von Dr. Dubois.

»Setzen Sie sisch, Chérie.« Dr. Dubois hatte per Ultraschall festgestellt, dass es ihrem Kind nach wie vor gut ging und es keinen Anlass zur Sorge gab, was Klara fürs Erste beruhigte. »Das, was Sie 'eute erlebt 'aben, wird leider immer wieder passieren.«

Ich werde immer wieder tränenüberströmt in diese Praxis poltern?, wollte Klara schon fragen, als er fortfuhr.

»Jeder Mensch kennt mindestens um ein paar Ecken irgendeine Frau, die ein Kind auf welsche Weise auch immer verloren 'at. Das ist traurisch, aber nischt zu ändern. Gleischzeitisch sind viele Menschen so sensationslustisch, dass sie diese Schicksale weitertragen müssen. Auch das ist traurisch und ebenfalls nischt zu ändern.«

Klara dämmerte allmählich, was er ihr sagen wollte.

»Das einzige, was Sie ändern können, ist ihr Umgang mit diesen Menschen, mit diesen Geschischten und - ganz wischtisch - mit ihrer eigenen Angst.«

Klara nickte und putzte sich leise die Nase.

»Vielleicht hilft Ihnen der folgende Gedanke: Sie 'aben es nischt in der 'And. Natürlisch sollten Sie sisch gesund ernähren, sisch ausru'en und auf Alko'ol, Zigaretten und Drogen verzischten, aber auch dann kann etwas schief ge'en.«

»Und das soll mir helfen?« Sie hatte eher den Eindruck, als bekäme sie dadurch noch mehr Angst.

»Ja. Genießen Sie Ihre Schwangerschaft und freuen Sie sisch auf Ihr Kind. Sollten Sie es doch, aus welschem Grund auch immer, verlieren, dann können Sie immer noch traurisch sein. Aber wollen Sie wirklisch die nächsten acht Monate in Angst verbringen?«

Das leuchtete ihr ein.

»Und sollte Ihnen noch einmal jemand solsche Stories auftischen, dann machen Sie entweder Ihrem Ärger Luft oder lassen die Person ste'en oder ge'en in Gedanken Ihren Einkaufszettel durch.« Dr. Dubois lachte sonnig. »Misch lenkt nischts so gut ab, wie über Toilettenpapier, Tiefkühlbeeren und Tomaten nachzudenken.«

Klara ging es schon viel besser. »Und ich dachte, Franzosen essen nur Baguettes, Crêpes und Froschschenkel.« Sie merkte selbst, wie lahm ihr nett gemeinter Witz war und schämte sich umgehend.

Dr. Dubois ging geschickt darüber hinweg und schaute ihr neckisch in die Augen. »Mon amour, nur in der Küsche entspresche isch ausnahmsweise nischt dem französischenKlischee.«

Mein liebes Knöpfchen,

ich bin verliebt. So verliebt wie noch nie zuvor. Selbst meine intensiven Gefühle, die ich in den Neunzigern für Leonardo DiCaprio gehegt habe, kommen mit dieser Liebe nicht mit: mit meiner Liebe zu dir – und zugegebenermaßen weiß ich über dich noch ein bisschen weniger als damals über Leo. Obwohl du erst drei Zentimeter groß und vier Gramm schwer bist, hast du schon ein fleißiges Herz und ein aktives Gehirn. Auch alle anderen Organe, die du für dein Leben brauchst, sind schon angelegt. Und was mich am meisten fasziniert: dein individueller Fingerabdruck bildet sich zur Zeit aus. Wie kann das sein, dass jemand so kleines wie du schon individuelle Züge entwickelt? Ich nehme mir vor, dich zu meinem Vorbild zu machen und meine Individualität wieder auszubuddeln. In letzter Zeit habe ich mich nämlich viel zu sehr angepasst und sollte mir für mein bevorstehendes Leben als deine Mama endlich mal ein Rückgrat wachsen lassen.

Dr. Dubois hat mir heute ein zuckersüßes Ultraschallbild von dir überreicht, das ich mir immer wieder anschaue und sorgsam wie den heiligen Gral behandele. Dich auf seinem Bildschirm zu sehen, nimmt mir für den Moment die Sorgen, dass es dir nicht gut gehen könnte. Zum Glück haben wir die ersten zwölf Wochen fast geschafft – danach werde ich bestimmt entspannter sein. Ich kann es kaum erwarten, dich bald spüren und meinem Bauch beim Wachsen zusehen zu können.

Außerdem habe ich endlich meinen Mutterpass bekommen! Für den Arzt ist es nur ein Heftchen mit Daten über uns beide, aber mir bedeutet es viel mehr. Ich. Werde. Mutter. Unglaublich! Mit so einer Elternschaft geht gleichzeitig einher, dass Lorenz und ich Entscheidungen treffen müssen, die dich und deine Gesundheit betreffen. Die allererste steht jetzt an: wollen wir berechnen und danach gegebenenfalls risikoreich untersuchen lassen, ob du möglicherweise an einer Chromosomenanomalie leidest? Ich weiß es nicht. So viel spricht dagegen, so viel dafür. Was würde sich ändern, wenn wir erfahren würden, dass du beispielsweise das Down-Syndrom hast? Zu einer Abtreibung wäre ich jetzt nicht mehr fähig, denn dafür bist du schon viel zu präsent in meinem Leben. Dein Papa und ich werden uns hoffentlich darüber einig.

Ich freue mich auf dich und schreibe dir bald wieder!
Deine Mama

PS: Morgen lerne ich unsere Hebamme kennen!

Klara hatte sich eine Hebamme immer fünfzigjährig, grauhaarig und körperlich robust vorgestellt. Franziska Bergmann war aber ganz anders.

»Guten Morgen! Schön, dass wir uns kennenlernen.« Franziska war siebenundzwanzig Jahre alt, hatte braunrote, kinnlange Locken und funkelnde braune Augen. Ihre drahtige Figur machte den Anschein, als sei eine Geburt nicht nur für die werdende Mama ein Kraftakt.

»Guten Morgen, ich bin der werdende Vater«, begrüßte Lorenz sie. Eigentlich hatte er im Vorfeld kein Interesse daran gezeigt, bei dem Termin dabei zu sein. Mittlerweile hatte Klara allerdings den Verdacht, dass sich das gerade änderte.

»Ach, und ich dachte, du wärst die Schwangere«, nahm Franziska ihn direkt aufs Korn. Lorenz machte wie ein Fisch den Mund auf und zu und guckte, überrascht von ihrer Schlagfertigkeit, etwas dämlich aus der Wäsche.

»Nee, das bin ich. Guten Morgen, ich bin Klara.«

Franziska ging wie selbstverständlich ins Wohnzimmer, pflanzte sich unkompliziert auf das Sofa und packte ihr Schreibzeug aus. Die mag ich jetzt schon, dachte Klara.

Nachdem sie die nötigen Formalitäten geklärt hatten, konnten Klara und Lorenz Fragen stellen.

»Muss ich als Mann unbedingt bei der Geburt dabei sein?« Klara vermutete, dass sein Vater ihm eingeschärft hatte, Geburtshelfer seien unmännlich oder so setwas in der Richtung.

»Also, die meisten Männer wollen freiwillig mit in den Kreißsaal kommen. Hast du denn irgendwelche Bedenken?«

»Naja, ich war ja schon an der Produktion beteiligt, dann muss ich den Kleinen ja nicht auch noch rausholen.« Lorenz fühlte sich sehr witzig. Klara kannte das schon von ihm - entweder machte er peinliche Sprüche oder versuchte auf Biegen und Brechen zu gefallen. Vor anderen als ihr jedenfalls.

Franziska war kurz sprachlos und entschied, nicht darauf einzugehen. »Ihr kennt jetzt schon das Geschlecht des Kindes?«

Klara schüttelte den Kopf. »Nein, wieso?«

»Weil Lorenz von 'dem Kleinen' gesprochen hat.«

Lorenz straffte die Schultern und verkündete stolz: »Ja, weil die Webers nur Männer zeugen können.«

Franziska warf Klara einen ungläubigen Blick zu. »Da bin ich ja mal gespannt. Es gibt den schönen Spruch: Jungs zeugen Jungs, Männer zeugen Mädchen.«

Lorenz machte wieder sein Fischgesicht.

»Wissen eigentlich eure Familien schon Bescheid?«

»Nein, aber das haben wir uns für dieses Wochenende vorgenommen. Jetzt sind die ersten zwölf Wochen ja fast um«, erklärte Klara.

»Stimmt, da können sich die meisten Frauen langsam besser über die Schwangerschaft freuen, weil die Angst abnimmt.«

»Im Gegensatz zu den Frauen selbst«, warf Lorenz einen flachen Witz ein, den Franziska einfach überging.

»Wenn dir irgendwelche Fragen einfallen oder du Beschwerden hast, kannst du mich immer anrufen oder mir eine SMS schicken. Okay?«

Klara nickte dankbar und konnte sich bei dieser sympathischen Person tatsächlich vorstellen, mitten in der Nacht heulend anzurufen, um zu fragen, ob sie möglicherweise ihr Kind umgebracht haben könnte, weil sie Tante Gerdas Kartoffelsalat mit selbstgemachter Mayonnaise gegessen hatte. Oder so.

»Wer ist denn dein Frauenarzt?«, riss Franziska sie aus ihren Gedanken.

Mist, dachte Klara. Sie hätte Lorenz gerne noch länger unwissend gelassen. »Dr. Dubois.«

Franziska riss bedeutungsschwanger die Augen auf und meinte anerkennend: »Du Glückspilz!«

»Warum Glückspilz?«, fragte Lorenz irritiert.

»Weil…«, setzte Franziska an.

Klara unterbrach sie gerade noch rechtzeitig. »Weil Frau Dr. Dubois eine echte Ikone in der gynäkologischen Welt ist und kaum noch neue Patientinnen annimmt.« Ihre Besuche bei Dr. Dubois wollte sie sich auf gar keinen Fall kaputt machen lassen.

Franziska schien eine von der hellen Truppe zu sein und guckte Klara verschwörerisch an. »Genau. Ganz tolle Frau«, bestätigte sie schnell.

Lorenz parkte seinen 3er BMW in der Auffahrt ihres Elternhauses, während sie sich noch einmal abstimmten. »Meiner Familie erzähle ich unsere Neuigkeit, bei deiner Familie darfst du berichten. Einverstanden, Lorenz?«

Lorenz nickte und wirkte etwas desinteressiert. Oder war er aufgeregt?

Zum Abendessen der Familie Neumann waren auch ihr älterer Bruder Florian mit seiner jungen Frau Maja und Klaras Oma, Lilli Neumann, gekommen. Nach einer kurzen, aber warmherzigen Begrüßung versammelten sie sich um den Esszimmertisch und machten sich über die Kürbissuppe her, die es zur Vorspeise gab.

»Papa, warum isst du denn gar nichts?«, fragte Klara besorgt.

»Ach, ich habe mal wieder Magenschmerzen.« Ihr Vater

hielt sich den Bauch und guckte zerknirscht über seine kleine Brille hinweg.

»Hast du das in letzter Zeit häufiger?« Klara warf ihrem Bruder einen Blick zu, um zu prüfen, ob Florian sich auch Sorgen machte. Florian wirkte aber abwesend und rührte ebenfalls appetitlos in seiner Suppe rum.

»Ach Klara«, mischte sich ihre Mutter ein. »Dein Vater hat immer wieder psychosomatische Beschwerden, weil er mit seiner Pensionierung nicht zurecht kommt. Mathe und Geschichte waren für ihn viel mehr, als nur Unterrichtsfächer.«

»So ein Quatsch! Deine Gleichung geht nicht auf, Leonore«, verteidigte Herbert sich.

»Siehst du?«, stichelte Klaras Mutter weiter. »Klara, reich doch bitte den Brotkorb herum.«

Oma Lilli versuchte, den Fokus auf jemand anderes zu lenken. »Und welche Laus ist dir über die Leber gelaufen, mein Junge?« Sie reckte keck ihr Kinn in die Luft und offenbarte dabei ihren orangefarbenen Zinken, der der Suppe anscheinend unbemerkt zu nahe gekommen war.

Florian schaute auf und zuckte die Schultern. Klara war erstaunt, wie plötzlich ihr fünfunddreißigjähriger Bruder, der im Alltag ein aufstrebender Banker war, wieder wie ein mies gelaunter Teenager aussehen konnte. »Ich schlafe in letzter Zeit nicht so gut.«

»Das ist aber reichlich untertrieben, mein Schatz«, schaltete sich Maja spitz ein. »Anstatt mit mir in unserem neuen, sündhaftteuren Kingsizebett zu liegen, wandelst du die halbe Nacht wie ein Gespenst durch die Wohnung.«

Das roch nach Ärger im Luxusparadies. Florian und Maja

waren bisher beide sehr darauf bedacht gewesen, ihr Vermögen zu vermehren und in Form von Villa, Inselurlaub und Sportwagen zu genießen. Während jedoch das Geld wie von Zauberhand zu ihnen floss, umgab die beiden immer eine Art Kälte. Klara hatte sich schon öfter gefragt, wie lange sie so ein Leben glücklich machen würde. Andererseits war sie sich aktuell auch nicht sicher, wie glücklich sie in ihrem eigenen Liebesleben war.

»Bestimmt denkt Florian dabei über seinen nächsten Karriereschritt nach.« Leonores Lieblingskind hatte natürlich niemals Probleme. Ihr Florian handelte immer nach einem Plan, hatte stets Erfolg und wenn er doch einmal auf die Nase fiel, dann nur, um Erfahrungen für seinen nächsten, selbstverständlich gewinnbringenden Schachzug zu sammeln. So war das schon immer gewesen: Florian, der gelobte Sohn. Glücklicherweise hatte sich dieses Ungleichgewicht niemals auf das Verhältnis der Geschwister ausgewirkt.

Oma Lilli versuchte ihr Glück erneut: »Hat denn niemand fröhliche Nachrichten? Mein Herz verkraftet nicht mehr so viel Gezanke.«

Klara sah ihren Moment gekommen und holte tief Luft. Plötzlich erhob Lorenz sich feierlich und ging zu Klaras Vater. »Herbert, vielleicht können wir beide das Ruder herumreißen.« Er zwinkerte dem verdutzten Herbert zu. »Deine Tochter und ich sind jetzt seit über vier Jahren ein Paar und verliebt wie eh und je…«

In Klaras Kopf klingelte die Herzblatt-Melodie…

♥ »Ich mache dir einen Heiratsantrag. Kandidatin 1, was müsste ich tun, um es zu versauen?« ♥

»…und ich möchte hier und heute, vor Gott und vor Zeugen…«

Oh nein, bitte nicht.

»…um die Hand deiner Tochter anhalten.«

Klara blickte auf den neuen Ring an ihrem Finger. Von Karat hatte sie genauso wenig Ahnung wie von der Art des funkelnden Steins, da sie in ihren bisherigen einunddreißig Lebensjahren nichts anderes als Modeschmuck getragen hatte. Vermutlich würde sie damit überall hängen bleiben, so sehr, wie das Ding von ihrer Hand abstand.

Sie war tatsächlich mit Lorenz verlobt. Wie konnte es nur so weit kommen? Nachdem Lorenz die Frage aller Fragen gestellt hatte, schnappten alle Anwesenden hörbar nach Luft und schauten gespannt zu Klara. In den Augen ihrer Eltern sah sie schon die ersten Freudentränen glitzern und Oma Lilli fasste sich abwartend ans Herz. Dann sahen alle hinüber zu Herbert, denn schließlich wurde er gerade um Erlaubnis gefragt, nicht sie.

»Ja«, hauchte ihr Vater andächtig. »Du darfst meine Tochter zur Frau nehmen.«

Und schon brach die pure Freude aus. Ihre Eltern drückten und herzten erst sich und dann alle anderen, nahmen Lorenz als »Schwiegersohn, das wurde aber auch langsam Zeit« in die Familie auf und lobten ihn für seinen Mut. Klara erstarrte und fühlte sich gelinde gesagt überrumpelt. Überfahren von einem Dreißigtonner traf es eher. Vor lauter Schock blieb ihr der Protest im Halse stecken.

»Und das ist noch nicht alles«, verkündete Lorenz wichtig.

Was kommt denn noch?, fragte sich Klara, bis ihr wieder einfiel, dass...

»Klara ist schwanger!«

Ihre Eltern klatschten in die Hände und riefen »Was für ein toller Abend!«, »Endlich ein Enkel!« und »Das wird jetzt gefeiert!« durcheinander. Oma Lilli zückte ihr geblümtes Stofftaschentuch, um sich die Tränen aus den Augenwinkeln zu tupfen und Maja fing an, Klara mit Geburtsgeschichten aus ihrem Freundeskreis zu belästigen. Florian hatte sich in die Küche zurückgezogen, als Lorenz angefangen hatte, vor Leonore, Herbert und Lilli den stolzen Vater heraushängen zu lassen.

Klara wurde schlecht. Immer diese Übelkeit, dachte sie genervt, als sie sich eilig auf den Weg zur Toilette machte.

»Wie hätte ich denn reagieren sollen?«, flüsterte Klara in ihr Handy. Sie saß auf dem Badewannenrand, während Lorenz sich nebenan für das Sonntagskaffeetrinken bei seinen Eltern umzog. Zwei Familientreffen an einem Wochenende waren zu viel für ihre angeschlagenen Nerven. »Der Heiratsantrag ging irgendwie über meinen Kopf hinweg. Ich hatte das Gefühl, als hätte ich gar keine Wahl. Und als sich dann alle so gefreut haben, erst über Lorenz' Antrag und dann auch noch über meine Schwangerschaft, wollte ich doch nicht allen den Abend verderben…«

»Hast du Lorenz wenigstens auf dem Weg nach Hause den Marsch geblasen?«, fragte Romy aufgebracht, ahnte aber schon die Antwort.

»Wie sollte ich? Lorenz verhielt sich den ganzen restlichen

Abend wie der gönnerhafte Prinz auf dem weißen Pferd. Als müsste ich ihm, dem Helden, auf Knien für die romantische Überraschung danken.«

»Hm.« Romy überlegte. »Mal abgesehen davon, dass er dich mit dem Antrag überrumpelt und dir bei der Babystory nicht den Vortritt gelassen hat - willst du denn mit Lorenz verheiratet sein?«

»Ich glaube schon.« Klara merkte selber, dass das für eine lebenslange Ehe zu wenig überzeugend klang und sich auch genauso anfühlte. »Aber ich weiß ganz sicher, dass ich unserem Kind eine Familie bieten möchte. Und unsere gemeinsamen Jahre waren ja anscheinend so gut, dass wir zusammen geblieben sind.«

»Okay. Ihr heiratet also. Willst du ihm trotzdem wegen gestern noch eine Rückmeldung geben, vorsichtig ausgedrückt?« Romy fand, dass Klara ihm unbedingt zeigen musste, dass er nicht alles mit ihr machen kann.

»Ich schaue mal, ob sich eine Gelegenheit ergibt«, wich Klara aus. »Ich muss mich jetzt weiter fertig machen. Familie Weber kann Unpünktlichkeit nicht ausstehen. Was machst du denn heute noch?«

»Ich bleibe den ganzen Tag im Schlafanzug auf dem Sofa liegen, gucke DVDs, bestelle Pizza und genieße mein faules, isoliertes Singleleben.«

Wie gerne hätte Klara mit ihr getauscht.

Lorenz' Eltern wohnten in einem Reihenendhaus in Großdornberg, einem Vorort von Bielefeld, in dem die Webers sozusagen Rang und Namen hatten - allerdings im negativen

Sinn. Konrad Weber hielt sich selber für ein hohes Tier und behandelte andere gerne von oben herab, wie auch seine Frau Hildegard, die bis zu seinem Rentenbeginn als seine Sekretärin gearbeitet hatte und immer noch unterwürfig auf seine Anweisungen wartete.

»Hey Doppelgänger«, begrüßte Lorenz seinen Zwillingsbruder Alexander vor der Haustür.

»Lorenz. Klara.« Alexander war Polizist und hielt sich nicht mit freundlichen Floskeln auf. Er gab ihnen förmlich die Hand und klingelte. Frau Weber öffnete die Tür.

»Hallo Mutter«, sagten Lorenz und Alexander wie aus einem Mund.

»Hallo Frau Weber.« Seine Eltern hatten Klara immer noch nicht das Du angeboten, was sie nach vier Jahren und nahezu wöchentlichen Treffen ziemlich albern fand.

»Hallo Frau Neumann, hallo meine beiden. Gehen wir doch rein, euer Vater wartet schon.«

Herr Weber thronte auf seinem klotzigen, dunkelgrünen Samtsessel und wies jedem seinen Platz zu. Er sah mit seinen grauen Schläfen und der strengen Falte zwischen den Augenbrauen aus wie eine ältere Version von Lorenz und Klara hoffte jeden Sonntag aufs Neue, dass Lorenz im Alter charakterlich mehr nach seiner Mutter als nach seinem Vater kommen würde. »Hildegard, bring doch schon mal den Kaffee. Was gibt's Neues, Männer?«

Klara hielt die Luft an und wartete auf Lorenz' Reaktion.

»Ich überlege, ob ich in die Hundertschaft wechseln sollte«, berichtete Alexander. »Was hältst du davon?«

»Wie sind denn da die Aufstiegschancen?« Aufstieg war

Herrn Weber natürlich wichtiger als Zufriedenheit im Arbeitsleben.

Alexander berichtete monoton und schnörkellos von den Aufgaben und Perspektiven, die ihn dort erwarten würden. Klara hörte nicht wirklich zu und beobachtete lieber ihre Schwiegermutter in spe, wie sie Kaffee und Kekse servierte. War es die sachliche, distanzierte Atmosphäre in dieser Familie oder schmeckten die Kekse wirklich nach Konferenzgebäck? Gut, dass die Teammeetings mit Waltraud und Romy lockerer zugingen. Morgen stand das Nächste an, auf das sie sich tatsächlich - anders als bei ihren vorherigen Jobs - richtig freute.

»Bei uns gibt es auch Neuigkeiten«, ergriff Lorenz das Wort. »Wir sind verlobt.« Lorenz lächelte in die Runde. Frau Weber wollte ebenfalls lächeln, verkniff es sich allerdings schnell, da ihr Konrad anscheinend weniger glücklich darüber war.

»So so.« Herr Weber machte eine ernste Miene. »Frau Neumann, warum glauben Sie, dass Sie die Richtige für meinen Sohn sind?«

♥ »Kandidatin 1, wie beeindruckst du meinen Vater?« - »Ähm, mit einem lückenlosen Lebenslauf?« ♥

»Vater, bei allem Respekt! Ich habe um Klaras Hand angehalten, weil ich sie heiraten will. Sie braucht dich also nicht zu überzeugen.«

Klara hätte mit allem gerechnet, aber nicht damit, dass Lorenz sie vor seinem Vater vehement verteidigen würde. Endlich stieg Lorenz mal wieder in ihrer Achtung. Herr Weber schien darüber genauso überrascht zu sein, jedoch verengten sich seine Augen vor Ärger. Dem Mann möchte ich nicht im Dunkeln begegnen, ging Klara durch den Kopf.

»Außerdem gibt es noch einen Grund zu heiraten. Den teilt euch aber Klara mit«, zog Lorenz den Schwanz wieder ein.

Die Achtungskurve fiel wie eine erfolglose Aktie in den Keller. Klara meinte fast, den traurigen Jingle aus »Wetten, dass…« zu hören, wenn ein Kandidat eine Wette verlor. Alle Augenpaare waren auf sie gerichtet. Klara begann zu schwitzen.

»Darf ich raten?«, fragte Herr Weber geringschätzig. »Ist die Frau, die die Jugend von heute aufklärt, etwa trotz Pille schwanger geworden?«

Schwindelig vor Anspannung fragte Klara sich, woher er wusste, wie sie verhüteten.

»Weiß Ihr Vorgesetzter von Ihrer mangelnden Sachkompetenz, Frau Neumann?«

Klara war sprachlos vor Entsetzen über so viel Boshaftigkeit.

»Wann soll der kleine Mann denn kommen?«

Auch das noch. Der Apfel fällt nicht weit vom Stamm.

Klara schluchzte. Wie gerne hätte sie diesem Mistkerl an den Kopf geworfen, was sie von ihm und seiner Sippe hielt. Dass ihr "Vorgesetzter" eine wundervolle Frau war, lag für Herrn Weber im Bereich des Widernatürlichen. Und dass sein Sohn an der Zeugung des Kindes wesentlich beteiligt war, kam ihm wohl auch nicht in den Sinn. Am schlimmsten fand Klara aber das peinliche Verhalten ihres Zukünftigen.

»Du hast mich nicht nur ins Haifischbecken geschubst,

sondern hast sie vorher auch noch mit blutigem Abfall gekö-
dert!«, zeterte Klara auf dem Rückweg im Auto.

»Bezeichnest du unsere Verlobung als Fischabfall?«

»Lenk jetzt nicht ab, Lorenz! Du weißt, wie ich das meine.
Erst bringst du deinen Vater auf die Palme und überlässt mir
dann das weitere Schlachtfeld!«

»Ich wollte doch nur, dass du auch mal die Schwangerschaft verkünden kannst, nachdem ich dir gestern gezeigt
habe, wie man sowas gut rüberbringt.«

»Was?!« Klara traute ihren Ohren nicht.

»Das ist doch ein einfacher Vergleich: gestern waren alle
von der Nachricht begeistert, heute nicht. Gestern habe ich es
erzählt und heute…«

»Dann habe ich auch einen Vergleich für dich: meine Familie ist lieb und nett, deine ist zum Abgewöhnen.« Klara
schnaubte vor Wut.

»Ach ja? Denk doch mal ein bisschen weiter: deine Familie
freut sich auf mich als neues Mitglied. Warum tut das denn
wohl meine Familie nicht?«

Wie konnte er so etwas nur denken? Oder hatte er etwa
recht? »Halt an.« Klara musste hier raus. Sie hatte das Gefühl,
als kämen die Wände des Wagens immer näher. Kurzatmig-
keit und Herzrasen breiteten sich in ihrem ganzen Körper
aus.

»Wir sind noch nicht zu Hause, Klara.«

»Halt sofort an.«

Lorenz bremste und brachte das Auto zum stehen.

»Ich schlafe heute Nacht bei Romy«, sagte Klara knapp und
stieg aus.

»Klara, welche Karte hast du gezogen?« Waltraud schaute sie erwartungsvoll an.

»Der Gehängte.«

»Na, das passt ja«, gab Romy ihren Senf dazu.

Klara war gestern Abend aufgelöst und rasend vor Wut bei ihr aufgetaucht.

»Welche Folge von Grey's Anatomy möchtest du zur Schmerzlinderung anschauen?«, hatte Romy Klara nach ihrer Berichterstattung gefragt.

»Die gruselige Doppelfolge mit dem Amoklauf. Bloß nichts Rührseliges heute Abend«, hatte Klara gefordert. Heute wirkte sie schon wieder etwas weniger mordlustig, abgesehen von der Karte.

»Der Gehängte bedeutet, dass es in deinem Leben zu einer Wendung kommt, die eventuell schmerzhaft, aber nötig ist«, erläuterte Waltraud. »Könnte das was mit deiner Schwangerschaft zu tun haben?«

Klara machte große Augen. »Woher…«

»Ihr wisst doch, dass ich mit der Matrix der Kinder eng verbunden bin und daraus viel mitbekomme.« Waltraud machte eine Pause und gestand: »Und dein ständiges Würgen, deine glänzenden Haare und dein neuer Vorbau haben dich verraten. Ich freue mich für dich! Auch wenn das bedeutet, dass ich mich nach einer Vertretung für dich auf die Suche machen muss.«

Klara brachte Waltraud auf den neusten Stand in der Hoffnung, von ihrem Erfahrungsschatz profitieren zu können.

»Letztendlich zählt nur eins, meine Liebe«, begann Waltraud, »du musst dich entscheiden, was du willst. Wenn du

Lorenz liebst und mit ihm dein Leben teilen möchtest, dann vergiss das Theater vom Wochenende und versöhn dich mit ihm. Und wenn er nicht der Mann deines Lebens ist, dann lass ihn gehen.« Waltraud zupfte ihre selbstgenähten Pulswärmer aus petrolfarbenem Filz zurecht. »Lasst uns zum Höhepunkt der Woche kommen. Romy?«

»Ich habe am Mittwoch ein Gespräch mit einem Mann, der seine Freundin Polly mitbringt. Polly ist aber keine Frau aus Fleisch und Blut, sondern eine sogenannte Real Doll.« Romy grinste schelmisch in die Runde. »Vermutlich besteht das Problem darin, dass Polly-Dolly ihm im Bett zu passiv ist.« Romy, Klara und Waltraud kicherten.

»Klara, jetzt du.«

»Ich werde am Donnerstag mit einer neunten Klasse über Verhütung sprechen. Das ist ja erstmal nichts Außergewöhnliches. Die Klassenlehrerin hat mich allerdings eingeladen, da sie erfahren hat, dass einige der Mädchen mit Cola verhüten.«

»Wie soll das denn gehen?«, fragte Romy.

»Sie waschen sich damit nach dem Verkehr«, erklärte Klara und zog die Nase kraus.

»Na dann: Prost.«

Als Klara am Abend nach Hause kam, saß Lorenz am Küchentisch und schien auf sie zu warten. In der Mitte des Tisches stand ein kleiner Strauß mit gelben Tulpen und im Ofen schmorte eine Tiefkühlpizza vor sich hin.

»Ich habe nur Margherita genommen, weil ich nicht wusste, von welchen Lebensmitteln dir zur Zeit schlecht wird«, erklärte Lorenz ungewohnt rücksichtsvoll.

Klara stand stumm in der Tür und musste erstmal ihre Gefühle sortieren.

»Klara, wir werden Eltern und ich möchte ein guter Vater sein, so wie es mein Vater…« Mit einem Blick in Klaras Gesicht ging ihm auf, dass sie jetzt nicht an seinen Vater erinnert werden wollte und sich wohl auch nicht unbedingt eine Kopie von Herrn Weber für ihr Kind wünschte. »Lass uns das letzte Wochenende vergessen und mal wieder etwas Schönes zusammen unternehmen. Es ist viel zu lange her, dass wir einfach Spaß hatten. Was meinst du?« Den Ausdruck 'Dackelblick' hatte er genauso drauf wie sein Fischgesicht.

Klara dachte an Waltrauds Worte. Konnte sie einfach »Schwamm drüber« sagen und alles vergessen? Andererseits gefiel ihr seine Idee, mal wieder ein bisschen Spaß zu zweit zu haben. »Was schwebt dir denn vor?« Etwas Misstrauen lag noch in ihrer Stimme.

Lorenz zog erwartungsvoll einen Flyer von einem Wellnesshotel in Mannheim hinter seinem Rücken hervor. »Ich habe uns schon ein Zimmer von Freitag bis Sonntag in zwei Wochen reserviert. Dort gibt es eine Saunaanlage, ein Schwimmbad, Massagen und vieles mehr.«

Skeptisch nahm sie den Flyer entgegen und war positiv überrascht. »Das sieht ja wirklich nett aus.« Ein bisschen störte es sie, dass er schon wieder über ihren Kopf hinweg gehandelt hatte, aber es war schließlich eine schöne Idee und das allein zählte. »Danke, Lorenz. Das tut uns bestimmt gut.«

Klara ging auf ihn zu und sie schlangen die Arme umeinander.

Lorenz vergrub sein Gesicht in ihrem wolligen Haar. »Mhhh, du riechst so gut«, raunte er.

»Und du fühlst dich so gut an«, flüsterte Klara und hielt sich an seinen kantigen Schultern fest. Harmonie gefiel ihr so viel besser als dicke Luft und sie spürte, wie die Anspannung allmählich von ihr abfiel.

Seine Hände gingen auf Wanderschaft, während er sie immer fordernder küsste. Küssen gehörte definitiv zu seinen Stärken, stellte Klara wieder einmal fest und fragte sich, ob heiße Küsse langfristig gesehen charakterliche Schwächen ausgleichen konnten. Er zog ihr den Pullover über ihren Kopf, machte sich an ihrem BH zu schaffen und leckte gerade an ihrem Hals herum, als die Küchenuhr schrillte.

»Die Pizza ist fertig«, stöhnte Klara mit geschlossenen Augen.

»Scheiß was auf die Pizza«, keuchte Lorenz erregt, öffnete ihre Hose und setzte sie auf den Küchentisch.

»Sex in der Schwangerschaft kann ihrem Baby nicht schaden«, las Klara anschließend im Internet auf ihrem Handy, während Lorenz neben ihr im Bett eingeschlafen war. Auch wenn sie annähernd vom Fach war, musste sie einfach kurz checken, ob sie ihr Knöpfchen irgendwie in Gefahr gebracht haben könnten. Nach wochenlanger Dürre fand sie es wirklich schön, dass sie sich mal wieder näher gekommen waren. Es war zwar kein Hurricane der Lust und dem Gipfel war sie auch noch recht fern geblieben, aber immerhin existierte überhaupt noch ein erotischer Funken zwischen ihnen.

Nachdem sie auch endlich eingeschlafen war, hatte sie einen irren Traum: sie stand in einem Achzigerjahrebrautkleid mit Puffärmeln und Schleife auf dem Hintern auf der überdimensionalen Hochzeitstorte der Fernsehshow 'Traumhochzeit'. Am Fuß der Torte sprach Linda de Mol mit der Stimme der Herzblatt-Susi: »So, meine liebe Klara, jetzt musst du dich entscheiden! Ist es Kandidat 1, der dir zwar unsagbare Schmerzen verursacht und dir kurz nach eurem Kennenlernen die Nippel abkaut, dich aber bald mit seinem zahnlosen Lächeln betört? Oder ist es Kandidat 2, für den du, Chérie, zwar nicht die einzige bist, dich aber auf seine französischen Fähigkeiten verlassen kannst? Oder ist es Kandidat 3, der dich alleine lässt, wenn du ihn brauchst, dir vor euren Familien in den Rücken fällt…« Susi-Lindas Stimme bekam einen aggressiven Unterton, »…der hinterlistig die Tatsachen verdreht, vor seinem Vater keinen Mumm hat, aber - oh Gott lob - immerhin gut küssen kann?« Susi-Linda räusperte sich und rückte ihre elfenbeinfarbene Schluppenbluse zurecht. »Klara, wer ist dein Herzblatt?« Klara fühlte sich dort im Rampenlicht sehr unwohl, sie zitterte und hatte das blöde Gefühl, keine Wahl zu haben. Sie stotterte herum, während das Publikum anfing, mit Popcorn nach ihr zu werfen. Rudi Carrell, der wie aus dem Nichts neben Linda de Mol aufgetaucht war, schaute genervt auf die Uhr, während ihr Gehirn unter den heißen Scheinwerfern zu schmelzen schien. Plötzlich verwandelte sich die Traumhochzeitstorte in einen Scheiterhaufen. Klara fühlte die Flammen an ihren nackten Füßen züngeln und sah Lorenz, wie er sich in aller Seelenruhe mit seinem Vater unterhielt, während sie zu verbrennen drohte. Panisch versuchte sie um Hilfe zu schreien, ihre Stimme brachte aber keinen Laut hervor. Schweißgebadet wachte sie auf. Ihr Herz raste vor Aufregung. Was für ein Quatsch, beruhigte sie sich, atmete tief durch und vergrub ihr Gesicht in ihrem feuchten Kopfkissen.

Am folgenden Sonntag konnte Klara Lorenz dazu überreden, das Kaffeetrinken bei seinen Eltern zu schwänzen und sich stattdessen an die Planung der Hochzeit zu begeben. Draußen tobte gerade ein herrliches Gewitter, das Starkregen gegen die Fenster platschen ließ und krakelige Blitze an den Horizont malte, als sich Klara mit Block, Stift und Tee auf das Sofa kuschelte. Bei diesem Wetter genoss sie die heimische Gemütlichkeit mit dicken Socken und Decke umso mehr.

»Was hältst du davon, wenn wir mit den wichtigsten Eckdaten anfangen?« Klara war aufgestanden und zündete ein paar Kerzen an.

»Finde ich gut. Alexander hat mich nämlich schon gefragt, wie ich mir meinen Junggesellenabschied vorstelle.«

»Oh. Mit Eckdaten meinte ich, ob wir noch vor der Geburt heiraten oder danach, Kirche ja oder nein, wie groß wir feiern wollen…«

»Ach so.« Lorenz guckte gelangweilt und wischte lustlos auf seinem iPhone herum.

»Hast du denn schon eine Vorstellung davon?« Klara hasste es, wenn er während eines Gesprächs auf seinem Handy herumdaddelte, sie wollte aber auch nicht die ewig meckernde Freundin sein. Außerdem hoffte sie, dass er von selbst darauf kam, es zur Seite zu legen.

»Wovon?« Er schaute nicht einmal auf.

»Von unserer Hochzeit.« Sie wartete auf seine Reaktion - vergeblich. »Erde an Lorenz. Bitte leg das Ding doch endlich mal weg.«

»Fängst du jetzt schon an, mir Vorschriften zu machen?«, stellte Lorenz sich quer.

»Ich will dir keine Vorschriften machen, sondern die Hochzeit besprechen, die du bei meinem Vater sozusagen beantragt hast.« Wie bestellt donnerte es draußen.

Lorenz verdrehte die Augen und stellte es aus. »Ist ja gut, Zicklein.«

Diesen zweifelhaften Kosenamen hatte er ihr nach einer Debatte vor einem Jahr verpasst, in der sie zugegebenermaßen am Ende überreagiert hatte. Den Namen an sich fand sie schon blöd genug. Dass Lorenz sie aber auch so nannte, wenn sie ihrer Wut noch gar nicht richtig Luft gemacht hatte, ärgerte sie jedes Mal. »Also«, schluckte sie ihren anschwellenden Groll herunter, »wie stellst du dir unsere Hochzeit vor?«

»Da habe ich mir noch keine Gedanken zu gemacht.« Er zuckte mit den Schultern. »Nicht zu teuer wär gut.« Der Regen prasselte kurzfristig in Form von Hagel auf ihren Balkon. »Und besseres Wetter als heute.«

»Okay.« Klara biss sich auf die Unterlippe. »Besseres Wetter haben wir wahrscheinlich im Sommer. Also heiraten wir entweder diesen oder nächsten Sommer.«

»Auf jeden Fall diesen Sommer.« Langsam kehrte Entschlossenheit in seine Stimme. »Sonst müssen wir meine Vaterschaft anerkennen lassen oder so ähnlich. Das war bei einem Kollegen von mir so und da habe ich keinen Bock drauf.« Lorenz zückte erneut sein Handy.

»Lorenz…« Genervt rieb sie sich die Stirn.

»Jetzt entspann dich mal. Ich gucke nur in den Kalender, um einen passenden Termin zu finden.«

»Ach so. Sorry«, gab sie kleinlaut zurück.

»Im Juli haben wir noch einige freie Wochenenden. Was hältst du vom 20.?«

»Klingt gut.« Innerlich setzte Klara einen Haken hinter den Punkt 'Datum finden'. Das wäre schon mal geschafft. »Wo wollen wir denn heiraten? Im Standesamt? Auf der Sparrenburg? In der Kirche?«

»Ganz ehrlich? Das überlasse ich dir. Du hast doch bestimmt wie alle Frauen seit der Grundschule deine festen Vorstellungen davon, wie du heiraten möchtest. Da habe ich doch eh kein Mitspracherecht.«

Einerseits hatte er recht, dass sie sich natürlich schon oft ihre Traumhochzeit - selbstverständlich ohne albtraumhaftem Scheiterhaufen - ausgemalt hatte. Andererseits war sie enttäuscht, dass er der Hochzeit so gleichgültig gegenüber stand, obwohl er ja derjenige war, der überhaupt erst auf die Idee gekommen war, zu heiraten. Mal ganz abgesehen davon lud er ihr mit seiner Raushaltestrategie die ganze Arbeit auf. Draußen knallte es so laut, als wäre in ihrer Nachbarschaft ein Blitz eingeschlagen.

»Hast du was?« Anscheinend hatte Klara länger geschwiegen, als sie dachte.

»Äh, naja« Wie sollte sie ihm ihre Gedanken mitteilen, ohne gleich wieder als Zicklein betitelt zu werden? »Ich hatte es mir einfach romantisch vorgestellt, mit dir zusammen Lokale anzuschauen, Entscheidungen zu treffen, vielleicht eine

Hochzeitsmesse zu besuchen und so.«

»Ach so.« Schon wieder starrte er auf das Handydisplay. »Nimm doch Romy mit. Die hat da bestimmt Lust zu.«

Du offensichtlich nicht, ergänzte Klara in Gedanken betrübt.

»Dann halten wir das Wochenende davor für den Junggesellenabschied fest, okay? Ich rufe direkt mal meinen Bruder an.« Und schon war Lorenz in seinem Arbeitszimmer verschwunden. Draußen spielte der Donnergott noch einen abschließenden Tusch.

»Gästeliste?«

»Steht!«

»Standesamt?«

»Gebucht.«

»Tisch reserviert?«

»Check!«

»Brautkleid?«, fragte Romy bei einem Detoxtee am alten Markt.

»Brautkleid, Blumen und Ringe sind die letzten offenen Posten.« Klara rührte nachdenklich in ihrem Cappuccino. »Danke, Romy. Du bist echt die beste Trauzeugin der Welt.«

»Danke, aber freu dich nicht zu früh.«

»Was meinst du damit?«

Romy kniff die Augen zu Schlitzen. »Sollte der Standesbeamte so etwas sagen, wie es in amerikanischen Filmen immer gezeigt wird - du weißt schon: wer etwas gegen diese Verbindung hat, der möge jetzt sprechen oder für immer schweigen oder so ähnlich - dann werde ich mich nicht zurückhalten können.«

Klara lachte in der Hoffnung, dass Romy das nicht so ernst meinte. »Alles klar, ich stelle mich schon mal auf deine Showeinlage ein.«

»Tu das.« Romy hielt ihr Gesicht den ersten Sonnenstrahlen des Jahres entgegen. »Wenn für die Hochzeit nichts mehr zu besprechen ist, könnten wir mit den Babysachen ja direkt weitermachen. Oder will Lorenz sich da mehr einbringen?«

»Keine Ahnung. Da haben wir nicht mehr drüber gesprochen. Aber ich glaube, dass wir uns mit Babyeinkäufen noch Zeit lassen können.« Die Märzsonne hatte schon richtig viel Kraft und brannte auf ihrer hellen Haut. »Aber ein englisches Wörterbuch könnte nicht schaden.«

Romy sah sie fragend an.

»Seitdem ich bei Facebook einmal einen Artikel über Schwangerschaftsmythen geliked habe, werden mir andauernd Seiten vorgeschlagen, die mir ebenfalls gefallen könnten. Du glaubst gar nicht, wie viele Mütter unter die Blogger gegangen sind und in ihren Artikeln andere Mütter, die mit den Nerven am Ende sind, wieder aufrichten. Ständig geht es um 'Attachment Parenting', 'Baby-led Weaning' oder ‚Co-Sleeping'.«

Romy trank ihre Tasse aus. »Interessiert dich sowas denn schon?«

»Geht so. Artikel über Schwangerschaft und Geburt stehen mir zur Zeit noch näher. Lustig finde ich aber jetzt schon die Situationen mit Kindern, die Mütter und Väter twittern. Davon gibt es nämlich auch eine ganze Menge.«

»Zum Beispiel?« Romy war erstaunt, womit sich ihre

Freundin neuerdings befasste und hoffte, dass sie sich trotz Klaras anstehender Mutterschaft nicht zu weit voneinander entfernen würden.

An ihrem Tisch lief ein zweijähriger Junge vorbei. Er taperte wieder zurück, blieb plötzlich genau vor ihnen stehen, inspizierte neugierig den Asphalt und rief: »Mama! Komm mal! Und zwar rotzi-fotzi!«

Klara und Romy lachten laut auf und hörten, wie Rotzi-fotzi-Mama dem Sohnemann zuzischte: »Colin, das heißt rucki-zucki oder ratzi-fatzi…«

»Oder flotti-rabotti!«, krähte der Kleine fröhlich. Die Mama nickte liebevoll, lächelte entschuldigend in Richtung Klara und Romy und zog Colin an der Hand weiter.

»Sowas zum Beispiel.« Klara würde sich nicht wundern, wenn sie diese Szene bald bei Twitter zu lesen bekam. Schwerer vorstellbar fand sie allerdings, in absehbarer Zukunft selbst in solche Situationen zu geraten.

»Kommen wir wieder zu eurer Hochzeit zurück«, nahm Romy den Faden wieder auf. »Wie möchtest du dich denn eigentlich von deinem Junggesellinnendasein verabschieden?«

Klara zuckte mit den Schultern. »Hm. Weiß ich nicht. Mach mal Vorschläge.«

»Naja, willst du lieber durch Bielefeld ziehen und Kondome, Schnaps und Knicklichter verkaufen oder lieber eine Show der Chippendales besuchen?«

»Gibt es noch mehr Auswahlmöglichkeiten?«, fragte Klara skeptisch. Sowohl das Eine als auch das Andere sagten ihr nicht zu.

»Klar. Ich kann mir auch einfach selber was ausdenken, wovon ich ausgehe, dass es dir gefällt.«

Klara nickte dankbar. »Okay, aber mach dir nicht zu viel Arbeit, ja?«

»Versprochen, das kriege ich hin. Ich bin ja von Natur aus eher faul.« Romys Blick blieb bei der sich öffnenden Tür der gegenüberliegenden Apotheke hängen. »Du Klara, ist das da vorne nicht dein Vater?«

3. Kapitel - 14. bis 20. SSW

Mein liebes Knöpfchen,

im Internet habe ich gelesen, dass du inzwischen sieben bis acht Zenti-meter groß und circa fünfunddreißig Gramm schwer bist. Außerdem spielst du angeblich mit der Nabelschnur, kannst Grimassen ziehen und trinkst das Fruchtwasser, das du vorher schon einmal getrunken und wieder ausgepillert hast. Dein Vater findet diese Vorstellung abstoßend. Tief in seinem Herzen ist er aber ein lieber Kerl, der meiner Meinung nach durch seine Eltern völlig verkorkst wurde und immer noch nicht richtig weiß, wie man mit Menschen (und besonders mit Frauen) umgeht. Vielleicht arbeitet er deshalb als IT-Irgendwas - auch nach vier Jahren Beziehung kann ich dir das nicht genauer beschreiben. Jedenfalls hat er in seinem Job kaum mit anderen Menschen außer mit seinen Kollegen zu tun und tut den ganzen Tag über Dinge, von denen ich keine Ahnung habe. Irgendwann wird er dir seinen Beruf bestimmt erklären. Und dann werde ich mich dazusetzen - mehr oder weniger interessiert - und wis-send nicken.

Ich bin schon sehr gespannt, wie du uns einmal finden wirst. Meine Eltern waren mir unglaublich peinlich, als ich ein Teenager war. Mittler-weile habe ich hauptsächlich Angst, dass ihnen etwas passieren könnte, schließlich sind sie nicht mehr die Jüngsten und gehen nicht so oft zum Arzt, wie ich das zu meiner Beruhigung gerne hätte. Das liegt wahr-scheinlich daran, dass sie nicht so einen tollen Arzt haben wie ich. ;-)

Bei unserem nächsten Date, äh, Termin mit Dr. Dubois ist möglicherweise zu sehen, ob du ein kleiner Lorenz oder eine kleine Klara wirst. Dein Vater rechnet ja sehr fest mit einem Sohn und zieht ernsthaft den Namen »Maximus« in Betracht. Wie würde dir das gefallen? Mädchennamen schaut er sich gar nicht erst an. Mir ist dein Geschlecht egal, weil du jetzt schon für mich so viel mehr als das bist.

Vor zwei Wochen hatte ich schon Angst, du hättest mich vorzeitig verlassen. Von heute auf morgen waren all die Symptome, die mir wochenlang deine Existenz verdeutlicht haben, plötzlich verschwunden! Keine Übelkeit mehr (die hatte ich ja schon fast lieb gewonnen), keine Müdigkeit mehr, keine spannenden Brüste mehr. Franziska – unsere Hebamme – meinte, das wäre nach den ersten zwölf Wochen ganz normal. Und nachdem ich heute zum ersten Mal mit offenem Hosenknopf im Büro gesessen habe, weil sich mein Unterbauch fühlbar – aber noch nicht sichtbar – nach vorne gewölbt hat, bin ich auch davon überzeugt, dass du fleißig wächst und gedeihst.

Viel Spaß weiterhin mit der Nabelschnur und lass es mich wissen, wenn dir etwas fehlt!

In Liebe, deine Mama

PS: Ich hoffe, dass Lorenz und ich dich so wenig verkorksen wie möglich, denn irgendwie sind ja am Ende immer die Eltern Schuld.

»Hallo Mama, hier ist Klara«, begrüßte sie ihre Mutter am

Telefon. »Wie geht's euch?«

»Hallo Klara, gut, dass du dich meldest.« Ihre Mutter klang gestresst.

»Ist was passiert?« Klara war sofort alarmiert. Nachdem sie ihren Vater am alten Markt angesprochen und er ihr nur ausweichend geantwortet hatte, machte sie sich andauernd Sorgen, dass ihre Eltern ihr etwas Unangenehmes verheimlichten.

»Im Moment ist hier einfach der Wurm drin. Eure Hochzeit und euer Nachwuchs sind gerade der einzige Lichtblick für uns«, philosophierte Leonore vor sich hin. »Vielleicht täte uns allen mal eine Familienaufstellung gut, um unsere Rollen zu klären und um seelischen Ballast abzuwerfen...aber ich will dich nicht unnötig belasten. Das tut dir und dem Baby bestimmt nicht gut.«

»Mama, was ist los?«, drängte Klara. Sie wollte auf keinen Fall für den Rest der Schwangerschaft wie ein rohes Ei behandelt werden.

»Also, ich fange mal von vorne an. Dein Vater hat doch immer diese Magenschmerzen, die ich ja bisher nicht ernst genommen habe. Meiner Meinung nach war das sein inneres Kind, das sich seit seiner Pensionierung nicht mehr gewürdigt fühlte und Aufmerksamkeit brauchte. Aber sein Arzt sagte heute, dass er deinen Vater auf den Kopf stellen will, um den Beschwerden auf den Grund zu gehen. Vermutlich ist es doch ernster, als ich bisher angenommen hatte.«

»Papa war beim Arzt?« Das war ungewöhnlich, weil Herbert nur zum Arzt ging, wenn kein Weg daran vorbei führte.

»Ja. Und er hat Oma Lilli mitgenommen, weil sie neue Tabletten für ihr Herz brauchte. Das war allerdings keine gute Idee, weil sie im Wartezimmer Frau Schröder getroffen hat. Kennst du die noch? Frau Schröder ist doch die ehemalige Nachbarin von…« Leonore schweifte ab.

»Mama, was ist passiert?« Klara bekam langsam Angst.

»Oma Lilli hat von Frau Schröder erfahren, dass sich ihr Friseur, zu dem sie seit dreißig Jahren geht, zur Ruhe setzt. Jetzt steht die große Frage im Raum, wer ihr ab jetzt die Locken legt.«

»Das nennst du eine große Frage?« Klara entspannte sich langsam. Natürlich fragte sie sich, ob ihr Vater etwas Ernstes hatte, aber Oma Lillis Haare würden einen neuen Friseur bestimmt unbeschadet verkraften.

»Probleme sind immer individuell zu betrachten. Also komm von deinem hohen Ross herunter«, mahnte Klaras Mutter streng.

»Okay, entschuldige.« Sie fühlte sich viel zu schnell wie ein kleines Mädchen und nahm sich erneut vor, endlich erwachsen zu werden - spätestens, wenn sie selber Mutter war.

»Was gibt's denn bei dir Neues?«

»Lorenz und ich haben darüber gesprochen, wann, wie und wo wir heiraten wollen. Das wollte ich euch mitteilen.« Dass sie dies alles mit Romy statt mit Lorenz besprochen hatte, musste ihre Mutter ja nicht wissen.

»Sehr schön, ich bin gespannt und ganz Ohr.«

Klara hörte das Klicken eines Kugelschreibers und stellte sich vor, wie sich Leonore ganz Therapeutin hinter ihrem Klemmbrett verschanzte. »Wir werden erstmal standesamtlich im kleinen Kreis heiraten, und zwar am zwanzigsten

Juli. Nach der Trauung gehen wir essen und wollen direkt danach in die Flitterwochen fahren.«

»Wie klein soll der Kreis denn sein?«

»Nur ihr beide, Oma Lilli, Florian und Maja, Lorenz' Eltern, sein Bruder Alexander und Romy, die meine Trauzeugin ist.«

»Da wird Ekel Alfred aber enttäuscht sein«, sagte Leonore ironisch. Sie mochte ihren Schwager genauso wenig wie Klara. Spätestens, seitdem er während seiner Midlifecrisis angefangen hatte, seine jugendlichen Nichten anzugraben und Klaras Cousine Melanie zum achtzehnten Geburtstag einen Joint geschenkt hatte, war er bei der gesamten Familie unten durch. Tante Gerda blieb trotz akutem Schmierlappen-alarm bei ihm. Klara mutmaßte, dass sie von ihr das Gen geerbt hatte, sich an suboptimale Männer zu binden.

»Wann bekommen wir denn die Einladung?«

»Ähm, jetzt gerade. Für was Schriftliches haben wir zu wenig Zeit.«

»Dann lade deinen Bruder am besten per SMS ein, damit er es nicht vergisst.«

»Wieso?«

»In letzter Zeit muss er so beschäftigt sein, dass er seine Termine nicht mehr im Blick hat. Ich wurde jetzt schon dreimal von ihm versetzt und musste hinter ihm her telefonieren.«

»Das ist ja eigentlich nicht seine Art«, warf Klara ein.

Florian war vier Jahre alt gewesen, als Klara zur Welt kam und hatte seine kleine Schwester ungewöhnlich schnell ins Herz geschlossen. Die beiden standen sich in ihrer Kindheit und Jugend sehr nah, spielten zusammen im Garten, regten sich gemeinsam über ihre Eltern auf und hatten für den jeweils anderen immer ein offenes Ohr. Wenn ihr Vater ihnen vorwarf, dass die Jugendlichen im zweiten Weltkrieg froh gewesen wären, wenn sie zur Schule hätten gehen dürfen, statt an die Front geschickt zu werden, rollten sie hinter seinem Rücken kollektiv mit den Augen. Vor einigen Jahren, lange bevor Florian die attraktive und zehn Jahre jüngere Auszubildende Maja kennen lernte, änderte sich ihr Verhältnis. Florian hatte sich in seine Banklehre gestürzt und wirkte mit der Zeit immer emotionsloser, bis Klara keinen Draht mehr zu ihm hatte. Seit seiner Beziehung zu Maja bestand ihr Kontakt nur noch über ihre Eltern.

»Wie auch immer. Florian wird schon seine Gründe haben. Wie geht es dem Baby?«

»Gut, denke ich. Morgen erfahren wir vielleicht, was es wird.«

»Wie aufregend!« Leonore klang begeistert. »Wenn es ein Mädchen wird, würde mir ja Leoni gefallen. Für einen Jungen mag ich Leonard gerne.«

Das Ego ihrer Mutter war einfach unübertroffen.

»Bonjour Chérie! Wunderschön sehen Sie 'eute aus. Die Schwangerschaft lässt Sie leuschten wie einen Stern in einer lauen Sommernacht!«, flötete Dr. Don Juan Dubois am nächsten Morgen.

Etwas schmalzig, aber sehr charmant, dachte Klara. »Oh, merci beaucoup, Dr. Dubois.« Endlich zahlte sich der Französischunterricht bei der scheußlichen Madame Laurent mal aus. Viel mehr als die Grundbegriffe, die auch jeder Tourist in Paris aus dem Reiseführer kennt, waren allerdings nach über zehn Jahren nicht hängen geblieben.

»Oh là là, da 'at wohl jemand Vokabeln gelernt.« Verschmitzt grinste er sie an. »Dann wollen wir mal se'en, ob Sie das Kinderzimmer rosa oder blau streischen dürfen.« Dr. Dubois fuhr mit dem Schallkopf auf ihrem Bauch herum. »'Aben Sie ein Wunschgeschlescht?«

»Nein, mir ist das ziemlich egal«, erklärte sie, »aber mein Verlobter ist überzeugt, dass wir einen Sohn bekommen.«

»Dann schauen wir mal, ob er Rescht be'ält...hm...se'en Sie das? Dieser kleine Zipfel 'ier gehört tatsäschlisch ihrem Sohn!« Dr. Dubois klang entzückt, obwohl er vermutlich täglich Babys im Bauch anguckte.

»Oh, wie süß!« Klara hatte sofort Bilder vor Augen von verwuschelten Haaren über einem niedlichen Jungengesicht und von matschigen Knien auf kleinen Latzhosen. Mittlerweile hätte sie sich beinahe mehr über ein Mädchen gefreut, aber nur um Lorenz einen Dämpfer zu verpassen.

Am Besprechungstisch nahm Dr. Dubois sich ihren Mutterpass vor und wollte gerade das voraussichtliche Geschlecht des Kindes eintragen.

»Stop!«, rief Klara und erschrak selbst über ihre unbeabsichtigte Lautstärke.

Dr. Dubois hielt inne.

»Wäre es möglich, dass Sie das noch nicht im Mutterpass notieren?«

Dr. Dubois lehnte sich zurück und schaute sie forschend an. »Was 'aben Sie vor?«

»Ich will wissen, wie mein Verlobter reagieren würde,

wenn wir eine Tochter bekämen. Ich habe nämlich den Verdacht, dass er sich viel weniger freuen würde.«

»Solsche Männer verste'e isch nischt. Isch persönlisch liebe das weiblische Geschlescht!« Dr. Dubois stutzte kurz. »Äh, isch meinte, isch finde Frauen ganz toll.«

Klara lachte. »Das ist doch auch eine Voraussetzung für Ihren Beruf, oder?« Für einen kurzen Moment waren sie von der Arzt-Patientin-Ebene abgekommen. »Sie machen also mit bei meinen Plan?«

»Unter einer Bedingung.«

Was will er wohl?, fragte sie sich. Ein gemeinsames Abendessen? Dass wir unseren Sohn Pierre nennen? Eine scharfe Nummer auf dem...

»Isch möschte keine Falschaussage machen.«

Oh. Klara schämte sich kurz für ihre Gedanken.

»In den Mutterpass schreibe isch erstmal nischts rein und 'abe das offiziell einfach vergessen. Und Sie kommen nischt mit ihm zu einem Ültraschall 'ier'in, bei dem isch ihm seine nischt vor'andene Tochter zeigen soll. Einverstanden?«

»Einverstanden. Und merci beaucoup.«

»De rien, mon coeur.«

Klara guckte verständnislos.

»Gerne, mein Herz«, übersetzte Dr. Dubois galant.

»Und wann und wie willst du ihm das mit der falschen Tochter verklickern?«, fragte Romy über ihre selbstgemachte und gar nicht so übel duftende Kohlsuppe hinweg. Romy und Klara machten zusammen Mittagspause in ihrem Büro und schmiedeten einen Plan.

»Über den genauen Zeitpunkt habe ich mir noch keine Gedanken gemacht. Wir fahren ja in ein paar Tagen nach Mannheim in dieses Wellnesshotel und da wird sich bestimmt ein passender Moment ergeben. Ich habe aber jetzt schon ein ziemlich schlechtes Gewissen…Lorenz denkt sich sowas Romantisches für uns aus und ich stelle ihn sozusagen auf die Probe.« Klara war hin- und hergerissen.

»Wieso fahrt ihr denn eigentlich ausgerechnet nach Mannheim? Warum nicht nach Cuxhaven oder so?« Romy verzog das Gesicht.

»Angeblich soll dieses Hotel außergewöhnlich toll sein, sagt Lorenz. Was hast du gegen Mannheim?« Über den Ort hatte Klara sich noch gar nicht gewundert.

»Es gibt einfach schönere Ecken in Deutschland. Aber egal, vielleicht verlasst ihr ja nicht einmal das Zimmer.«

Klara schmunzelte. »Ich muss so langsam wieder an den Schreibtisch. In einer halben Stunde habe ich einen Termin mit einem Elternpaar, dessen einjähriger Sohn seinen Körper entdeckt und sie nicht wissen, wie sie damit umgehen sollen«, berichtete Klara. »Was liegt heute bei dir denn noch an?«

»Ich habe heute Nachmittag ein Gespräch mit einem schüchternen Biolehrer, der Angst vor dem Aufklärungsunterricht hat und Tipps haben will, wie er das Thema lockerer über die Lippen bekommt«, erklärte Romy. »Ich hoffe, dass die Kohlsuppe bis dahin keine Wirkung zeigt.«

Klara und Romy lachten zusammen, wie es nur Freundinnen tun.

Die Fahrt nach Mannheim dauerte vier Stunden. Weit genug von zu Hause entfernt, um Abstand zu gewinnen, aber nah genug dran, falls etwas passiert, schoss es Klara unvermittelt durch den Kopf. In letzter Zeit hatte sie immer wieder diese unbestimmte und wie sie hoffte unbegründete Angst, schnell bei ihrer Familie sein zu müssen.

Klara hatte erst vorgehabt, Lorenz während der Fahrt den Bären mit der Tochter aufzubinden, weil ihn Autofahren immer entspannte und sie längere Strecken früher oft zum Reden genutzt hatten. Bei der Erinnerung an die letzte streitintensive Fahrt, die mit Klaras Übernachtung bei Romy geendet hatte, ließ sie es jedoch lieber bleiben. Vor ihnen lag ja noch das ganze Wochenende.

»Wir sind da.« Lorenz hielt vor einem klotzigen Gebäude an einer Hauptstraße.

Klara hatte zwar nicht viel Erfahrung mit Wellnesshotels, hatte sie sich aber zumindest anders vorgestellt. Vielleicht zählten ja auch hier die inneren Werte. Sie stiegen aus, schulterten ihr Gepäck und gingen zur Rezeption.

»Ich habe ein Doppelzimmer reserviert auf den Namen Weber«, sagte Lorenz und klang sehr businessmäßig.

Die Dame bereitete die Schlüsselkarte und allerlei Informationen über Frühstückszeiten, Raucherbereiche und die Saunaanlage vor und erklärte ihnen den Weg zu ihrem Zimmer. Auch hier war alles recht einfach gehalten. Die Flure bis dorthin hatten weiß gestrichene Wände und lagen mit dunkelblauem Teppich aus. Die Lampen, Türen und Fenster waren ebenfalls sehr schlicht. Hätte die Rezeptionistin nicht bereits die Saunaanlage erwähnt, hätte Klara sich mittlerweile gefragt, ob sie hier wirklich richtig waren.

»Hier ist es, Zimmer 211.« Lorenz schloss die Tür mit der Karte auf. Das Zimmer war geräumig, machte einen sauberen Eindruck und roch nach Putzmitteln der Sorte Bergfrühling. »Ich benutze mal direkt das Bad«, kündigte Lorenz an und verschwand durch die schmale Milchglastür.

Und dieses Hotel wurde ihm für ein Wellnesswochenende mit der Liebsten ans Herz gelegt?, wunderte sich Klara. Sie hatte das Gefühl, dass die Sache irgendeinen Haken hatte. Während Lorenz im Badezimmer war, ließ sie sich auf das Bett sinken und stöberte in den Infoblättchen des Hotels. Es gab tatsächlich mehrere Saunen, ein Schwimmbecken und ein breites Angebot an Beautyanwendungen und Massagen. Wahrscheinlich hat das Hotel bei der Einrichtung der Zimmer und Flure gespart und das volle Herzblut in den Wellnessbereich gesteckt, beschwichtigte Klara ihre Zweifel. Da denkt sich Lorenz einmal etwas Schönes aus und ich fange gleich zu Beginn an zu mäkeln, kritisierte sie sich übergangslos.

Nach einer gefühlten Ewigkeit kam Lorenz aus dem Bad heraus, setzte sich hinter Klara auf das Bett und legte ihr seine Hände von hinten auf den Bauch. Ganz langsam zeigte sich dort eine kleine Wölbung, die sie immer wieder im Spiegel betrachtete. »Ich schlage vor, dass wir jetzt erst einmal die Sauna genießen und anschließend nett Essen gehen. Außerdem erwartet dich nachher noch eine Überraschung…« Zärtlich küsste er ihren Nacken.

»Was denn für eine Überraschung?«, fragte sie halbwegs verblüfft. Wenn er so etwas sagte und sie gleichzeitig liebkoste, konnte die Überraschung nur Sex bedeuten. Die Ankündigung fand sie zwar ein bisschen plump, hatte aber nichts dagegen einzuwenden. Ehrlicherweise hatte sie darauf gehofft, dass sie dieses Wochenende auch dafür nutzen würden, sich mal wieder ausgiebig ihren körperlichen Bedürfnissen zu widmen. Hoffentlich hatte sein langer Aufenthalt im Bad nichts mit der Überraschung zu tun, ging ihr noch durch den Kopf.

Der Saunabereich gefiel Klara richtig gut. Sie hatten unterschiedliche Saunen zur Auswahl, so dass sie schwangerenfreundlich bei niedrigeren Temperaturen schwitzen konnte. Lorenz schien die Nähe zu ihr zu suchen und zu genießen. Er verteilte ihren Schweiß auf ihrem Rücken, massierte ihre Schultern und half ihr in den Bademantel. Klara hatte sich schon lange nicht mehr so wohl, geliebt und umsorgt gefühlt und freute sich, Lorenz nach dem Abendessen noch viel näher zu kommen.

»Das war eine tolle Idee von dir«, lobte sie Lorenz, während sie vor der Tafel mit den Aufgusszeiten standen. »Wenn das Baby erstmal auf der Welt ist, haben wir bestimmt vorerst keine Zeit mehr für sowas.«

»Ja, da hast du sicher recht. Willst du dir nicht für morgen noch etwas gönnen? Vielleicht was für die Schönheit, eine Gesichtsbehandlung oder so?« Andere Frauen hätten das vielleicht als Beleidigung aufgefasst, aber Klara war zumindest in Bezug auf ihr Äußeres selbstbewusst genug, um das nicht in den falschen Hals zu bekommen.

»Eigentlich möchte ich so viel Zeit wie möglich mit dir verbringen«, meinte sie und schmiegte sich an ihn.

Lorenz zuckte kaum merklich zusammen. »Du musst dich ja nicht jetzt sofort entscheiden.« Er schaute auf die Uhr an der Wand. »Ich kriege langsam Hunger. Wollen wir zurück auf's Zimmer und uns für's Essen fertig machen?«

»Ja, okay. Und die Überraschung steht ja auch noch an«, versuchte sie in einem verführerischen Tonfall zu sagen. Früher als Single konnte sie richtig gut flirten, aber diese Fähigkeit war ihr im Laufe der Zeit mit Lorenz abhanden gekommen.

»Darf ich dir Marcel und Paula vorstellen?« Lorenz hatte Klara zu einem Tisch für vier Personen im Restaurant des Hotels geführt, vor dem sie nun standen und das ihr unbekannte Paar begrüßten. »Marcel ist einer meiner Arbeitskollegen und Paula seine Frau.«

»Hallo.« Klara wusste nicht, was die beiden hier machten und hatte die Namen postwendend wieder vergessen.

»Setzt euch doch«, schlug Marcel vor. »Wir haben dem Kellner schon gesagt, dass wir noch nicht komplett sind.« In Klaras Kopf herrschte Leere und sie meinte, so einen Piepton zu hören, wie den, der damals in den Achzigern das Testbild im Fernseher untermalte.

»Ich habe gehört, dass ihr schon in der Sauna wart. Wie ist es denn da? Ich habe mich ja schon so auf dieses Wochenende gefreut...endlich mal wieder abschalten und runterkommen...«, sinnierte die Frau - Paula - vor sich hin.

»Ja, der Saunabereich ist schön. Wie lange bleibt ihr denn hier?«, fragte Klara. Paula und Marcel schauten erst einander an und guckten dann mit hochgezogenen Augenbrauen zu Lorenz. In Klaras Kopf schienen sich einzelne Puzzleteile im Zeitlupentempo zusammenzusetzen.

»Überraschung!«, rief Lorenz wie angeknipst an Klara gerichtet. »Paula und Marcel verbringen mit uns das Wochenende!«

Der Herzblatt-Jingle setzte in ihrem Kopf ein:

♥ »Ich habe für uns einen Partnertausch organisiert. Kandidatin 1, wie findest du das?« ♥

»Was?!« Klara war entsetzt. Wollte Lorenz wirklich...

»Lorenz, so ganz stimmt das aber nicht, dass wir das Wochenende miteinander verbringen«, schaltete sich Marcel ein.

Klara atmete auf.

»Schließlich fahren wir zwei zum Hockenheimring, während sich die Damen hier im Hotel verschönern lassen.«

»So stellst du dir ein gemeinsames Wochenende vor?« Klara war enttäuscht und sauer und machte ihrem Ärger im Hotelzimmer endlich Luft, nachdem sie mit dem anderen Paar gegessen und höfliche Konversation betrieben hatten. »Ich dachte, du wolltest mal wieder mehr Zeit als Paar verbringen!«

»Das tun wir doch auch«, rechtfertigte sich Lorenz. »Wir waren heute den ganzen Tag zusammen, sehen uns zum Frühstück und zum Abendessen und die Nächte haben wir ja auch noch«, fing er an zu gurren und zwinkerte ihr zu.

»Komm' jetzt bloß nicht auf die Idee, mich anzumachen, Lorenz!«, wetterte Klara. »Und wie kommst du überhaupt auf die Idee, dass ich mich mit dieser Paula gut genug verstehe, um mit ihr zwei volle Tage lang in der Sauna rumzuliegen?« Zugegebenermaßen machte sie einen ganz netten Eindruck auf Klara, aber das musste Lorenz jetzt nicht wissen.

»Zum Einen seid ihr fast gleich alt und zum Anderen interessiert sie sich laut Marcel sehr für Babys. Das ist doch eine gute Grundlage! Und ich dachte, dass du lieber zwei Tage mit einer fremden, aber ähnlich tickenden Frau in der Sauna als mit mir am Hockenheimring verbringst.« Lorenz schwankte zwischen Schuldbewusstsein und Unverständnis.

»Warum sollte ich denn überhaupt mitkommen? Du hättest doch auch alleine fahren können.«

»Dann wären wir aber das gesamte Wochenende voneinander getrennt gewesen.«

Klara wusste nicht, was sie davon halten sollte. War sie hier zu kleinkariert oder im Recht?

»Ach Klara.« Lorenz bewegte sich auf sie zu und zog sie langsam in seine Arme. Nach ein paar schweigsamen Minuten Arm in Arm fühlte sie sich fast wieder versöhnt. »Wie war es eigentlich bei deiner Ärztin? Du hattest doch einen Termin in den letzten Tagen, oder?«

Das Frühstücksbuffet im »Hotel zur weißen Rose« ließ in kulinarischer Hinsicht keine Wünsche offen. Paula und Marcel hatten sich schon reichlich bedient, als Klara und Lorenz dazu stießen.

»Guten Morgen«, begrüßten sie sich gegenseitig. Paula und Marcel klangen freudig erregt, Klara und Lorenz dagegen mürrisch-zerknirscht. Klara hatte gestern Abend abgewogen, ob sie die taufrische Versöhnung gleich wieder auf's Spiel setzen und ihm mit der angeblichen Tochter für die Wochenendüberraschung eins auswischen soll.

»Wir bekommen ein kleines Mädchen.« Rache ist süß, hatte sie gedacht.

Lorenz hatte zwar nicht angefangen, niveaulos über Mädchen herzuziehen, allerdings sah Freude auch ganz anders aus. Er wüsste nichts mit ihnen anzufangen, war sein Hauptargument. Sie müssten schließlich für den Fortbestand der Familie Weber sorgen, falls Alexander niemals Vater werden würde, führte er ebenfalls an.

Klara war sich nicht sicher, mit welcher Reaktion sie gerechnet hatte und was sich für sie geändert hätte, wenn Lorenz ausfallend geworden wäre. Vielleicht setzen mir die Hormone mehr zu, als ich dachte. Irgendwie muss ich aus der Nummer schließlich auch wieder heraus, zweifelte sie jetzt - wie so oft - an sich selbst.

»Die Brötchen sind klasse, das Omelette ist klasse, der Kaffee ist klasse...« Paula war schwer begeistert. »Ich freu mich schon, heute einen richtig relaxten Tag zu verbringen und mit dir über alle möglichen Mädchenthemen zu quatschen.«

Klara waren erwachsene Frauen suspekt, die sich selbst noch als Mädchen bezeichneten, auch wenn sie sich selbst in Gegenwart ihrer Familie schnell in ihre Jugend zurückversetzt fühlte. Jedenfalls hatte sie keine Lust, den ganzen Tag über Fingernägel, Haarpflege und Hollywoodstars zu reden.

»Mit Mädchenthemen kennt Klara sich aus, nicht wahr?« Lorenz guckte sie zweideutig an und fuhr an ihrer Stelle fort: »Klara ist beruflich so eine Art Dr. Sommer und beantwortet

Fragen wie zum Beispiel, ob man von Oralverkehr schwanger werden kann.« Lorenz lachte und bemerkte nicht, dass Paula hörbar schluckte.

Marcel warf Lorenz einen flehenden Blick zu und schüttelte fast unsichtbar den Kopf.

»Oder ob zwei Kondome besser schützen als eins.«

Anscheinend hört er mir doch zu, wenn ich von der Arbeit erzähle, ging Klara auf.

»Ich hätte gerne einen Prosecco zum Frühstück.« Paula klang leicht angegriffen. »Klara, du auch?«

Klara schaute von ihrem Müsli auf. »Hm? Ach so, nein danke. Ich darf ja nicht«, sagte sie und streichelte flüchtig ihren Bauch.

»Oh Mist«, flüsterte Marcel, aber da war Paula schon aufgesprungen und mit Tränen in den Augen aus dem Restaurant gestolpert.

»Sie versuchen seit drei Jahren erfolglos, ein Kind zu bekommen«, erzählte Klara Romy mit Grabesstimme am Montag von ihrem Wochenende. Ihr Teammeeting einschließlich des Höhepunkts der Woche musste heute leider ausfallen, da Waltraud auf einer Weiterbildung zur Heilsteinberaterin war. »Nach dem Debakel am Frühstückstisch haben wir vereinbart, dass wir uns mit keinem Wort über irgendein Babythema unterhalten. Hätte sie nicht ständig angefangen zu sticheln, hätte das auch gut geklappt.«

»Sie hat gestichelt?« Romy paraphrasierte, um mehr zu erfahren.

»Und wie. Sie hat mich in der Sauna gemustert und meinte,

dass ich bestimmt wegen meiner schlaffen Bauchmuskeln schon einen kleinen Babybauch hätte. Das war am Samstag. Am Sonntag war sie plötzlich der Meinung, mein Bauch sei ja noch sehr klein und sagte: 'Je dicker eine Frau, desto später sieht man die Schwangerschaft.'«

»So ein Miststück!«, ereiferte sich Romy. Mit ihrer pädagogischen Kommunikation war es vorbei, wenn jemand Klara angriff.

Klara nahm sie in Schutz. »Ganz ehrlich? Paula ist kein Miststück. Sie war nervlich einfach am Ende. Als ungewollt Kinderlose ein ganzes Wochenende mit einer Schwangeren zu verbringen, stelle ich mir echt fies vor. Das haben unsere Männer gründlich versaut.«

»Und wie ging das Wochenende weiter?«

»Lorenz und Marcel hatten beim Rennfahren ihren Spaß, während ich Paula dabei zugesehen habe, wie sie sich demonstrativ mit Sekt, Sushi und Steak abgefüllt hat.« Klara machte den Eindruck, als bräuchte sie Erholung vom Wochenende.

»Oje«, litt Romy mit ihrer Freundin. »Hast du heute schon zur Ablenkung eine Karte gezogen?«

»Ja«, brömmelte Klara, »schon wieder 'Der Gehängte'.«

Lorenz und Klara schlichen in den folgenden Wochen umeinander herum und besprachen nur das Nötigste. Er verstand nach wie vor nicht, warum Klara und Paula kein ideales Saunagespann abgaben und Klara hatte keinen Bedarf, seinen Erlebnissen auf dem Hockenheimring Beachtung zu schenken. Hätte nicht ihre eigene Hochzeit vor der Tür gestanden, wäre es vermutlich noch stiller zwischen ihnen geworden. Sie unterhielten sich gerade über das Lokal, in dem sie feiern wollten, als Klara einen deutlichen Stups in ihrem Bauch spürte. Klara griff instinktiv mit ihrer Hand dorthin.

»Lorenz!«, rief sie. »Er hat getreten!«

»Oh!« Lorenz machte erst große Augen, guckte dann aber plötzlich skeptisch. »Er?«

Mist, Mist, Mist. »Äh…ja…« Klara überlegte fieberhaft, wie sie sich retten könnte.

»Der Fötus hat getreten?« Franziska stand in der offenstehenden Wohnungstür und war Klaras spontane Rettung.

»Wie bist du herein gekommen?«, wollte Lorenz wissen und war glücklicherweise schon wieder abgelenkt.

»Ich arbeite nebenbei als Einbrecherin«, scherzte Franziska. Was für eine Frage.

»Ach, ich habe vorhin den Müll runtergebracht«, fiel Klara wieder ein, »und unten ist mir aufgefallen, dass die Blumen im Vorgarten Wasser brauchen, deshalb habe ich wohl alle Türen offen gelassen. Dass ich eigentlich die Gießkanne holen wollte, habe ich dann anscheinend vergessen…«

»Die gute Schwangerschaftsdemenz«, lachte Franziska. »Dann freu dich schon mal auf's Stillen. Wie geht's denn deinem Rücken heute?«

Klara hatte seit ein paar Tagen Schmerzen am Kreuzbein und hatte deshalb Franziska herbestellt.

Mit den Worten »Ich lass euch Mädels mal allein« verließ Lorenz das Wohnzimmer. Klaras Schwangerschaftswehwehchen interessierten ihn nicht besonders.

Während Franziska Klaras Kreuzbein mit bunten Tapes

versorgte, schüttete Klara ihr das Herz aus. Über den unangenehmen Heiratsantrag, das versiebte Wochenende und die Geschlechterlüge. »Irgendwie steht die Schwangerschaft unter keinem guten Stern, denke ich manchmal.«

»Ich weiß nicht, ob dir das hilft, aber ein Kind zu erwarten ist für alle Paare eine aufregende Sache und das sorgt bei vielen zu Problemen, die sie nicht erwartet hätten.« Franziska guckte etwas ins Leere und fuhr fort: »Manchmal finde ich es merkwürdiger, wenn alles glatt geht. Jeder hat doch irgendwie sein Päckchen zu tragen, oder?«

Nickend ließ sie sich durch den Kopf gehen, ob sie Franziska mit ihrer These recht gab. »Wie sieht denn dein Päckchen aus?« Klara fragte sich, ob sie zu direkt war und Franziskas Leben sie nichts anging, aber sie hatte das Gefühl, dass auch Franziska jemanden zum Reden brauchte.

Franziska seufzte schwer. »Mein Päckchen beinhaltet meinen Traumjob als freie Hebamme in Verbindung mit der steigenden Versicherung, die ich mir bald nicht mehr leisten kann«, brachte sie ihr Problem auf den Punkt.

Darüber hatte Klara einen Artikel gelesen, hatte sich aber nie Gedanken darüber gemacht, was das für jede einzelne Hebamme bedeutete. Während sie noch überlegte, was sie antworten könnte, spürte sie einen weiteren Tritt.

Einen ordentlichen Tritt hätte sie auch gerne Herrn Weber verpasst, als sie mal wieder bei Kaffee und Gebäck zusammen saßen.

»Damals, zu unserer Zeit, da sind die schwangeren Frauen noch vernünftig herumgelaufen.« Herr Weber hatte Klara abschätzig gemustert, als sie ihr Übergangsjäckchen ausgezogen und dabei ihr neustes Outfit offenbart hatte. Sie trug zu ihren dunkelblauen Umstandsjeans ein enganliegendes, gepunktetes Umstandsshirt von H&M, das zur Zeit wahrscheinlich jede Schwangere in Bielefeld besaß, weil es dort viel zu wenig Mode für Schwangere zu kaufen gab. Während Herr Weber sich abzeichnende Babybäuche allerdings unansehnlich fand, war Klara stolz darauf, ihr kleines Bäuchlein vor sich hertragen zu dürfen und dachte im Traum nicht daran, es zu verhüllen.

»Was haben Sie denn damals getragen?«, fragte Klara Lorenz' Mutter.

Frau Weber war es anscheinend gar nicht gewohnt, in diesem Haus auch mal antworten zu dürfen, weshalb sie sich vor Überraschung kurz sammeln musste.

Herr Weber nutzte den Moment und erinnerte sich zurück: »Unauffällige, weit geschnittene Blusen und Kleider.«

»Aber hätten Sie nicht auch lieber ihren Bauch gezeigt?« Klara guckte Frau Weber herausfordernd an und wollte nicht locker lassen.

Frau Weber guckte unsicher zwischen Klara und ihrem Mann hin und her und meinte schließlich: »Ach Frau Neumann, keine Ahnung...das war damals einfach so.« Klara hasste diese Antwort von älteren Leuten und hatte noch nie verstanden, wie man so wenig hinterfragen konnte.

Herr Weber schien ihre Gedanken gelesen zu haben, was sie ihm gar nicht zugetraut hätte. »Ich weiß, dass Ihre Generation meint, die Weisheit für sich gepachtet zu haben, Frau Neumann. Sie alle glauben, sie wüssten alles besser und erfinden das Rad immer wieder neu, obwohl es vorher einwandfrei lief.«

»Meine Generation passt sich also zu wenig an?« Klara verdrehte innerlich die Augen und spürte wieder Tritte - im Bauch von ihrem Sohn und unter dem Tisch von Lorenz. Vater und Sohn waren offenbar auf einer Seite.

»Ja. Wenn wir mal beim Thema Schwangerschaft und Kinder bleiben: früher haben wir alle brav Kinderwagen geschoben und nur alternative Hippies benutzten diese speckigen Tücher zum Tragen, in denen die Kinder gar keine Luft bekommen und so krumm drinhängen. Heute meinen ja alle jungen Leute, ihre Kinder wie Primaten rumschleppen zu müssen, dabei haben sich Kinderwagen einfach bewährt.« Er machte eine Kunstpause und stützte sein Kinn auf seine Fingerknöchel. »Haben Sie sich schon für ein Modell entschieden?«

Lorenz sprang ein und versuchte, mit einem weiteren Tritt unter'm Tisch begleitet die Situation zu retten. »Wir sind noch auf der Suche.«

Genau genommen hatten sie darüber noch gar nicht gesprochen, allerdings hatte Klara den Gedanken, dass die tragenden Primaten vor der Kinderwagenepoche existierten und dies somit die ursprünglichste Art war, seinen Nachwuchs zu befördern. Möglicherweise würde sie sich aber schon alleine deshalb für ein Tragetuch entscheiden, um Herrn Weber zu ärgern.

»So so.« Herr Weber war heute nach Streiten zumute und brachte sein Lieblingsthema auf den Tisch. »Oder nehmen wir mal die Arbeitswelt. Würden die Frauen, die Kinder haben, ganz einfach zu Hause bleiben und die Männer die Arbeit machen lassen, hätten wir in Deutschland keine Arbeitslosigkeit mehr.«

Entweder hatte Frau Weber die Ohren auf Durchzug gestellt oder sein Gerede war für sie schon ein alter Hut, ging es Klara durch den Kopf. Ihre zukünftige Schwiegermutter knabberte dabei nämlich seelenruhig an einem Schokoladenkeks, ohne irgendeine Regung im Gesicht zu zeigen.

»Wenn ich Sie richtig verstehe, dann sollten alle Mütter zu Hause bleiben und nicht mehr ins Berufsleben zurückkehren?« Klaras Augen funkelten angriffslustig.

»Klara…« Lorenz wollte sie zurückpfeifen wie einen scharfen Wachhund.

»Lorenz, lass deine Verlobte doch«, wies Herr Weber seinen Sohn zurecht. »Ich bin gespannt, worauf sie hinaus will.« Herr Weber hatte eindeutig Spaß an Auseinandersetzungen.

»Naja«, Klara wählte ihre Worte mit Bedacht, »wenn irgendwann alle Mütter dem Berufsleben den Rücken kehren, dann müssten aber auch Männer typische Frauenberufe machen.«

Herr Weber dachte über seinen nächsten Schachzug nach. »Meinen Sie diesen sozialen Kram, womit Sie Ihr Geld verdienen?«

»Unter anderem. Ich stelle mir aber auch Putzmänner, Sekretäre, Zahnarzthelfer, Erzieher und männliche Geburtshelfer vor.« Klara wusste nicht, wo das Gespräch enden sollte und fand es zunehmend anstrengend, während Frau Weber sich immer interessierter zeigte. Schließlich hatte sie jahrelang für ihren Mann gearbeitet und hätte sich bestimmt die Zeit mit angenehmeren Dingen vertreiben können, zum Beispiel damit, sich die Bikinizone epilieren oder sich die Fußnägel herausrupfen zu lassen.

»Ach Frau Neumann…« Herr Weber versuchte, Zeit zu schinden, weil er offenbar nicht weiter wusste und fuhr wie ein verzweifeltes Tier die Krallen aus. »Sie kommen jetzt aber ganz schön vom Thema ab und geben sich heute noch widerspenstiger als sonst. Vergessen Sie nicht, dass Sie nur Gast in diesem Haus sind und Ihre Hormone besser in Schach halten sollten.«

Nur Gast, registrierte Klara im Stillen und beließ es zähneknirschend dabei. Nur, weil Herrn Weber heute die Streitlust gepackt hatte, musste sie sich nicht die Nerven ruinieren lassen. Vielleicht wird ihm durch meinen kleinen Babybauch bewusst, dass seine fruchtbare Blütezeit schon längst vorbei ist, was an seiner Männlichkeit kratzt, beschwichtigte Klara ihren Groll. Oder er hat heute Morgen keinen hoch gekriegt, stänkerte ihr inneres Teufelchen.

»Guten Morgen, guten Morgen, guten Morgen Sonnenschein…«, trällerte Waltraud am nächsten Tag im Büro vor sich hin. Der atmosphärische Unterschied zum überstandenen Sonntagskaffee hätte nicht größer sein können. Während Herr Weber durch seine bloße Anwesenheit die Raumtemperatur in winterliche Bereiche senken konnte, gelang Waltraud das genaue Gegenteil, was ihrer Meinung nach an ihrer orangefarbenen Aura lag. »Die Karten warten, meine Lieben.«

Klara machte den Anfang. »Wie passend: Der Teufel«, sagte sie an Waltraud gerichtet und hielt die Karte hoch.

Waltraud guckte wie eine Wahrsagerin auf der Kirmes. »Oh, die ist spannend. Du wirst eine Begegnung mit dem Schatten von dir oder von anderen haben.«

»Witzig, dann steht die Karte wohl für gestern.« Sie überließ Romy das Feld.

Romy ließ sich bei der Auswahl Zeit, was Waltraud natürlich verständnisvoll unterstützte. »Ich habe die 'Prinzessin der Stäbe' gezogen.«

Waltraud nickte wissend. »Das steht für Begeisterung und Neubeginn.«

»Steht bei dir eine neue Diät an?«, zog Klara die Bedeutung spaßeshalber ins Lächerliche.

»Da ist er ja schon, dein Schatten!«, scherzte Romy zurück.

Waltraud breitete die Karten ebenfalls vor sich aus. »Drückt mir die Daumen. Heute stehen die Vorstellungsgespräche für deine Elternzeitvertretung an, Klara.« Sie seufzte. »Du bist nicht leicht zu ersetzen. Ihr glaubt ja gar nicht, wer sich alles auf die Stelle beworben hat und für fähig genug hält.« Waltraud zog eine Karte und guckte gequält. »Na super. Die neun Schwerter stehen für Schuldgefühle, Ängste und schlaflose Nächte. Was steht bei euch denn diese Woche an?«

»Ich halte am Donnerstag einen Vortrag vor Lehrern und Eltern in der Volkshochschule darüber, welchen Einfluss die Medien und sozialen Netzwerke auf die sexuelle Entwicklung von Teenagern haben.«

»Interessant, Klara. Und du?« Waltraud war immer sehr angetan von ihren beiden Mitarbeiterinnen.

»Am Mittwoch besuche ich einen Bildungsträger und stehe

für Beratungsgespräche zum Thema 'Abtreibung' zur Verfügung«, berichtete Romy.

»Auch spannend! Ich freue mich, wie gut ihr beiden für unsere Arbeit Werbung macht«, lobte Waltraud. »Wenn es so eine Beratungsstelle schon gegeben hätte, als ich jung war, wäre mir einiges erspart geblieben.« Nach einer bedeutungsschweren Pause, die Klara und Romy nicht zu deuten wussten, verabschiedete sie sich und wünschte den beiden einen schönen Tag.

»Was liegt denn gerade sonst noch bei dir an?«, erkundigte Klara sich bei Romy.

»Ach, nicht so viel. Heute lege ich einen Reistag ein und morgen startet eine neue Kursreihe im Fitnessstudio, für die ich mich angemeldet habe. Irgendsoeine neumodische Mischung aus Yoga, Tanz und Kampfsport. Und bei dir?«

»Klingt anstrengend. Lorenz und ich besuchen heute Abend eine Infoveranstaltung im Krankenhaus einschließlich einer Besichtigung des Kreißsaals.«

»Und Lorenz kommt freiwillig mit?« Romy sah überrascht aus. So engagiert hatte sie ihn gar nicht eingeschätzt.

»Er kommt zwar mit, aber nur, um mir einen Gefallen zu tun. Nach der Debatte mit seinem Vater, die Lorenz mich mal wieder komplett alleine hat austragen lassen, ist er mir das einfach schuldig.«

Romy nickte zustimmend. »Hoffentlich benimmt er sich dann heute Abend besser als gestern.«

»Na klar. Was soll bei so einer Kreißsaalbesichtigung schon schief gehen?« Ihr E-mail-Postfach kündigte eine neue Nachricht an.

»Hallo Frau Neumann. Sie waren neulich bei uns im Unterricht und ich habe an einer Stelle nicht aufgepasst: woher bekomme ich die 'Pille danach'? Ich möchte vorbereitet sein. Danke, Mia.«

»Hallo Mia, wenn du vorbereitet sein möchtest, nimm die ganz normale Pille. Mehrere Wochen vor dem Geschlechtsverkehr und regelmäßig. Bitte. Viele Grüße, Klara Neumann.« Das schreibt die Richtige, dachte sie, legte verträumt ihre Hände auf ihren Bauch und wartete auf einen weiteren Stups.

Das Krankenhaus war ein großer anonymer Klotz, der so viel Charme versprühte wie vergammelter Heringssalat. Klara hätte eigentlich gerne im gemütlichen, von Hebammen geleiteten Geburtshaus entbunden, war dafür aber schon zu spät dran. Sie fragte sich, ob die anderen Schwangeren sich bereits dort anmeldeten, wenn sie die Pille absetzten, um einen Platz zu ergattern, statt einen positiven Schwangerschaftstest abzuwarten. Zu Hause zu entbinden konnte Klara sich ebenfalls gut vorstellen, allerdings hatte Lorenz etwas dagegen. Offiziell hatte er Angst vor möglichen Risiken, aber Klara hatte eher das Gefühl, dass es ihm um mögliche Flecken im Teppich ging.

»Saskia!« Lorenz hatte unter den anderen schätzungsweise fünfzig Besuchern der Infoveranstaltung seine ehemalige Flamme entdeckt, die jetzt mit ihrem riesigen Babybauch und ihrem Adonis von Ehemann im Schlepptau auf sie zugewatschelt kam.

»Lorenz, hallo! Darf ich dir meinen Mann Thorsten vorstellen?« Saskia sah strahlend schön und unglaublich glücklich aus - wie auf ihren Hochzeitsfotos, erinnerte sich Klara an ihre Stalkingaktion bei Facebook.

»Ach, wie nett.« Lorenz war sofort anzusehen, dass er sich neben Thorsten minderwertig fühlte. »Das ist meine Verlobte Klara«, machte er sie miteinander bekannt.

Die beiden Frauen schüttelten sich die Hand und Klara fragte sich, ob Saskia sie wohl auch schon heimlich bei Facebook begutachtet hatte.

»Wann ist es denn bei euch so weit?«, fragte Saskia, die ganz schwangerentypisch ihre Hände auf den unteren Rücken stützte.

»Ende September. Und bei euch?«

»In fünf Wochen.« Sie lachte ihr bezauberndes, glockenhelles Lachen. »Wir wollen zwar im Geburtshaus entbinden, aber mir ist jetzt im Mutterschutz so schrecklich langweilig, dass wir zur Abwechslung heute Abend hierhin gefahren sind.« Zärtlich legte sie Thorsten eine Hand auf dessen Adonisbrust.

Klar, Geburtshaus und Traumbeziehung mit Traummann, dachte Klara und schmeckte die Bitterkeit ihrer Gedanken direkt auf ihrer Zunge. »Ach, wie nett«, benutzte sie einfältig Lorenz' Worte und griff nach seiner Hand.

Lorenz schien zu verstehen und nahm sie besitzergreifend in den Arm.

»Die Kreißsaalführung geht los«, warf Thorsten ein und bot seiner Saskia gentlemanlike den Arm.

Die Hebamme und der Oberarzt führten die Besucher durch die Räumlichkeiten und zeigten die verschiedenen

Kreißsäle, sofern sie nicht besetzt waren. Froh darüber, keine Schmerzensschreie von gerade Gebärenden zu hören, konnte sich Klara immer besser vorstellen, hier ihr Kind zu bekommen. Die Inneneinrichtung machte einen freundlichen Eindruck und das Personal wirkte ebenfalls aufgeschlossen.

»Natürlich bemühen wir uns, unsere Patientinnen in Positionen gebären zu lassen, in denen üblicherweise so wenig Geburtsverletzungen wie möglich passieren«, erklärte die Hebamme gerade, als sie in einem der Kreißsäle einen Geburtshocker betrachteten.

»Welche Geburtsverletzungen meinen Sie denn?«, fragte ein blasses Gesicht mit hoher, ängstlicher Stimme aus einer der hinteren Reihen.

»Am häufigsten kommt der Dammriss vor und den gibt es ersten bis vierten Grades. Alles weitere zu diesem speziellen Thema erfahren Sie in Ihrem Geburtsvorbereitungskurs«, schloss die Hebamme ihre Erklärungen ab.

»Gibt's denn noch weitere Fragen?« Der Oberarzt schaute in die große Runde.

»Ja, ich habe eine«, meldete Lorenz sich zu Wort.

Klara drehte sich überrascht zu ihm um und sah ihm an, dass er schon innerlich über seinen eigenen Witz, der ihm auf den Lippen lag, lachen musste.

♥ »Kandidatin 1, welchen Spruch müsste ich vor anderen Menschen bringen, damit du dich in Grund und Boden schämst?« ♥

»Schießen Sie los.«

Klara fing an zu beten.

Lorenz grinste schelmisch und zwinkerte in Thorstens

Richtung. »Machen Sie beim Nähen der Dammnaht für 'nen Fuffi einen Stich mehr?«

Mein liebes Knöpfchen,

es ist kaum zu glauben, aber die Hälfte der Schwangerschaft ist schon vorbei, dabei bin ich gerade erst so richtig in dem Schwangerenmodus angekommen. Mein Halbzeitbauch ist jetzt eine richtig kleine Kugel und ich kann dich deutlich spüren. Ich frage mich, ob du mal ein kleiner Turner wirst. Oder Kickboxer. Oder... Auf jeden Fall bist du ganz schön aktiv und ich bekomme immer ein dümmliches Grinsen im Gesicht, wenn du dich bemerkbar machst. Auch dein Papa findet es faszinierend, wenn du - natürlich noch recht zart - in seine Hände trittst. So verzückt sehe ich ihn selten. Übrigens denkt er, dass du ein Mädchen wirst, weil ich ihn auf die Probe stellen wollte. Ich muss das unbedingt demnächst mal richtig rücken, bevor er dich mit 'Prinzessin' anspricht - auch wenn er dieses Spielchen mehr als verdient hat. Manchmal benimmt er sich echt daneben...naja. Irgendwann wirst du seinen speziellen Sinn für Humor ja auch kennenlernen und dann wissen, was ich meine.

Laut Internet bist du jetzt schon 23 Zentimeter groß und fast 300 Gramm schwer, also hast du ungefähr die Maße einer großen Tafel Milkaschokolade. Die hast du schon ganz oft in deinem Fruchtwasser geschmeckt (zum Glück war mein Glukosetoleranztest trotz meines immensen Zuckerkonsums unauffällig). Schmecken kannst du nämlich schon, genauso wie riechen, sehen und hören. Unter Wasser zu riechen stelle ich mir zwar unmöglich vor, aber so stand es im Ratgeber.

In den nächsten Tagen empfehle ich dir allerdings, deine kleinen Öhrchen lieber zuzuklappen. Wir, also du und ich, gehen nämlich auf Brautkleidsuche mit Mama, Romy, Maja und Frau Weber. Ja genau, meine Mutter hat tatsächlich Lorenz' Mutter angerufen und sie gefragt, ob sie nicht mitkommen möchte. Auf meinen hysterischen Anfall hin hat Mama mir geantwortet, ich würde gerade in eine längst abgeschlossene Entwicklungsstufe zurückfallen...Mütter.

Was für eine Mutter werde ich wohl sein? Ober-lieb und verschmust, aber viel zu wenig konsequent? Restlos überfordert und dauergestresst? Top-informiert über die Vor- und Nachteile windelfreier Erziehung? Bis in die Haarspitzen organisiert und immer mit frisch sterilisierten Schnullern und Feuchttüchern bepackt? Wenn ich die vielen Blogartikel über die richtige Erziehung lese (wobei heutzutage schon alleine dieser Begriff unter Müttern nicht mehr gut ankommt), dann bekomme ich den Eindruck, es nur falsch machen zu können. Seine Kinder zu loben oder zu fördern gilt mittlerweile als grober Fehler. Und wer sein Kind hinsetzt, bevor es von alleine sitzen kann oder beim Laufenlernen an den Händen führt, fällt im Mami-Ranking schneller auf den letzten Platz, bevor sie 'Dinkelstange' sagen kann. Grundsätzlich bin ich ja immer sehr daran interessiert, was dem Menschen hilft und was nicht, aber allmählich fühle ich mich verunsichert, obwohl du noch nicht einmal auf der Welt bist. Ich verspreche dir, dass ich mir Mühe geben werde.

Ich denke an dich und habe dich jetzt schon lieb!

»Soll ich Ihnen das Kleid in einer anderen Größe holen, Frau Neumann?« Lorenz' Mutter erwies sich als ungeheuer praktische Begleitung für alle Beteiligten, da sich in dem Nobelschuppen, den Maja als einzig in Frage kommendes Brautmodengeschäft auserkoren hatte, niemand von den hageren Verkäuferinnen bemüßigt fühlte, sie zu bedienen. Frau Weber jedoch sorgte neben Brautkleidnachschub auch noch für Getränke für sie alle und schuf im Rahmen ihrer hiesigen Möglichkeiten eine angenehme Atmosphäre. Der Laden selbst strahlte diese leider nicht aus. Im Schaufenster hing kein Kleid unter zweitausend Euro, die Inneneinrichtung bestand aus schwarzen Ledersesselchen an Couchtischen aus Glas und Chrom und die Beleuchtung ließ die zukünftigen Bräute käsig und krank aussehen. Klara konnte sich nicht erklären, was an diesem Geschäft so wahnsinnig exklusiv sein sollte, außer der gesalzenen Preise.

»Meine Liebe, wir gehören doch bald zu einer Familie. Wollen wir das Gesieze nicht endlich hinter uns lassen? Ich bin Leonore.«

»Gerne. Ich bin Hildegard«, verkündete sie in die Runde. Offensichtlich tat es ihr gut, ohne ihren Konrad unterwegs zu sein. Sie wirkte viel aufgeschlossener und irgendwie umgab sie ein gewisses Leuchten.

Schwanger kann sie ja nicht mehr sein, dachte Klara, auch wenn ihr das exakte Alter ihrer zukünftigen Schwiegermutter gerade nicht einfiel. Hatten sie bisher immer nur die Geburtstage von Herrn Weber gefeiert oder litt sie gerade an Schwangerschaftsdemenz?

»Romy - Klaras Freundin, Kollegin und Trauzeugin.« Romy und Hildegard lächelten einander aufgeschlossen und weitestgehend vorurteilsfrei an.

»Maja - ich bin mit Klaras Bruder Florian verheiratet.« Maja hätte in ihrem schwarzen Hosenanzug und mit dem strengen Haarknoten auch genauso gut zum Team dieses Ladens gehören können. Wie sie da saß und mit spitzen Fingern die Kleider inspizierte, wirkte sie hölzerner denn je.

Klara steckte das Gesicht aus der Umkleidekabine. »Ich bin Klara.«

Hildegard lächelte sie an und Klara fragte sich, ob sie sich wohl beim nächsten Sonntagskaffee wieder Siezen würden.

»Und dieses Kleid ist übrigens auch nicht das Richtige.« Da sie noch nicht viele anprobiert hatte, hielt sich ihr Frust noch in Grenzen.

»Mein Schatz, welche Botschaft soll dein Kleid denn vermitteln?«, regte Leonore eine neue Herangehensweise an.

Klara zog unsicher die Augenbrauen hoch.

Maja machte einen Vorschlag: »Ich bin cool und unabhängig, auch wenn ich bald verheiratet bin. Das ist doch mal ein Statement.«

Klara fragte sich, ob sie jemals cool und unabhängig war oder sein würde.

»Ich freue mich darauf, eine liebende Ehefrau zu sein«, schlug Hildegard vor.

Maja verdrehte genervt die Augen. »Sie weiß ja auch noch nicht, was sie erwartet…«

»Vergiss nicht, dass du über meinen Sohn herziehst, wenn du die Ehe schlecht machst«, mahnte Leonore an Maja gerichtet.

»Ich finde, dass dein Kleid einfach zu dir, der echten und tollen Klara passen muss«, schaltete sich Romy ein. »Ein bisschen pfiffig, nicht so überkandidelt und so, dass du dich wohl fühlst.«

Wie durch ein Wunder eilte eine gestresste Verkäuferin herbei und nahm hektisch ihre Wünsche auf. »Wie ich sehe, wird es eine Pralinenhochzeit.«

»Was soll das denn sein?« Leonore zog skeptisch die Stirn in Falten.

Die Verkäuferin tippelte ungeduldig herum. »Na, eine Braut mit Füllung. Wie eine Praline eben. Wann findet die Hochzeit statt und wie viel Bauch wird noch dazukommen?«

»In acht Wochen. Wie viel mein Bauch noch wächst, kann ich allerdings nicht vorhersehen.« Klara ärgerte sich über die Hochnäsigkeit der Frau.

»Ich hole mal ein paar Exemplare, die für eine Hochschwangere überhaupt in Frage kommen«, sprachs und trippelte wieder davon.

»Was ist denn im Moment los bei dir und Florian?« Während sich Hildegard, Leonore und Romy im Laden umsahen, ergriff Klara die Gelegenheit, um mehr über die Ehe ihres Bruders zu erfahren.

»Nichts. Und das meine ich wortwörtlich. Ich fühle mich, als wäre ich Single, allerdings mit der Einschränkung, dass ich mich nicht mit anderen Männern treffen darf.« Maja wirkte verärgert. »Dass Florian die halbe Nacht auf den Beinen ist, hatte ich ja neulich schon erzählt. Ich liege also ständig alleine im Bett. Noch dazu gehen wir kaum noch aus. Zum Essengehen fehlt ihm der Appetit, zum Tanzengehen die Energie. Früher haben wir auch viel mehr geredet und Pläne gemacht, haben nach dem nächsten Urlaub geguckt oder sind durch Autohäuser gebummelt, aber das ist alles nicht mehr mit ihm möglich.« Dass sich Maja derart ihr Herz ausschüttete, war wirklich ungewöhnlich.

»Hast du ihn mal darauf angesprochen?« In Klaras Ohren klang Majas Beschreibung tatsächlich besorgniserregend, auch wenn ihre Mutter und nicht sie selbst auf diesem Gebiet die Fachfrau war.

»Natürlich, immer wieder. Ich bin mir sicher, dass eine andere Frau dahinter steckt, aber Florian bestreitet das vehement. Seitdem ich es aufgegeben habe, mit ihm über uns zu sprechen, leben wir im Grunde nur noch nebeneinander her.«

Die Verkäuferin kam mit einem Arm voller Tüll, Taft und Spitze sowie mit den anderen drei Frauen auf den Fersen zurück. »So riesig ist die Auswahl für Hochschwangere tatsächlich nicht, aber vielleicht gefällt Ihnen eins von diesen hier.« Die Verkäuferin hängte fünf unterschiedliche Kleider in die Umkleidekabine und hetzte wieder von dannen.

»Na, dann leg mal los.« Leonore, Hildegard, Romy und Maja setzten sich wie eine Jury in einer Reihe vor die Kabine, so dass nur noch Heidi Klum, Dieter Bohlen und Punkttafeln fehlten, um das Bild komplett zu machen.

Klara probierte das erste Kleid an. Es erinnerte eher an ein bodenlanges Negligé aus Satin, zeigte viel Dekolleté und überließ wenig der Fantasie.

»Ich weiß gar nicht, ob ich euch das zeigen will«, rief sie den anderen durch den zugezogenen Vorhang zu.

»Spring über deinen dickbäuchigen Schatten, Schätzchen«, neckte Maja sie.

Klara zog mit einem Ruck den Vorhang auf und stellte sich den neugierigen Blicken.

Maja pfiff anerkennend, während Romy die Stirn kraus zog.

»Was meint ihr?« Klara fühlte sich unwohl, derart begutachtet zu werden.

»Madonna Klara, ich find's heiß!«, kam von Maja.

Hildegard sagte vorsichtig: »Ich könnte mir vorstellen, dass es Lorenz gefällt.«

»Mama? Romy? Eure Wertung bitte.«

»Freud würde sagen, dass du durch die Zurschaustellung deines halbnackten Körpers irgendwas anderes kompensieren musst - vermutlich einen Mangel an Aufmerksamkeit durch deinen Vater in deiner Kindheit oder so«, antwortete Leonore umständlich.

»Wie gefällt es dir denn?«, wollte Romy wissen. »Letztendlich bist du ja diejenige, die einen Tag lang damit herumlaufen muss und nicht wir.«

Klara guckte in den großen Spiegel und stellte sich vor, in diesem Hauch von Stoff vor dem Standesbeamten zu stehen. »Ich fühle mich darin zu nackt. Das ist nicht mein Kleid.«

Maja verdrehte die Augen und stürzte ihren mittlerweile zweiten Prosecco herunter, während Klara zurück in die Umkleidekabine stolzierte und das nächste Kleid überwarf.

Von dem zweiten Exemplar zeigte Romy sich begeistert.

»Wie hübsch und feminin du darin aussiehst!«

Das Modell 'griechische Göttin' hatte einen herzförmigen Ausschnitt, breite Träger aus zartem Tüll und einen verspielt bestickten Oberstoff.

»Finde ich nicht«, warf Maja ein. »Du siehst aus wie die geschwängerte Unschuld vom Lande.«

»Also, Lorenz würde es bestimmt gefallen«, wiederholte Hildegard sich.

»Hast du denn auch eine eigene Meinung?« Maja wurde langsam zickig und bemerkte nicht die eindringlichen Blicke, mit denen Leonore versuchte, sie zum Schweigen zu bringen.

»Magst du dich denn darin lieber als in dem anderen?«, benutzte Leonore Romys Strategie.

»Ja, irgendwie schon, aber es hat noch nicht 'klick' gemacht.« Klara hatte bisher in jedem Brautmagazin gelesen, dass angehende Bräute es direkt spüren würden, wenn sie ihr Kleid gefunden haben.

»Schade, aber dann ist es nicht das Richtige für dich«, versuchte Romy ihre Freundin zu unterstützen.

»Ach, ihr Pädagogen wieder…« Die Kombination aus Alkohol und Ehefrust schien Maja allmählich aggressiv zu machen. »Immer müsst ihr innerlich hinter euren Entscheidungen stehen. Es geht nur um ein blödes Kleid, verdammt.«

Während Klara Kleid Nummer drei anprobierte, hörte sie, wie die anderen diskutierten.

»Reiß dich bitte zusammen«, vernahm sie von ihrer Mutter.

»Natürlich habe ich eine eigene Meinung«, hörte sie Hildegard murmeln.

»Wir Pädagogen sind wenigstens nicht so verkopft wie ihr

Bankmenschen«, verteidigte Romy sich.

In der Hoffnung, einen handfesten Streit zu verhindern, beeilte Klara sich beim Umziehen und öffnete den Vorhang. »Wie findet ihr das hier?«

Hildegard ergriff als erste das Wort. »Mir persönlich gefällt es ganz gut. Ich finde, es bringt deine schönen Beine toll zur Geltung.« Ihre Augen, die kleine Blitze Richtung Maja schossen, sprachen Bände.

»Mich erinnerst du darin an Jackie Kennedy, mein Schatz. Da fehlt nur noch ein kleiner Schleier an einem Pillboxhut.«

»Ich finde es etwas zu bieder«, räumte Romy ein.

Klara schaute von einer zur anderen und blieb letztendlich bei Maja hängen, die gerade dabei war, sich Prosecco nachzuschenken.

»Maja, was meinst du?«

Maja zog theatralisch die Augenbrauen hoch. »Ich sag am besten gar nichts mehr.«

»Ach Maja, jetzt spiel nicht die Beleidigte«, versuchte es Leonore auf die mütterliche Art. »Wer austeilt, muss auch…«

»Na gut.« Maja straffte die Schultern und exte ihr Glas. »Nimm das Geld, das du für das Brautkleid eingeplant hast und kauf dir davon ein ordentliches Paar Designerschuhe. Mit denen hast du nämlich langfristig mehr Spaß, als mit einem Ehemann.« Sie erhob sich leicht schwankend aus dem Ledersesselchen und hängte sich ihren Blazer um. »Und jetzt könnt ihr gepflegt über mich herziehen. Ich verschwinde. Ach ja, Klara, auch dieses Kleid ist scheiße. Wer will schon aussehen wie Jackie Kennedy? Die war doch auch nur Ehefrau, wobei ihr Göttergatte zumindest den Anstand hatte, frühzeitig abzutreten.«

Apropos Anstand, dachte Klara, als Maja endlich den Anstand hatte, den Laden zu verlassen.

»Herzlich Willkommen zu Cordulas Kurs für grandioses Gebären«, begrüßte die etwas schrullige Hebamme Cordula die sieben Schwangeren, die mit ihr im Kreis auf dem Teppichboden saßen. »Ich freue mich, dass ihr hier seid und wir vier bereichernde Einheiten miteinander verbringen werden. Als erstes stelle ich mich euch vor und danach seid ihr an der Reihe. Einverstanden?«

Nach kollektivem Nicken fuhr sie fort. »Meinen Namen kennt ihr bereits, ich bin vierundvierzig Jahre alt, arbeite seit über zwanzig Jahren als Hebamme und liebe alles an diesem Beruf - sogar die Patientinnen.« Sie lachte über ihren eigenen Witz, während Klara dankbar war, Franziska als Hebamme gefunden zu haben, weil sie mit ihr viel mehr auf einer Wellenlänge lag. »In meiner Freizeit meditiere, male und musiziere ich gerne.« Sie reichte der Frau zu ihrer rechten eine Stilleinlage und signalisierte ihr so, dass sie nun dran war, sich vorzustellen.

»Hallo, ich bin Iris, in der dreißigsten Woche schwanger - genauer gesagt bei neunundzwanzig plus vier - und wir bekommen einen Jungen. Ich bin sechsunddreißig, Grundschullehrerin und mache gerne Sport.«

Iris, die Informierte, baute sich Klara eine Eselsbrücke.

»Dann mache ich mal weiter«, sagte Iris' Sitznachbarin und nahm die Stilleinlage entgegen. »Ich heiße Andrea, bin seit vorgestern achtundzwanzig Jahre jung und von Beruf leidenschaftliche Arzthelferin bei einem Neurologen. Mein Mann und ich sind seit zweieinhalb Jahren super-glücklich verheiratet, kennen uns aber schon seit der Schulzeit, und sind jetzt in der sechsundzwanzigsten Woche schwanger. Wir bekommen ein Mädchen, wollen aber auf jeden Fall noch einen Jungen zeugen. Außerdem fänd ich Zwillinge auch mal spannend, aber so einfach lässt sich das ja nicht beeinflussen. Meine Hobbys sind lesen, joggen und kochen, wobei ich gerne Neues ausprobiere und…«

Andrea, die Ausschweifende, speicherte Klara ab. Sie hatte Andrea nicht mehr zugehört und kehrte erst wieder für die Nächste in der Runde mit ihrer Aufmerksamkeit zurück.

»Kathrin, dreißig, achter Monat, Junge. Ich bin Personalreferentin in einem großen Konzern und habe keine Zeit für Hobbys.« Sie nickte ihrer Sitznachbarin zu und gab die Stilleinlage weiter.

Kathrin, die Karrierefrau, merkte sich Klara. Die Zeit, die Andrea beansprucht hatte, holten sie mit Kathrin locker wieder rein.

Die Nächste hatte ein leises Stimmchen und guckte etwas eingeschüchtert. »Hallo. Also, mein Name ist Zoe, ich bin fünfundzwanzig und studiere hier an der Uni Germanistik. Ich bin in der dreiunddreißigsten Woche, es wird ein Mädchen und…ja, das war's schon, glaube ich. Ach so, ich kann kein Blut sehen - nur so zur Info, falls sich hier mal jemand schneidet oder so.«

Zoe, die Zartbesaitete, dachte Klara. Jetzt war sie selber an der Reihe. »Ich bin Klara, einunddreißig Jahre alt und in der dreiundzwanzigsten Woche mit einem…« Verdammt, was sollte sie denn jetzt sagen? Schließlich würden die Männer bei der nächsten Stunde auch dabei sein. »…Mädchen - so sieht es bisher zumindest aus. Ich arbeite als Sozialpädagogin in einer Sexualberatungsstelle und in meiner Freizeit treffe ich mich gerne mit Freunden.« Wie außergewöhnlich, schaltete sich ihr innerer Kritiker sarkastisch ein.

»Wie cool!« Die nächste Schwangere kicherte kindlich und Klara fragte sich, was sie so lustig und cool fand. »Die Mädels sind hier in der Überzahl - check!« Sie stieß wie Superman eine Faust Richtung Decke. »Ich bin die Selina und wir, also der Dennis und ich, kriegen auch ein Mädchen. Mal schauen, was das für 'ne Zicke wird.«

Nach einer kurzen Pause seitens Selina fragte Cordula: »Kannst du uns noch mehr über dich erzählen?«

»Äh, klar. Ich bin zweiundzwanzig, mache gerade meinen Abschluss nach und freu mich voll auf die Kleene. Ich habe schon voll geile Klotten geshoppt.«

Selina, die Semi-intelligente, dachte Klara, während Selina sich die Stilleinlage von außen auf ihr T-Shirt klebte, das mit dem Spruch 'Sei immer du selbst - es sei denn, du kannst ein Einhorn sein' bedruckt war. Diesem komischen Einhorntrend konnte Klara einfach nichts abgewinnen.

»Ich heiße Viola, bin zweiunddreißig Jahre alt, in der achtundzwanzigsten Woche schwanger und arbeite im Marketingbereich«, vollendete die letzte Frau die Vorstellungsrunde, auch ohne Stilleinlage, die ja noch an Selina klebte. »Und: mein Freund und ich wissen nicht, was es wird, weil wir uns überraschen lassen wollen.«

»Echt jetzt?! Wieso das denn?« Selina hatte dafür offenbar

kein Verständnis.

»Wie ich schon sagte: weil wir uns überraschen lassen wollen.«

»Und wie macht ihr das mit dem Namen?« Selina machte tellergroße Augen.

»Wir nennen es einfach Baby Kim.« Viola war anzusehen, dass das nicht ihr Ernst war, aber Selina fiel darauf herein.

»Und wie macht ihr das mit den Klamotten?«

»Wir kaufen alles in weiß und färben sie nach der Geburt in einem Rutsch ein.«

Viola, die Vorwitzige, merkte sich Klara.

Bevor Selina weitere ungläubige Fragen stellen konnte, schaltete sich Cordula wieder ein. »Vielen Dank für eure Offenheit. Heute möchte ich mit euch darüber sprechen, wie ihr euch eure Geburt vorstellt. Kurze Frage vorab: möchtet ihr alle auf natürlichem Wege entbinden?«

Alle nickten, außer Kathrin. »Ich hätte am liebsten einen geplanten Kaiserschnitt, um meinem Arbeitgeber die genauen Daten meiner Elternzeit mitteilen zu können«, erklärte sie. »Aber das lässt mein Arzt als Grund nicht zu.«

Herr Weber wär bestimmt begeistert von ihr als Schwiegertochter, ging Klara durch den Kopf.

»Okay. Dann schießt doch mal los: wie stellt ihr euch eure Entbindung vor?« Cordula sammelte alle Begriffe auf einem Flipchart. Romantisch, stürmisch, überwältigend, wunderschön, beglückend, machbar, traumhaft, einzigartig und schmerzhaft stand am Ende dort geschrieben. Sie ließ das unkommentiert und schaltete mit einem diabolischen Lächeln den DVD-Player ein. »Zoe, du machst am besten direkt die

Klara hatte sich im Anschluss an den Kurs entschieden, noch ein bisschen durch Brautmodenläden zu schlüren, um sich von dem horrormäßigen Geburtsfilm abzulenken. Nach Blut, Geschrei und Frontalaufnahmen waren zarte Stoffe, Pailletten und ruhige Kaufhausmusik genau das Richtige für ihr strapaziertes Gemüt. In einem Geschäft, das weder überteuerte Kleider noch arrogante Mitarbeiterinnen zu bieten hatte, wurde sie schließlich fündig. Glücklich über ihre Beute kaufte sie ein schlichtes, weich fallendes Kleid aus elfenbeinfarbenem Satin, das ihre Babykugel locker umspielte und ihr noch viel Platz zum Wachsen bot. Über die Ringe und den Blumenschmuck mussten Lorenz und sie sich auch noch einig werden, dachte sie, während sie ein paar Tage später im Wartezimmer bei Dr. Dubois in einem Hochzeitsmagazin blätterte. Sie las gerade einen Artikel über Bräute, die ihre Männer am Altar haben stehen lassen, als sie aufgerufen wurde.

»Bonjour, mon amour«, gurrte Dr. Casanova. »Wie geht es Ihnen und ihrem bezauberndem Babybauch?«

»Trés bien, merci«, hauchte sie zurück und hoffte, dass sie sich dabei nicht lächerlich machte.

»Chérie, ich muss Ihnen 'eute Blut abnehmen, um einige Werte routinemäßisch zu kontrollieren. Das erledigen wir am besten jetzt sofort vor dem Ültraschall.«

Klara hatte schon seit ihrer Kindheit eine Phobie gegen Nadeln und fand Blut abnehmen besonders schlimm. Laut ihrer Mutter zeigte sich darin ihre unbewusste Angst, die

Kontrolle zu verlieren.

Dr. Dubois bemerkte offenbar die feinen Schweißperlen, die sich auf ihrer Oberlippe gebildet hatten. »Isch bin ganz sanft, versprochen.« Mit verführerischer Stimme fuhr er fort: »Schließen Sie einfach die Augen und stellen Sie sisch eine Situation vor, die Sie entspannt...die Sie am ganzen Körper wohlisch warm werden lässt...in der Sie sisch geborgen fühlen und...et voilà - fertisch!«

Klara öffnete verblüfft die Augen. »Sie sind fertig?«

Dr. Dubois nickte stolz. »Ja.«

»Aber ich habe gar nichts gemerkt!«

»Schön!«

»Sie sind wirklich ein guter Stecher«, entfuhr es Klara, noch bevor ihr Gehirn die Notbremse ziehen konnte.

»Jahrelange Übung.« Dr. Dubois schmunzelte und schaute ihr einen Ticken länger in die Augen als sonst.

Klara versuchte erfolglos, wieder auf professionellen Boden zu kommen. »Das glaube ich Ihnen. Als Arzt bekommt man bestimmt viele Gelegenheiten zum Üben.«

»Über mangelnde Gelegenheiten konnte isch misch wirklisch noch nie beschweren.«

Selbst Klara war jetzt bewusst, dass er gerade mit ihr flirtete und das ging doch weit über sein übliches, charmantes Geplänkel hinaus. Klara wurde heiß. »Übrigens denkt mein Verlobter immer noch, dass wir ein Mädchen bekommen. Haben Sie eine Idee, wie ich das wieder richtig stellen kann?« Der Themenwechsel beendete den kleinen Flirt - vorerst.

»Sagen Sie ihm einfach, dass beim letzten Mal das Zipfelschen seines Sohnes nicht zu se'en war, bis 'eute aber deutlisch gewachsen ist. Glauben Sie mir: der Stolz über ein stark wachsendes Zipfelschen beim eigenen Sohn lässt werdende Väter alles andere vergessen.«

Klara nickte, bedankte sich für den Tipp und ging auf die Tür zu.

»Au revoir, Chérie. Und grüßen Sie den Glücklischen von dem guten Stescher!« Dr. Dubois grinste schelmisch und freute sich anscheinend diebisch über seinen neuen Spitznamen.

Erst jetzt ging Klara auf, dass Geschlechterlügen offenbar ihr Ding waren. Allerdings konnte sie Lorenz nicht so einfach erzählen, dass ihr das Zipfelchen von Dr. Dubois jetzt erst aufgefallen war.

»Und das hat er dir tatsächlich abgekauft?«, fragte Romy über ihr Nutellabrötchen hinweg. Von ihrem Lachanfall über das restliche Gespräch glitzerten noch ein paar Tränen in ihrer Wimperntusche.

»Ja. Dr. Dubois hatte recht. Lorenz war so stolz, dass es mich nicht gewundert hätte, wenn er sich wie King Kong auf die Brust getrommelt hätte«, berichtete Klara amüsiert. »Machst du endlich mal keine Diät?«

»Doch.« Romy kaute genüsslich zu Ende. »Bei 'Schlank im Schlaf' darf man morgens sowas essen.«

»Aha. Anders als bei deiner Kohlsuppenphase kaufe ich dir diesmal zumindest ab, dass es dir schmeckt.«

»Guten Morgen, meine Lieben!« Waltraud schwebte mit vielen bunten Schals dekoriert zur Tür herein. »Ich habe aufregende Neuigkeiten für euch!«

Klara und Romy spitzten die Ohren.

»Der Lokalsender möchte eine Reportage über unsere Arbeit drehen. Wir drei Hübschen kommen also ins Fernsehen! Wie findet ihr das?« Waltraud war ganz euphorisch.

»Was?!« Romy und Klara rissen die Augen auf.

»Und wann sind die Drehtage?« Klara fragte sich, wie rund sie bis dahin sein würde. In letzter Zeit wurde ihr ein Shirt nach dem anderen am Bauch zu kurz, was für ein stetiges Wachstum des Kleinen stand.

»In ein paar Wochen.« Sie hatten Waltraud noch nie so wenig besonnen erlebt. »So ganz genau konnte mir das aber noch keiner sagen. Je nachdem, was sonst noch in der Umgebung passiert, füllen wir entweder das Sommerloch oder stehen hinter Einbrüchen oder Naturkatastrophen zurück. Lasst uns trotzdem direkt besprechen, was wir zeigen wollen, welche Kunden freiwillig vor die Kamera treten würden und wohin uns das Filmteam begleiten soll.«

»Ich könnte die putzigsten Fragen von Kindern zusammenstellen. Kinder sind doch meistens ein Zuschauermagnet.« überlegte Klara.

»Meine Kunden treten bestimmt nicht gerne vor die Kamera, außer Sie bekommen einen schwarzen Balken vor die Augen montiert«, warf Romy ein.

»Klara, deine Idee finde ich gut. Könntest du außerdem zusammentragen, mit welchen Ängsten zum Thema Aufklärung die meisten Eltern hierherkommen?«

»Na klar, das ist kein Problem.«

»Und Romy, du hattest doch vor Kurzem ein junges Pärchen hier, die sich bis zur Ehe aufheben wollen. Die wären doch schön exotisch für so einen Beitrag. Vielleicht könnten die ja etwas über ihre Beweggründe erzählen?« Waltrauds Wangen glühten vor Aufregung.

»Ich kann sie gerne fragen.« Romy war zwar skeptisch, wollte aber keine Spielverderberin sein. »Ich habe noch eine Idee für ein Thema.« Romy grinste zu Klara herüber.

»Und zwar?« Waltraud war gespannt bis in die Fußspitzen.

»Frauen, die in ihren Frauenarzt verknallt sind.« Romy musste sich ein Prusten verkneifen.

Waltraud zog die Augenbrauen zusammen. »So ein Quatsch, das gibt's doch gar nicht!«

»Ich an deiner Stelle würde nicht zu viel Arbeit in die Recherche für diese Reportage stecken.« Lorenz und Klara saßen mal wieder im Auto und waren unterwegs zur zweiten Einheit des Geburtsvorbereitungskurses, an der diesmal auch die Männer teilnehmen sollten. »Wahrscheinlich wirst du im Beitrag anschließend nicht mal zu sehen sein.«

»Warum bist du denn so negativ?« Klara ärgerte sich, dass sie Lorenz überhaupt davon erzählt hatte. »Gönnst du mir die paar Minuten Ruhm denn nicht?«

»Ach Klara, erstens kann ja wohl von Ruhm keine Rede sein und zweitens kenne ich die Arbeitswelt. Man gibt sich viel Mühe und reißt sich ein Bein für die Firma aus und wofür? Dafür, dass der Kollege die Lorbeeren erntet.«

»Also daher weht der Wind. Du projizierst deinen Jobfrust auf mich!«

»Und du klingst schon wie deine Mutter.«

Mist, da hat er recht, ärgerte sie sich.

»Wir sind da.«

»Heute dreht sich alles um die verschiedenen Geburtspositionen«, frohlockte Cordula, »aber vorher möchte ich noch die Herren der Schöpfung begrüßen.« Sie nickte neugierig in die Runde.

Lorenz saß zwischen Klara und Selinas Dennis auf einem Stillkissen und guckte missmutig.

Klara hatte sich auf diesen Teil des Kurses schon gefreut, nachdem sie nach dem Geburtsfilm am liebsten die Flinte ins Korn geworfen hätte - sowohl was den Kurs als auch die Geburt betraf.

»Ich mache euch die Positionen erstmal vor und danach dürft ihr mit eurem Partner üben.« Cordula stützte sich auf ihre Knie und Hände, ließ den Kopf Richtung Boden sinken und sagte: »Das hier ist der grasende Büffel.« Sie machte eine künstliche Pause, als ob es für ihre Zuschauer schwierig sei, ihr zu folgen. Dann richtete sie ihren Oberkörper auf und hielt sich an von der Decke herunterhängendem Stoff fest. »Das ist der flirtende Schimpanse.« Versuchte sie tatsächlich, auch wie ein Affe zu gucken? Cordula ließ den Stoff los und schaute sich um. »Lorenz, leiste mir doch bitte Hilfestellung.«

Lorenz stand auf und tat, was sie sagte, wenn auch mit sichtbarem Unbehagen.

»Setz dich auf den Stuhl und öffne deine Beine…genau.« Sie hockte sich mit dem Rücken zu ihm dazwischen und stützte sich mit ihren Armen auf seinen Oberschenkeln ab. »Diese Position nenne ich 'der liebende Frosch'. Danke Lorenz, die Nächste und vorerst Letzte schaffe ich wieder alleine.« Sie legte sich auf den Rücken, zog ihre Knie und ihr Kinn zur Brust und presste hervor: »Und hier haben wir noch die breakdancende Schildkröte.«

Klara bezweifelte, dass es sich dabei um Fachbegriffe handelte, aber immerhin konnte sie sich auf diese Weise an alle erinnern.

»Welche Position für euch unter der Geburt die passende ist, könnt ihr heute noch nicht vorhersehen. Trotzdem möchte ich, dass ihr sie jetzt ausprobiert, damit ihr vorbereitet seid. Los geht's!«

Die Gruppe verteilte sich paarweise im Raum.

»Was hältst du von Nikodemus?« Klara hockte gerade im liebenden Frosch und wusste nicht gleich, was Lorenz meinte. »Als Namen für unseren Sohn«, ergänzte er.

»Oh, nichts. Drücke ich dir gerade irgendwas ab oder wie kommst du darauf?« Meine Güte, das war deutlich anstrengender, als sie erwartet hatte - vor allem mit ihrer Babykugel.

»Ich finde, dass der Name herrschaftlich und mächtig klingt. Nikodemus Weber...« Lorenz reckte voller väterlichem Stolz das Kinn.

Klara verschluckte sich. Über Nachnamen hatten sie noch gar nicht gesprochen. »Wie gefällt dir Jonas Neumann?«

»Ist das ein Cousin von dir?« Jetzt stand Lorenz auf der Leitung.

»Für unser Kind«, erklärte Klara.

Bevor Lorenz antworten konnte, klatschte Cordula in die Hände, um sich Gehör zu verschaffen. »So, meine Lieben, zum Abschluss würde ich noch gerne das Für und Wider einer PDA unter der Geburt diskutieren. Wie steht ihr denn diesem Thema gegenüber?«

»Nach allem, was ich darüber gelesen habe, möchte ich keine PDA haben«, warf Iris ein.

»Ach, warum nicht? Ich denke mir: ein kleiner Pieks für mich, aber eine große Erleichterung für meinen Christoph, der mich dann nicht so lange leiden sehen muss.« Christoph tätschelte seiner Viola dankbar das Knie.

»Kommt darauf an«, überlegte Kathrin laut, »vielleicht könnte ich mit weniger Schmerzen im Kreißsaal noch was wegarbeiten.«

Selina guckte sie wie alle anderen verständnislos an und piepste: »Ich arbeite ja lieber mit Word als mit PDF.«

Nachdem die Gruppe auch auf Selinas Kommentar nichts zu antworten wusste, nahm Klara den Faden wieder auf: »Wenn es zu schmerzhaft wird, würde ich schon über Schmerzmittel nachdenken, glaube ich. Allerdings habe ich eine Spritzenphobie.«

Lorenz blickte selbstgefällig in die Runde und sagte herablassend: »Klara ist manchmal etwas wehleidig.«

»Du findest mich wehleidig?« Klara fragte sich, ob er sie nun wegen der Spritzenphobie oder wegen möglicher Schmerzmittel so bezeichnete.

»Du willst deinen Nachnamen behalten und auch noch unser Kind Neumann nennen?«

Schon wieder kündigte sich eine hitzige Autofahrt an.

»Naja, ich habe noch nicht abschließend darüber nachgedacht, aber ich mag meinen Nachnamen. Außerdem sieht es im Moment nicht danach aus, als würden Florian und Maja irgendwann Nachwuchs bekommen. Somit wäre ich in unserer Familie ebenfalls diejenige, die den Namen weitergeben muss.«

»Aber was sind wir denn dann für eine Familie, wenn du und Nikodemus anders heißt als ich?« Lorenz klang ernsthaft enttäuscht, was Klara ein bisschen leid tat. Andererseits fand sie es blöd, dass es immer so selbstverständlich war, dass sie sich den Webers anschloss. Die Vorstellung, demnächst mit Konrad Weber verwandt zu sein, war für sie schon abschreckend genug - da brauchte sie nicht auch noch die Namensgleichheit.

»Erstens wird unser Knöpfchen bestimmt nicht Nikodemus heißen und zweitens sind wir anscheinend eine Familie, in der du deine Verlobte vor anderen als wehleidig bezeichnest.«

»Unser Knöpfchen...das klingt viel zu niedlich für einen Mann.«

»Meine Güte Lorenz, muss unser Sohn etwa schon seine Männlichkeit unter Beweis stellen, so lange er noch im Bauch ist?« Klara war langsam wirklich genervt.

»Ein Mann muss seine Männlichkeit immer unter Beweis stellen. Das darf der Kleine ruhig von Anfang an lernen.«

Klara hatte plötzlich Herbert Grönemeyer mit 'Männer' im Ohr. »Jetzt klingst du genau wie dein Vater.«

»Und was soll daran verkehrt sein? Mein Vater hat mir alles beigebracht, was ein Mann im Leben braucht.«

Klara hätte gerne zurückgekeift, dass ihr einige Dinge einfallen, die sein Vater anscheinend vergessen hat, seinem Sohn beizubringen, wie zum Beispiel Gefühle zu zeigen, emphatisch zu sein und wertschätzend mit Frauen umzugehen, ahnte aber, dass sie sich nur wieder endlos und unsachlich im Kreis drehen würden. Stattdessen versuchte sie, einzulenken. »Welche Namen gefallen dir denn noch außer Nikodemus?«

Lorenz schnaubte, als wollte er sagen ‚Netter Versuch', ließ sich aber mehr oder weniger widerwillig auf die kleine Versöhnung ein. »Ich mag Arthus und Julius.«

Julius Weber oder Julius Neumann oder Julius Weber-Neumann klingt ja sogar ganz gut, dachte Klara insgeheim und war dankbar, dass Lorenz nicht sowas wie Brutus, Hektor oder Cäsar gut fand. Zum Glück war er auch von Maximus wieder ab.

»Julius gefällt mir auch. Und wie schon gesagt Jonas. Oder auch Lounis und Leopold.« Mit Leopold würden sie ihrer Mutter zumindest eine Freude machen.

»Leopold Weber…«, ließ sich Lorenz den Namen auf der Zunge zergehen. »Leopold könnte ich auch in Betracht ziehen.«

Klara war zwar froh, dass sie wieder friedlicher miteinander umgingen, aber es nagte an ihr, dass sowohl das Thema mit dem Nachnamen als auch die Tatsache, dass er sich über ihr Schmerzempfinden lustig gemacht hatte, für ihn anscheinend vom Tisch waren. »Oder Leopold Weber-Neumann.« Vielleicht konnte sie ihm wenigstens verbal zeigen, dass sie hart im Nehmen war.

Lorenz verdrehte die Augen und wollte gerade zu einem Gegenschlag ansetzen, als jemand von hinten in ihr Auto krachte.

»In welcher Woche sind Sie?«, wollte der nette Sanitäter von ihr wissen, während er die restliche Luft aus der Blutdruckmanschette ließ. Er hatte ihr eine Decke um die Schultern gelegt, was ihr gut tat. Trotz der frühsommerlich lauen Abendluft hatte sie angefangen zu zittern.

»In der fünfundzwanzigsten. Hier ist mein Mutterpass.« Klara bemerkte erst jetzt, dass sie weinte. Sie hatte ganz plötzlich riesige Angst. Hey mein Knöpfchen, ist alles gut bei dir da drin?, versuchte sie es mit telepathischer Kontaktaufnahme. Bitte gib mir ein Zeichen, flehte sie stumm, bekam aber keine Antwort. Kein Tritt, nichts.

»Wir bringen Sie und Ihren Partner zur Kontrolle in die Klinik. Dort wird per Ultraschall nach Ihrem Kind gesehen und so, wie Ihr Auto aussieht, möchten wir Sie beide auf ein Schleudertrauma untersuchen lassen.«

Lorenz' 3er BMW war um ein Drittel kürzer als vor dem Aufprall. Wie sich herausstellte, hatte ein Fahranfänger an seinem Handy herumgespielt, während er mit Karacho auf die Ampel zufuhr.

»Sie hatten wirklich Glück, dass Sie der erste Wagen an der roten Ampel waren. Hätten Sie noch jemanden vor sich gehabt…« Der Sanitäter schien die Bilder in seinem Kopf nicht in Worte fassen zu wollen. »Wir packen Sie jetzt ein und dann geht's gleich los.«

Die Polizei und der Abschleppdienst hatten sich um alles weitere gekümmert und gaben für die Abfahrt grünes Licht. Lorenz hielt im Krankenwagen Klaras Hand und rieb sich mit der freien Hand die Augen. Er hatte eine kleine Schürfwunde an der Stirn und eine Prellung am Oberkörper. Klara streichelte verzweifelt ihren Bauch und schickte Stoßgebete Richtung Himmel. Irgendwie war es jetzt völlig egal, wie sie ihr Kind letztendlich nennen würden, welchen Nachnamen es bekam und wie sie miteinander umgingen - wenn es dem kleinen Mann nur gut ging.

Mein liebes Knöpfchen,

ich hatte noch nie in meinem Leben so eine Angst. Bis der jugendliche Assistenzarzt in der Notaufnahme endlich teilnahmslos von sich gegeben hatte, dass dir bei unserem Autounfall nichts passiert ist, verging die Zeit im Schneckentempo. Ich konnte dich nicht mehr spüren und habe mir alle möglichen Schreckensszenarien ausgemalt. Zum Glück hatten wir wohl alle einen fleißigen Schutzengel und können uns jetzt weiter über deinen zukünftigen Namen den Kopf zerbrechen. Bisher stehen Julius und Leopold ganz oben auf unserer Liste. Was meinst du?

Übrigens bist du jetzt ca. 35 Zentimeter groß und ca. 800 Gramm schwer. Laut meinem Ratgeber trainierst du deinen Greif-, Saug- und Schluckreflex und atmest Fruchtwasser ein. Außerdem sind deine Augen geöffnet und du kannst besser hören. Franziska hat Lorenz dazu aufgefordert, regelmäßig mit meinem Bauch, also mit dir, zu sprechen, aber irgendwie fehlen ihm jedes Mal die Worte. Wundere dich also nicht, wenn er dir Bedienungsanleitungen oder unseren Einkaufszettel vorliest.

Ich spüre dich jetzt sehr regelmäßig und finde es sehr lieb von dir, dass du mich noch ganz gut schlafen lässt. Ich bin gespannt, wann die Wehwehchen anfangen, von denen ich im Internet gelesen habe (trotz Surfverbot von Franziska, weil ich mich sonst ihrer Meinung nach zu sehr verrückt machen lasse).

Die kommenden Wochen werden für deinen Papa und mich sehr aufregend. Unsere Hochzeit steht an und dafür haben wir noch nicht alles beisammen. Wenn dich ungesunde Nervennahrung in Form von Keksen und Eis erreicht oder mein Adrenalinspiegel steigt, weißt du also Bescheid. Ich bin stets bemüht, tief und ruhig zu atmen und mich nicht stressen zu lassen. Jetzt bin ich erstmal für ein paar Tage krankgeschrieben und versuche, mich von dem Unfall zu erholen.

Alles Liebe, bis bald und ommmm,

Deine Mama

»Du hast was gemacht?!« Klara hatte das Gefühl, als müsste comicmäßig Dampf aus ihren Ohren qualmen.

»Ich habe unsere Mütter gebeten, sich um dich zu kümmern, während du krank zu Hause bist. Und jetzt schrei nicht so, denn die beiden sind nicht taub!«

Hildegard und Leonore saßen tatsächlich bereits im Wohnzimmer, während Klara gerade erst ungeduscht und noch im Schlafanzug aus dem Bett gekrabbelt kam.

»Lorenz, ich kann mich aber gut selber versorgen! Ich bin doch nur zur Vorsicht krankgeschrieben, um mich auszuruhen!« Klara hatte sich so schön ausgemalt, wie sie ein paar Tage im Jogginganzug auf dem Sofa verbringen und nichts tun würde, als ihre Lieblingsserien zu gucken. Stattdessen durfte sie sich von ihrer Mutter analysieren lassen und musste sich vor ihrer Schwiegermutter benehmen. Oder zumindest was anziehen.

»Was du schon wieder für ein Theater machst…« Lorenz

schüttelte den Kopf. »Als hätte ich dir den Poltergeist höchstpersönlich auf den Hals gehetzt.«

»Du hättest mich zumindest vorher fragen können«, flüsterte Klara zornig. Kurz nach dem Unfall waren ihr ihre ständigen Streitigkeiten so kleinlich und überflüssig vorgekommen, aber nach wenigen Stunden befanden sie sich wieder in ihrem alten Muster.

»Meine Güte, Klara... ich bin den ganzen Tag am Arbeiten, treffe mich am Mittwoch mit Alexander zum Squash und ziehe mit ihm am Samstag um die Häuser. Und wenn ich mich schon nicht um dich kümmern kann, dachte ich, können das wenigstens die beiden tun.« Gestresst fuhr er sich mit den Händen durch die Haare. »Das war alles. Ich wollte dir nichts Böses antun, Zicklein.«

Sie trat auf ihn zu, nahm seine Hände und sagte mit zusammengebissenen Zähnen um Frieden bemüht: »Ich möchte in Zukunft vorher gefragt werden, bevor du in mein Leben eingreifst.« Und ich will verdammt nochmal nicht mehr Zicklein genannt werden, setzte sie im Stillen hinzu. »Was wünschst du dir von mir?«

Lorenz zog eine Augenbraue hoch, als wollte er sich direkt über ihre pädagogische Art aufregen. Das ließ er allerdings bleiben, atmete durch und antwortete: »Dass du mich nicht immer angreifst, wenn ich dich mit etwas überrasche, was ich gut gemeint habe.«

Sie schauten sich in die Augen und Klara hatte für einen kurzen Moment das Gefühl, dass sie eine Basis für eine Ehe hatten, die halten könnte.

»Habt ihr für Samstag etwas Bestimmtes geplant?«

»Nicht so richtig. Ich vermute, dass wir uns jetzt schon von meinem Junggesellendasein verabschieden werden statt an dem Wochenende, das wir dafür eingeplant hatten. Alexander tut jedenfalls sehr geheimnisvoll.«

Klara empfand ihren zukünftigen Schwager generell als unergründlich, aber vielleicht verhielt er sich vor Lorenz im Allgemeinen offener.

»Schön, das klingt doch nett.« Einerseits war sie erleichtert, dass sie sich wieder versöhnt hatten. Andererseits gab es ihr zu denken, dass sie nur friedlich miteinander umgehen konnten, wenn ihre Gespräche so dermaßen oberflächlich blieben, dass sie sich genauso gut über das Wetter unterhalten könnten.

»Ja, ich bin gespannt. Wie warm soll es denn heute werden?«, fragte Lorenz wie auf's Stichwort und schaute mit gerunzelter Stirn in seine Hälfte des Kleiderschranks.

Die Tage mit Leonore und Hildegard waren viel netter gewesen, als sie befürchtet hatte. Sie hatten ihr was zu essen gekocht, Tee ans Sofa gebracht und gefragt, ob sie ihr noch etwas hinsichtlich der nahenden Hochzeit abnehmen könnten. Da Klara alles andere als einen grünen Daumen besaß, freuten sich die beiden Frauen darüber, sich um die Blumen kümmern zu dürfen. Während die beiden also durch die örtlichen Blumenläden streiften, frönte Klara ihrer Grey's Anatomy-Sucht und wenn sie zurückkehrten, quatschten sie noch ein bisschen.

»Hast du eigentlich in letzter Zeit mal mit Florian gesprochen? Nach dem, was Maja im Brautmodenladen abgezogen hat, scheint es ja nicht so gut zwischen ihnen zu laufen.« Klara hatte lange überlegt, ob sie mit ihrer Mutter über die Eheprobleme ihres Bruders sprechen sollte und nutzte nun den Moment, da Hildegard einen eigenen Termin hatte. Darauf, was Maja vor ihnen allen geäußert hatte, konnte sie sich ja beziehen.

»Ach, ich glaube, dass die gute Maja sich selbst im Weg steht, weil sie mit ihrem inneren Team nicht im Reinen ist. Mit Florian hat das ganz bestimmt nichts zu tun.« Leonore machte einen sehr überzeugten Eindruck.

»Warum bist du dir da so sicher? Wenn ich Schwierigkeiten habe, zerpflückst du doch auch meine Glaubenssätze und siehst alle möglichen Krankheitsbilder in meinem Verhalten. Warum trifft das alles auf Florian nicht zu?« Klara bemühte sich, so wenig verletzt und vorwurfsvoll wie möglich zu klingen. Immerhin war es gerade so entspannt zwischen ihnen, das wollte sie nicht kaputt machen.

»Ach Schätzchen, dein Bruder ist ein ganz anderer Typ Mensch als du und das war er schon immer. Er hat sich schon als Kind nicht so verrückt gemacht und ist viel sachlicher an seine Probleme herangegangen. Florian hat Dinge ausprobiert, ist hingefallen und ohne großes Aufsehen wieder aufgestanden. Bei dir war das viel schneller von großem Trara begleitet. Deshalb bin ich mir sicher, dass es Florian gut geht und Maja der problematische Faktor ist.«

Klara nickte verstehend, wusste aber, dass ihre Mutter nur die halbe Wahrheit sagte. Als Klara noch ein Teenie war und sich neben Florian ungerecht behandelt gefühlt hatte, hatte sie sich bei ihrer Oma Lilli das Herz ausgeschüttet. Oma Lilli hatte ihr daraufhin endlich erklärt, warum Leonores Beziehung zu ihrem Sohn von Stolz und Heldentum geprägt war. Die Gründe waren simpel: als Leonore mit Florian schwanger gewesen war, hätte sie ihn auf Grund ständiger Blutungen beinahe verloren. Die Ärzte hatten ihr wenig Hoffnungen gemacht, dass sie das Baby bis zum Schluss austragen würde und es dann, auf Grund der damaligen Technik, die für die Versorgung von Frühchen zur Verfügung stand, überleben würde. Nachdem wider Erwarten alles gut gegangen war, ließ Leonore nichts auf ihren Sohn kommen. Für sie war er durch und durch ein Wunderkind. Leonores Schwangerschaft mit Klara war hingegen problemlos verlaufen. Problemlos war natürlich gut, hieß aber auch gleichzeitig, 'ohne besondere Vorkommnisse'. Miss 'nichts Besonderes' stand somit von Geburt an Mister Wunderkind gegenüber.

Vielleicht sollte ich mal selber mit Florian sprechen, dachte Klara und nahm sich vor, ihn bald anzurufen. »Wie geht's denn Papa und Oma Lilli?«

Klara fühlte sich tatsächlich viel entspannter, als sie zum ersten Mal seit dem Unfall wieder zur Arbeit kam.

»Überraschung!«, riefen Romy und Waltraud im Chor, als Klara die Bürotür öffnete.

Über ihren Schreibtischen hing eine blau-grüne Girlande mit dem Aufdruck »It's gonna be a Boy!« und der Boden war bedeckt mit grünen Luftballons. Um ihre Computertastatur herum lag glänzendes Konfetti und ihrer Maus wurde ein blaues Babysöckchen angezogen. Romy und Waltraud trugen pinke Partyhütchen, auf denen in silberner Glitzerschrift stand: »Team Braut«.

»Herzlich Willkommen zu deiner Junggesellinnenab-schieds-Babyparty!« Romy strahlte sie an.

Klara suchte nach Worten. »Sowas Konventionelles hätte ich hier in diesen Räumen gar nicht erwartet!« Sie freute sich sehr. »Mensch, ihr seid ja lieb!« In letzter Zeit standen ihr so schnell die Tränen in den Augen, so dass sie auch jetzt vor Rührung ein Taschentuch brauchte.

»Konventionell ist diese Party auch nur auf den ersten Blick«, bereitete Romy sie vor und signalisierte ihr mit einem Blick zu Waltraud, dass sie offenbar noch weitere Überra-schungen erwarteten.

»Wenn du lieber haben möchtest, dass wir deinen Bauch-umfang mit Klopapier schätzen, kannst du das gerne sagen.« Waltraud zog währenddessen ein dunkelblaues Samttuch von einer Art Altar. Darunter hatte sie Equipment versteckt, das sie gleich vermutlich einsetzen würden. »Ich finde unsere Ideen allerdings viel besser.«

»Ich esse keine Kaninchenhoden oder krabbel durch Kaker-lakentunnel oder so, aber ansonsten mache ich alles mit.« Klara wurde jetzt wirklich neugierig.

Als erstes sammelten sie Klaras Ängste in Bezug auf die beiden anstehenden großen Anlässe - Hochzeit und Geburt - auf biologisch abbaubaren Metaplankarten und warfen sie danach in eine Art Kessel. Klara fragte sich, woher man um alles in der Welt so einen Hexenkessel bekam, war aber auch froh, ihre Befürchtungen darin verschwinden zu sehen. »Große Schmerzen«, »Kind nicht gesund« und »Spritzen« führten die Top Ten der Ängste bezüglich der Geburt an, während »Lorenz sagt Nein«, »ich sage versehentlich Nein« und »Herr Weber beleidigt mich« auf der Liste standen, die sich auf ihre Ängste hinsichtlich der Hochzeit bezog. Nachdem alle Karten im Kessel lagen, warf Klara einen brennenden Streichholz dazu.

»Hier ist deine schamanische Rassel, extra aus Peru für dich eingeflogen.« Waltraud drückte ihr etwas in die Hand, das aus Leder, Holz und Federn bestand. »Wenn du sie schüttelst und dabei durch den Raum tanzt, vertreibt das deine Ängste noch effektiver.«

Klara fragte sich zwar, ob es hier eine versteckte Kamera gab, machte aber mit. Damit sie sich weniger albern vorkam, tanzten Romy und Waltraud ebenfalls zu Klaras Gerassel um den Kessel herum.

Anschließend nahm Waltraud ein kleines rotes Säckchen zur Hand und stopfte alle möglichen Dinge hinein, wie zum Beispiel kleine getrocknete Zweige und eine goldene Münze. »Das ist ein Mojo, ein Glückssäckchen. Das Rot steht für dein Wurzelchakra und erdet dich. Die Lavendelblüten stehen für dein drittes Auge und lassen dich die Zusammenhänge klarer sehen. Die goldene Münze unterstützt dein Sonnenchakra, also dein Bauchgefühl, deine Intuition.« Waltraud setzte feierlich hinzu: »Trag es immer bei dir und nimm es ab und zu in die Hand, dann lernt es dich besser kennen und kann dir effektiver helfen.«

Klara nickte andächtig und fand die Idee dahinter sehr schön, auch wenn sie Waltraud gerade nicht ganz ernst nehmen konnte. »Danke euch beiden.«

»Oh, wir sind noch nicht fertig!« Romy schmunzelte. »Wir

haben noch mehr vorbereitet.« Sie holte eine Kiste mit Bastelmaterial hervor. »Wir kreieren dir einen Traumfänger«, rief sie begeistert, »damit dich bis zur Geburt keine Alpträume heimsuchen und du entspannt schlafen kannst.«

Der Vormittag verging mit all den Überraschungen wie im Flug und sie kannte keine andere Chefin, die diese Party als Arbeitszeit durchgehen ließ. Zum Abschluss bekam Klara noch ein Babyhoroskop für ihr Knöpfchen geschenkt.

»Ihr seid echt die Besten!«, schluchzte sie schon wieder in ein frisches Taschentuch.

»It's a little bit funny, this feeling insiiiide…«, sang Lorenz im Badezimmer vor sich hin, als Klara von der Arbeit nach Hause kam.

»Du bist ja romantisch drauf«, wunderte sie sich und umarmte ihn von hinten. »Seit wann stehst du denn auf Elton John?«

Lorenz hatte sich zu ihr umgedreht und gab ihr ein Küsschen auf die Stirn. Er roch wunderbar frisch nach dem Parfüm, das sie ihm zu Weihnachten geschenkt hatte. »Ach, das Lied lief vorhin im Radio und jetzt habe ich einen Ohrwurm. Wie war dein Tag?« Das fragte er sonst nie.

»Aufregend.« Klara wusch sich die Hände und ließ eiskaltes Wasser über ihre Pulsadern laufen. »Erst wurde ich von Romy und Waltraud mit einer Party überrascht und nachmittags habe ich meine Elternzeitvertretung kennengelernt. Gustav heißt er.«

»Ein Mann übernimmt deinen Job?« Lorenz zog die Augenbrauen hoch.

»Ja, warum nicht? Auch Männer können pädagogisch arbeiten.« Klara hatte wenig Lust darauf, schon wieder eine Geschlechterdebatte zu führen.

»Das meine ich ja auch gar nicht.« Er guckte konzentriert in den Spiegel. »Denk doch mal nach. Dieser Gustav macht während deiner Abwesenheit deinen Job, ist zeitlich flexibel, weil sich seine Frau um die Kinder kümmert und er wird niemals auf Grund von Schwangerschaftsbeschwerden oder kranker Kinder fehlen. Und dann kommst du zurück.«

»Ja und?« Klara hatte trotzig die Arme über ihrem Bauch verschränkt.

»Weißt du wirklich nicht, worauf ich hinaus will? Der Mann ist viel attraktiver für deinen Arbeitgeber als du und luchst dir über kurz oder lang deinen Job ab.«

Klara lachte laut auf. »Ach Lorenz, das wäre vielleicht in deiner Firma so, aber meine Chefin tickt ganz anders.« Nachdem Klara ihrem neuen Kollegen das erste Arbeitsfeld erklärt hatte, war sie sich sicher, dass Waltraud bei dessen Einstellung von zu vielen Räucherstäbchen benebelt gewesen sein musste. Gustav hatte keine eigene Meinung, sagte ständig »Ach Gottchen«, »Ach was, ach was« oder »Alles Roger, Frau Kollegin« und erinnerte sie mit seinen Händchen, die er nervös vor seinem runden Bauch aneinander rieb, stark an einen Hamster. Auf den vermeintlichen Fehlgriff angesprochen hatte Waltraud ihr gebeichtet, dass sie es nicht über's Herz brächte, einen sympathischen Menschen befristet einzustellen und nach Klaras Elternzeit wieder gehen zu lassen. »Bei Gustav habe ich damit kein Problem«, hatte Waltraud ungewöhnlich abgeklärt gesagt. Dass da noch ein anderer Grund hinter steckte, hatte Klara allerdings gleich geahnt.

»Wie du meinst. Ich wollte dich ja bloß darauf vorbereiten«, gab Lorenz auf.

»Danke.« Klara zog sich ihr verschwitztes Shirt über den Kopf. »Wie war denn eigentlich dein Trip mit Alexander? Hattest du jetzt deinen lang ersehnten Junggesellenabschied?«

»Ja.« Lorenz guckte suchend in den Spiegelschrank über dem Waschbecken und nahm ein lange Zeit ungenutztes Rasierwasser heraus. »War gut. Hat Spaß gemacht.«

»Geht's auch konkreter?«, wunderte sie sich über seine Einsilbigkeit.

»Ach, du weißt schon. Wir haben Männerkram gemacht. Burger gegessen, Bier getrunken, waren im Elephant Club und haben bei Alexander übernachtet.« Endlich sah er sie wieder an. »Weißt du schon, was du am Sonntag anziehen wirst?«, wechselte er das Thema.

»Nein. Wieso?« Am Sonntag feierte Konrad Weber seinen fünfundsechzigsten Geburtstag mit der Familie, wobei Klara und Herr Weber unterschiedliche Auffassungen von dem Begriff 'feiern' hatten. Klara ahnte, worauf Lorenz anspielte.

»Naja, in Sachen Umstandskleidung hat mein Vater doch bestimmte Ansichten und…«, setzte er an.

»Ich werde mich so anziehen, wie ich mich wohl fühle und nicht anders«, stellte sie klar. »Wie gefällt dir denn eigentlich mein Babybauch? Möchtest du auch, dass ich ihn verstecke?«

Lorenz hatte keine Lust auf Streit, sondern viel mehr auf Versöhnungssex. »Mhhh, lass mich mal sehen…« Er kniete sich vor sie und küsste sie rund um den Bauchnabel. »Ich finde ihn sehr sehr...erotisch.«

»Ach ja?« Damit hatte sie nicht gerechnet.

»Ja. Gib mir mal das Öl.« Lorenz goss sich das Öl, das Klara gegen Schwangerschaftsstreifen verwendete, in die Hände und fing an, ihren Bauch damit einzureiben.

Klara schloss die Augen, lehnte sich mit dem Rücken gegen die angenehm kühlen Badezimmerfliesen und genoss die Berührung seiner Hände. Lorenz zog langsam ihren Rock hoch, massierte jetzt ihre Oberschenkel und raunte ihr zu: »Funktioniert das wohl noch im Stehen?«

»Keine Ahnung, lass es uns ausprobieren.« Klara hatte nur noch Watte im Kopf, wenn Lorenz sie so liebevoll streichelte.

Im Stehen funktionierte es nicht mehr, da war der Bauch einfach im Weg. Auf dem Rücken liegend auf dem Badezimmerteppich auch nicht, weil ihr immer noch das Kreuzbein weh tat. In allen Positionen, in denen sie kniete, hatte Klara ebenfalls Schmerzen. Die aufkeimende Frustration verscheuchte allmählich ihre Erregung.

»Klara, sorry, aber ich muss echt Druck abbauen. Ich gehe eine Runde Laufen«, verabschiedete sich Lorenz und ließ Klara nackt zurück.

»Hallo Frau Neumann, ich habe ein Problem. Der Jason aus der 9b hat gesagt, dass er mit mir gehen will. Bei Facebook hat er aber noch nicht seinen Beziehungsstatus geändert. Bei WhatsApp habe ich ihn gefragt, was das soll und er war da ständig online, hat mir aber nicht geantwortet. Was soll ich denn jetzt machen? Bin ich vielleicht nicht hübsch genug? Verzweifelte Grüße, Lisa.«

Klara zeigte Gustav die E-mail und erklärte: »Solche Fragen trudeln hier andauernd ein.«

»Ach Gottchen.« Gustav machte ein unsicheres Gesicht. »Was sagt man denn dazu?«

»Ich antworte meistens, dass sie Facebook und WhatsApp weniger Bedeutung beimessen und Unklarheiten lieber persönlich aus der Welt schaffen sollen.«

Gustav nickte anerkennend. »Klingt super, Frau Kollegin.«

Romy verdrehte hinter ihrem Bildschirm genervt die Augen und Klara hatte jetzt schon Mitleid mit ihr.

»Hast du denn irgendwelche Fragen zum Thema Onlineberatung?«

Gustav überlegte angestrengt, legte dabei künstlich die Stirn in Falten und rieb sich das Kinn, als hätte er sich diese Mimik aus einem Comic abgeguckt. »Nee, alles Roger soweit.«

»Ach was, ach was«, murmelte Romy vor sich hin. Klaras Elternzeit würde sich für sie extrem in die Länge ziehen.

»Dann arbeite ich dich ab Montag in den Bereich der Elternberatung ein. Hast du eigentlich selber Kinder?« Klara konnte diesen Mann einfach nicht einschätzen, hielt ihn aber am ehesten für die Sorte »Vierzig und ungeküsst«.

Gustav lachte sein komisches Schnorchellachen. »Nein, so sehr ich mich anstrenge, ich werde einfach nicht schwanger.«

Romy ließ ihren Kopf hörbar auf den Schreibtisch krachen, was Gustav nicht zu registrieren schien.

»Aber ich glaube, dass ich mit den Eltern schon zurechtkomme. Ich habe ja schließlich auch welche.« Schnorchel schnorchel. »Oder habt ihr gedacht, ich wäre wie ein Stern vom Himmel gefallen?«

Nein, dachte Klara, ganz bestimmt nicht.

Am Sonntag hatte Klara alle glockig geschnittenen Oberteile im Schrank gelassen und demonstrativ das Engste ausgewählt, das sie besaß. In diesem seegrasgrünen Tanktop, das sie zu ihrem Umstandsjeansrock und flachen Sandalen kombinierte, fühlte sie sich sowohl für den Geburtstag ihres zukünftigen Schwiegervaters als auch für einen warmen Sommertag genau richtig angezogen. Lorenz kommentierte ihr Outfit nur nonverbal, in dem er ihr kopfschüttelnd die Autotür des Mietwagens aufhielt. Sein 3er BMW stand seit dem Unfall noch immer in der Werkstatt und Lorenz weigerte sich, in Klaras klapprigen Polo einzusteigen - geschweige denn sich als Beifahrer neben sie zu setzen. Ein richtiger Mann fuhr seiner Ansicht nach schließlich selbst.

Zur Feier des Tages hatte Hildegard eine erfrischende Ananastorte gebacken, die sie bei schönstem Wetter im dunklen Esszimmer aßen, weil Herr Weber nicht in sein gestärktes Hemd schwitzen wollte. Die hässlichen Möbel aus »Eiche rustikal«, die schweren Gardinen und der weinrote Teppich ließen den ganzen Raum noch gruftiger erscheinen. Sehnsüchtig guckte Klara aus dem Fenster in den grünen Garten der Webers, der anscheinend nur zur Zierde existierte.

»Was gibt es Neues, Männer?«

Klara hatte sich zu Beginn ihrer Beziehung daran gewöhnen müssen, so offensichtlich übergangen zu werden, war aber mittlerweile sehr froh über den Ausschluss. Lieber beschäftigte sie sich eingehend mit dem altmodischen Tapetenmuster an der gegenüberliegenden Wand, als von Herrn Weber ausgefragt zu werden.

Alexander machte den Anfang und berichtete langatmig von einer möglichen Versetzung, die er sich selbstverständlich durch viel Disziplin und Schweiß erarbeitet hatte.

»Sehr schön, Alexander. Lorenz?«

Lorenz erzählte von seinem neusten Auftrag sowie von seinen Überlegungen ein neues Auto betreffend.

»Könnt ihr euch denn ein neues Auto und eine neue Wohnung leisten?«, fragte Herr Weber interessiert.

»Warum sollten wir denn umziehen?« Klara versuchte sich zu erinnern, ob Herr Weber überhaupt schon einmal bei ihnen zu Besuch gewesen war.

»Na, wenn ich Hildegard richtig zugehört habe, fehlt in der Wohnung doch ein Kinderzimmer. Irgendwo muss der kleine Weber-Mann ja unter kommen.« Hildegard guckte etwas ertappt, was ihr mysteriöses Leuchten, das sie auch heute umgab, kurz überschattete. Anscheinend hatte sie von Lorenz' und Klaras Wohnverhältnissen erzählt, wollte aber nicht in Konrads Diskussionen hineingezogen werden.

»Wir bauen sein Bettchen erstmal im Wohnzimmer auf«, erklärte Lorenz. Da sie sich darüber noch gar nicht unterhalten hatten, war Klara über seine Antwort ziemlich verdutzt.

»Ähm, nein, das denke ich nicht«, schaltete sie sich ein. »Er wird bei uns im Schlafzimmer schlafen. Entweder in einem Beistellbett oder mit in unserem Bett.«

»Oh, Frau Neumann, das ist aber keine gute Idee.« Herr Weber hatte offenbar eine Meinung dazu. »Auch wenn die Kindererziehung Frauensache ist, rate ich Ihnen dringend davon ab, ihn bei sich schlafen zu lassen, und zwar aus drei Gründen.«

Klara war gespannt, ahnte aber schon, was jetzt kam, denn schließlich wurde unter Müttern und Erziehungsexperten kaum ein Thema so haarklein ausgefochten, wie der kindliche Schlaf. Sogar die Themen »Ersttrimesterscreening während der Schwangerschaft« und »Impfen pro und contra« standen dahinter zurück. Sie war also vorbereitet.

»Erstens: Sie könnten den Kleinen im Schlaf versehentlich überrollen oder zudecken.«

»Da der Schlaf einer stillenden Mutter sehr leicht ist, passiert sowas so gut wie nie«, spielte Klara wie auswendig gelernt den Ball zurück.

»Aha. Zweitens können Sie dann ja gar kein Schlaflerntraining mit ihm durchziehen. Kinder müssen von Anfang an lernen, wie sie sich alleine beruhigen können.«

Klara holte tief Luft und fragte sich, wie sie dieses Argument, das sie immer richtig aggressiv machte, möglichst sachlich entkräften könnte. »Herr Weber, diese Schlaflerntrainings bringen den Kindern nicht bei, sich selbst zu beruhigen. Die Kinder schlafen irgendwann völlig fertig ein, weil sie die Hoffnung aufgegeben haben, dass jemand ihnen hilft. Außerdem ist sowas meiner Meinung nach seelische Grausamkeit und vorsätzliche Körperverletzung.«

Herr Weber kniff die Augen zu Schlitzen. »Wenn Sie meinen...unseren Söhnen hat das ja wohl auch nicht geschadet.«

Ihr wurde gerade einiges klar, während Herr Weber für seinen dritten Punkt ausholte.

»Drittens wird sich diese Schlafplatzgestaltung negativ auf

Ihre Ehe mit meinem Sohn auswirken. Wie soll er denn mit einem Baby im selben Raum auf seine Kosten kommen? Die jungen Mütter müssen sich heutzutage nicht wundern, wenn sie ihre Kinder so nah an sich herankommen lassen und ihnen dann der Mann wegläuft.«

Kleine Babys ausquartieren und in den Schlaf schreien lassen, damit die armen Männer ihre sexuelle Energie nicht in fremden Betten loswerden müssen...was für ein Idiot, dachte Klara. Sie fragte sich außerdem, ob in der Welt von Herrn Weber nur die Männer eine Libido hatten und schielte kurz zu Hildegard hinüber, die sich auffällig intensiv auf einen Kaffeefleck auf der Tischdecke konzentrierte. Auch Lorenz schien sich nicht mit seinem Vater anlegen zu wollen oder stand vielleicht sogar auf dessen Seite. Jedenfalls schaute er nur abwesend aus dem Fenster, weshalb sie es wieder war, die sich eine Antwort ausdenken durfte.

»Ach, wissen Sie, Herr Weber, ihr Sohn ist kreativer, als Sie denken. Bei unserer letzten Nummer auf dem Küchentisch ist er jedenfalls voll und ganz auf seine Kosten gekommen.« Die fehlgeschlagenen Versuche im Badezimmer ließ sie lieber unter den grässlichen Eichentisch fallen.

Cordula klatschte wie immer motiviert in die Hände. »Meine Damen, ich möchte gerne anfangen.«

Klara und die anderen sechs Schwangeren ließen sich langsam auf den Boden sinken und spitzten die Ohren.

»Heute geht es unter anderem um mein Lieblingsthema, für das wir die Herren extra ausgeladen haben. Wer möchte raten?«

Viola versuchte ihr Glück: »Du verrätst uns, dass so eine Geburt - ganz anders als in dem Film - gar nicht weh tut, sondern nur kitzelt, die Männer uns aber weiterhin für Heldinnen halten sollen?«

Die Runde lachte zusammen.

»Nein«, zerdrückte Cordula brutal das zaghaft aufkeimende Pflänzchen der Hoffnung.

»Du erklärst uns alles zum Thema Beckenboden?« Andrea wollte immer alles ganz genau wissen, was auch erklärte, weshalb sie anderen alles sehr detailreich schilderte.

»Nein. Außerdem sollten gerade die Männer in diese Thematik eingebunden werden, weil Orgasmen den Beckenboden sogar trainieren. Einmal dürft ihr noch raten.«

Selina mutmaßte: »Bringst du uns heute das Stillen bei?«

»Nein, das mache ich beim nächsten Mal, wenn ihr eure Babypuppen mitgebracht habt«, machte sich Cordula über sie lustig. Sie ging zum Flipchart und schrieb »BSTPKK« an. »Heute dreht sich alles um Körperflüssigkeiten unter der Geburt. Ich schlage vor, dass ihr mir sagt, welcher Buchstabe für welche Flüssigkeit steht und ich sage dann etwas dazu.«

Kathrin trommelte ungeduldig mit ihrem Stift auf ihrem Schreibblock herum.

»Das B steht bestimmt für Blut«, machte Klara mutig den Anfang.

»Richtig.« Cordula nickte und erklärte: »Bei einer normalen Geburt verliert eine Frau bis zu fünfhundert Milliliter Blut und bei einem Kaiserschnitt können es bis zu tausend Milliliter sein.«

Zoe wurde blass. »Bekomme ich davon etwas mit?«

»Dass du blutest?«

»Ja, genau.«

»Nein, vermutlich nicht. Die meisten Frauen sind so sehr mit sich selbst beschäftigt, dass sie sowas gar nicht wahrnehmen. So, der nächste Buchstabe bitte.«

»Ich könnte mir vorstellen, dass eins der beiden Ks für Kot steht«, brachte sich Iris ein.

Selina ekelte sich lautstark. »Igitt, wie kommst du denn darauf? Das Baby kommt doch nicht aus dem Po!«

Cordula verdrehte kurz die Augen. »Selina, damit hast du selbstverständlich recht.«

Selina guckte triumphierend, als wollte sie sagen, 'Ätschi bätsch, ich bin gar nicht so dumm, wie ihr alle denkt'.

»Aber trotzdem hat Iris den Buchstaben richtig erraten. Der Darm liegt nun einmal sehr nah am Geburtskanal und wenn sich noch etwas im Darm befindet und dem Kind im Weg liegt, kommt es dazu, dass die Gebärende im Kreißsaal kackt.« Mit einem Blick zu Zoe fuhr sie fort: »Und auch das merken die wenigsten Frauen.«

Kathrin schrieb fleißig mit und hob die Hand, als wollte sie sich in einem Meeting zu Wort melden. »Ich vermisse ein U für Urin.«

»Dann mach dich locker und denk umgangssprachlicher«, forderte Cordula sie auf.

»P wie Pipi!«, rief Selina aufgeregt.

Cordula nickte. »Genau. Ähnlich wie der Darm ist auch manchmal die volle Blase im Weg. So lange ihr noch in der Lage dazu seid, entleert ihr euch einfach auf der Toilette. Ansonsten wird ein Blasenkatheter gelegt. Und Zoe, das wiederum bekommen die meisten Frauen mit.«

»Wie genau wird sowas gemacht?«, wollte Andrea wissen.

»Interessiert das alle hier?« Auf das kollektive Kopfschütteln hin vertröstete sie Andrea auf ein Gespräch unter vier Augen nach der Stunde.

»Eine Freundin von mir hat während der Entbindung ständig gekotzt, deshalb schmeiße ich jetzt mal das zweite K ins Rennen«, tippte Viola.

Klara wartete schon darauf, dass Selina fragen würde, ob Violas Freundin vielleicht durch einen Blowjob schwanger geworden und das Kind im Magen herangewachsen war und fühlte sich direkt an ihren Job erinnert.

»Erraten. Hat deine Freundin mehr davon erzählt?«

»Nein.«

»Okay, dann kläre ich euch auf. Manche Frauen müssen sich übergeben, weil sich das Kind auf dem Weg nach draußen im Magen abstützt. Andere brechen einfach vor lauter Schmerzen.« Diesmal wurde nicht nur Zoe zartgrün im Gesicht. »So, S und T sind noch übrig.«

Klara kamen Szenen ihrer Serien in den Kopf. »Im Fernsehen haben die Frauen bei einer Geburt immer ganz nasse Haare, also denke ich, dass das S für Schweiß steht.«

»Richtig. Schön, dass Fernzusehen bildet«, zwinkerte Cordula. »In den letzten Zügen der Geburt schwitzen die meisten Frauen, aber vorher frieren auch viele und haben tatsächlich kalte Füße. Packt also unbedingt warme Socken in die Kreißsaaltasche.«

»Ich habe eine Idee für das T«, erklang Zoes zartes Stimmchen.

»Und zwar?«

»Tränen.« Zoe war selbigen gerade sehr nahe. »Bestimmt fließen sie erst vor Schmerzen und danach vor Erleichterung, Freude und purer Liebe. Plötzlich ist da ein weiterer kleiner Mensch im Raum, den wir erschaffen und mit unserer eigenen Energie hervorgebracht haben.« Sie hatte etwas überraschend Poetisches an sich und steckte die restliche Truppe mit ihrer Rührung an - außer Kathrin, die den Begriff Freudentränen bestimmt erst googeln musste.

Cordula nickte bestätigend und läutete die Abschlusszeremonie ein. Erst übten sie gemeinsam das Veratmen imaginärer Wehen, bevor sie von Cordula in eine Trance geführt wurden.

»Macht es euch gemütlich und schließt schon mal die Augen.« Cordula wartete, bis jede Frau eine bequeme Position gefunden hatte. »Atmet jetzt tief durch die Nase ein und langsam durch den Mund wieder aus.« Ihre Stimme nahm einen samtigen Klang an. »Spürt mit jedem Atemzug, wie ihr euch mehr und mehr entspannt.« Sie atmete hörbar mit. »Ich werde euch jetzt Sätze vorsagen, die ihr in Gedanken nachsprecht. In Gedanken, also im Stillen für euch.«

Klara war sich sicher, dass diese zusätzliche Erklärung Selina galt.

Cordula legte los: »Ich bin eine starke Frau.«

Ich bin eine starke Frau, wiederholte Klara für sich.

»Ich habe Vertrauen in meine ursprüngliche Kraft.«

Ich habe Vertrauen in meine ursprüngliche Kraft. Das klingt gut.

»Ich freue mich auf mein Kind.«

Oh ja, und wie.

»Wenn mein Kind kommen möchte, ist mein Körper dazu bereit.«

Das dauert ja zum Glück noch ein paar Wochen.

»Mein Körper ist butterweich.«

Bei mir steht die Butter immer im Kühlschrank, schweifte Klara gedanklich ab. Die ist dann eher hart. Mhhh, jetzt ein Croissant mit kalter Butter und Erdbeer-

»Meine Vagina ist weit geöffnet.«

Oh.

»Hallo Florian, hier ist Klara. Ich wollte mal hören, wie es dir geht. Irgendwie haben wir ja schon ewig nicht mehr gequatscht. Vielleicht hast du ja ein paar Tipps für die Ehe für mich? Oder noch besser: für den Umgang mit komischen Schwiegereltern? Ruf mich doch zurück, wenn es bei dir passt. Bis dann.« Klara hatte nur Florians Anrufbeantworter erwischt.

»Klara, wo bleibst du denn?« Lorenz wurde langsam ungeduldig. Klara war doch diejenige, die unbedingt ganz romantisch nach Ringen gucken wollte, obwohl sie für etwas Besonderes oder sogar für eine Maßanfertigung sowieso viel zu spät dran waren. Immerhin heirateten sie in zwei Wochen.

»Ich komme ja!« Klara packte ihr Handy ein und war ein bisschen traurig, dass sie Florian nicht erreicht hatte. So richtig stand ihr gerade gar nicht der Sinn danach, mit Lorenz verliebt durch Juweliergeschäfte zu bummeln. Aber wenn sie jetzt keine Ringe kaufen würden, dann würden sie sich ohne Ringe das Ja-Wort geben. Irgendwie hatten sie das die ganze

Zeit über vor sich hergeschoben.

»Silber oder Gold?«, fragte die Dame, die laut ihrem Schildchen Monika Busse hieß.

»Silber«, sagte Klara.

»Gold«, kam zeitgleich von Lorenz.

Das geht ja gut los, schoss es Klara durch den Kopf.

»Eigentlich ist es am wichtigsten, dass wir die Ringe in zwei Wochen zur Hochzeit haben.«

»Hübsch sollten sie aber trotzdem aussehen«, schaltete sich Klara ein.

Frau Busse räusperte sich. »Sie heiraten in zwei Wochen? Oh, da sind Sie aber ganz schön spät dran.« Sie schielte auf Klaras Babybauch und schien sich eine Geschichte zusammenzureimen. »Naja, wollen wir mal sehen. Wir haben wunderschöne Exemplare in Weißgold vorrätig, die Ihnen beiden gefallen könnten und relativ zügig an Sie angepasst werden können. Einen Augenblick, ich gehe sie mal holen.«

»Warum machen wir das hier eigentlich auf den letzten Drücker?« Klara bekam einen Kloß im Hals. Eine Hochzeit war doch ein freudiger Anlass und nichts, dass man abhaken oder nur hinter sich bringen sollte. Genauso fühlte es sich jedoch gerade an.

»Keine Ahnung.« Lorenz sah ebenfalls unglücklich aus. »Das Baby, der Unfall…in letzter Zeit lief ja nicht alles wie geschmiert.«

»Lorenz, willst du mich denn überhaupt heiraten oder hast du mir nur einen Antrag gemacht, weil ich schwanger bin?« Klaras Herz schlug ihr bis zum Hals.

»So, da haben wir die Ringe in…«

»Wir brauchen noch einen Moment für uns«, sagte Klara energischer als beabsichtigt.

Frau Busse zog die Augenbrauen hoch und machte auf dem Absatz kehrt.

»Lorenz?«

Lorenz guckte auf seine Knie. »Also, ich gestehe, dass ich erst an das Thema Hochzeit gedacht habe, als du mir von der Schwangerschaft erzählt hast. Ich finde, dass ich als Vater einfach auch die Verantwortung übernehmen muss und wir mit Trauschein noch mehr eine Familie sind als ohne.«

Klara schluckte.

»Aber ich möchte mittlerweile auch ohne Julius Leopold mein Leben mit dir teilen, auch wenn es zur Zeit zwischen uns irgendwie wahnsinnig anstrengend ist und…« Er stockte und wirkte verunsichert.

»Und?« hakte sie nach. Sie hatte den Eindruck, dass er noch nicht fertig war.

»Ach, nichts. Wir müssen einen Weg finden, damit es nicht ständig zwischen uns knallt.«

Klara hatte das Gefühl, als wäre Lorenz selten so ehrlich ihr gegenüber gewesen und freute sich über seine Offenheit. »Ich finde es im Moment auch sehr schwierig mit uns, aber was können wir ändern?«

»Die Ringe möchten anprobiert werden!«, trällerte Frau Busse bei ihrem zweiten Versuch.

Lorenz und Klara sahen sich an und es schien, als hätte dieses kurze Gespräch schon etwas bewirkt. Sie machten sich lächelnd an die Ringauswahl.

»Ich hasse es, wenn du mich Zicklein nennst«, sprach Klara endlich einmal laut aus, worüber sie sich schon so oft geärgert hatte.

»Deine Mutter ist nervtötend«, gestand Lorenz.

»Ich finde deinen Vater ätzend«, reihte sie sich ein. Nachdem sie sich für matte Ringe in Weißgold entschieden hatten, hatten sie beim Mittagessen überlegt, was ihrer Beziehung helfen könnte. Radikale Ehrlichkeit und Ich-Botschaften hatten sie als oberstes Gebot festgehalten. Seitdem legten sie alles offen, was sie sich bisher voreinander verschwiegen hatten mit der Bedingung, die Meinung des anderen einfach nur anzunehmen statt zu zerpflücken. So lautete zumindest die Abmachung.

»Ich mag es nicht, dass du Romy alles erzählst.«

»Ich finde es blöd, dass du vieles über meinen Kopf hinweg entscheidest.«

»Ich bin davon genervt, wenn du zu Hause die Pädagogin raushängen lässt.«

»Ich habe das Gefühl, dass du dich über ein Mädchen nicht gefreut hättest.« Klara schluckte. »Und deshalb habe ich dich zu Beginn angeschwindelt.«

Lorenz machte ein überraschtes Gesicht, atmete einmal tief durch und schien sich bewusst daran erinnern zu müssen, dass sie nicht aufeinander losgehen, sondern sich für die Ehrlichkeit des anderen bedanken wollten - vor allem dann, wenn es ums Eingemachte ging.

»Ich habe am Anfang gehofft, dass du das Kind verlierst«, gestand Lorenz mit gesenktem Kopf.

Klara blieb kurz die Luft weg und sie musste sich stark bemühen, um nicht auf ihn loszugehen. »Okay, damit hatte ich nicht gerechnet.«

»Ich bin auch nicht stolz darauf.« Zerknirscht sah er sie an und streckte versöhnlich die Hände nach ihr aus. »Außerdem bin ich ja jetzt froh, dass es nicht so gekommen ist.«

Klara nahm seine körperliche Einladung an und schmiegte sich an seine Brust. »Das kommt mir bekannt vor.«

»Wie meinst du das?« Beunruhigt rückte er etwas von ihr ab.

»Ich war über deinen Heiratsantrag erst geschockt und freue mich jetzt trotzdem auf unsere Hochzeit.«

»Wolltest du keinen Antrag bekommen oder hat dir die Art und Weise nicht gefallen?«

»Sowohl als auch.«

Während Lorenz' Ego gerade einen Knick bekam - immerhin hatte er sich selten so heldenhaft gefühlt, wie in dem Moment, in dem er um Klaras Hand angehalten hatte - , empfand Klara eine gewisse Befriedigung, weil sie sich damit absichtlich für sein letztes Geständnis gerächt hatte. Genau genommen müsste sie eben diese Rachlust jetzt zugeben, dachte sie, als es an der Tür klingelte.

»Erwartest du jemanden?«

»Ja, das ist bestimmt Franziska. Sie wollte mir Globuli bringen, damit ich weniger weinerlich bin und mein Hochzeitsmakeup nicht wegschwimmt«, erklärte Klara. »Was ist?«

Lorenz guckte beschämt. »Ich finde Franziska heiß.«

Klara öffnete einer durchgeschwitzten Franziska, der die Haare am Kopf klebten, die Tür.

»Meine Güte, ist das eine Hitze da draußen.« Franziska versuchte, fröhlich zu klingen, wirkte aber abgekämpft.

»Dafür wurde die Klimaanlage erfunden.« Lorenz bemühte sich, lustig zu sein, während Klara der hochroten Franziska ein großes Glas Wasser reichte.

»Ja, danke für den schlauen Hinweis.« Sie trank das Glas in einem Zug leer und hielt es Klara hin, um Nachschub zu bekommen. »Bei meinem Auto ist leider etwas kaputt gegangen, das ich nicht mal aussprechen und nur ganz knapp bezahlen kann. Und während es in der Werkstatt steht, fahre ich mit meinem Drahtesel durch die Gegend. Gerade in meinem Job bin ich doch auf mein Auto angewiesen.«

Lorenz bemerkte nicht, dass Franziska mit den Tränen kämpfte. »Ach, das Radeln macht deine Schenkel noch strammer.« Hatte er ihr gerade zugezwinkert?

Franziska lächelte gequält. »Noch ein toller Tipp...du bist ja heute in Hochform.« An Klara gerichtet sagte sie: »Hier sind die Globuli und hier habe ich dir aufgeschrieben, wie und wann du sie am besten nimmst. Und jetzt könnte ich noch ertasten, wie der kleine Mann gerade liegt. Darf ich?«

»Oh ja, gerne.« Klara legte sich hin und zog ihr Shirt hoch.

Franziska drückte mit ihren Händen auf Klaras Bauch herum und nickte. »Im Moment liegt er mit dem Kopf nach unten und das hier oben ist sein Po.«

»Fühlst du da oben etwa die Ritze?« Lorenz zwinkerte schon wieder.

»Nee, Lorenz. Bei den meisten Menschen ist der Kopf härter als der Po. Daran kann ich seine Lage erkennen. Fühl doch mal bei dir selbst, wie weich dein Schädel ist.«

Klara sah Lorenz an, dass er gerade noch rechtzeitig Franziskas ironischen Tonfall deuten konnte, bevor er sich an den Kopf gepackt hätte.

»Weißt du schon, wo du entbinden willst?«

»Nein, darüber machen wir uns nach unserer Hochzeit Gedanken.« Klara erinnerte sich schaudernd an die Kreißsaalbesichtigung zurück.

»Das reicht ja zeitlich auch noch. Wann hast du denn deinen nächsten Frauenarzttermin?«

Ach ja, da stand ja noch ein Geständnis an.

Klara saß wieder einmal im Wartezimmer bei Dr. Waschbrettbauch Dubois und dachte an ihr Gespräch mit Lorenz zurück. »Ich stehe auf meinen Frauenarzt«, hatte sie gesagt.

Lorenz hatte sie mit einer Mischung aus Schock und Erregung angesehen. »Du meinst, du bist bi?« Er konnte sich Schlimmeres vorstellen, als einen Dreier mit zwei Frauen als Hochzeitsgeschenk zu bekommen.

»Nein. Dr. Dubois ist keine Frau, sondern ein attraktiver, charmanter und flirtender Franzose.«

Die Erregung wich aus Lorenz' Blick. »Und was meinst du damit, dass du auf ihn stehst?«

»Vermutlich das gleiche wie du, wenn du sagst, dass du Franziska heiß findest.«

»Na klar. Nur mit dem klitzekleinen Unterschied, dass Franziska mir nicht am Sack rumspielt.«

Klara konnte seine Reaktion verstehen, auch wenn der Vergleich natürlich hinkte. »Erstens spielt mir Dr. Dubois nirgendwo rum und zweitens macht er schon seit einer ganzen Weile den Ultraschall vom Bauch aus und nicht mehr vaginal.«

Bei dem Wort 'vaginal' fühlte sich Lorenz sofort unwohl. »Das ist mir egal, was dieser Franzmann mit dir macht. Ich will, dass du den Arzt wechselst und zwar noch vor der Geburt.«

Auch das konnte Klara verstehen und fragte sich gleichzeitig, ob sie zu verständnisvoll war. »Okay. Ich gehe noch zur nächsten Untersuchung und sage ihm da, dass ich mich ab sofort von einem anderen Arzt behandeln lassen werde.« Vermutlich war das auf Grund ihrer Schwärmerei sowieso längst überfällig.

Und nun saß sie da und überlegte, wie sie ihre Entscheidung vor Dr. Dubois begründen sollte. Eine Tür zu einem der Untersuchungsräume öffnete sich einen Spalt breit und sie hörte seine Stimme. »Oui, Chérie, bis zum nächsten Mal. Isch kann es kaum erwarten, mon amour.«

Natürlich behandelte er jede seiner Patientinnen so, dachte Klara mit einem Anflug von Enttäuschung. Obwohl sie sich mittlerweile sicher war, keine ernsthafte Beziehung mit einem und schon gar nicht mit ihrem Gynäkologen eingehen zu wollen, tat ihr die Flirterei hier einfach gut. So reizend, wie Monsieur Herzensbrecher sie behandelte, konnte sich Lorenz bei aller Liebe nicht geben. Vielleicht lag es an der französischen unwiderstehlichen Mentalität, die Lorenz' typisch deutscher Sachlichkeit gegenüberstand und sich so viel besser zum Verführen eignete. Vielleicht lag es aber auch schlicht an jedem Einzelnen. Bestimmt gibt es auch Franzosen, die keine Ahnung von Frauen haben, sinnierte sie vor sich hin.

»Ja, so geht es mir auch, Dr. Dubois.«

Diese Stimme kannte sie doch…die Tür öffnete sich vollständig und heraus trat eine strahlende Hildegard. Dass ausgerechnet ihre Schwiegermutter und sie den gleichen Geschmack in Sachen Männer hatten, hätte sie nun wirklich nicht geglaubt.

»Bitte behalte das für dich«, flehte Hildegard sie an. »Lorenz würde das doch sofort seinem Vater erzählen und Konrad würde mir verbieten, mich weiterhin von Dr. Dubois behandeln zu lassen.«

Klara wollte sich gerade ereifern und sagen, dass sie sich schließlich im einundzwanzigsten Jahrhundert befinden und Frauen sich heutzutage von ihren Männern nichts mehr verbieten ließen, bis ihr einfiel, dass sie im absolut selben Boot saßen. »Ich weiß nicht…Lorenz und ich haben gerade erst eine Abmachung getroffen, dass wir uns alles sagen und das funktioniert echt gut. Das will ich nicht aufs Spiel setzen.« Klara war unsicher, was jetzt richtig war.

»Ich verstehe dein Dilemma«, sagte Hildegard sehr mitfühlend, »und gleichzeitig genieße ich es hier so sehr, dass ich die nächste Pilzinfektion schon herbei wünsche.«

Klara wusste nicht, ob sie das abstoßend oder niedlich fand. Jedenfalls hoffte sie inständig, dass ihre Schwiegermutter auf öffentlichen Toiletten nicht einen auf 'Feuchtgebiete' machte, um sich absichtlich was einzufangen.

»Dr. Dubois gibt mir das Gefühl, wertvoll und kostbar zu sein. Auch wenn ich mir dessen bewusst bin, dass er mit allen

Patientinnen so umgeht, tut es mir trotzdem ungemein gut, hier zu sein. Hier ist meine persönliche Oase der Wertschätzung, während zu Hause…naja…« Hildegard guckte etwas verzweifelt, während sich Klara dafür schämte, dass sie anfangs dachte, seine reizende Art galt ihr persönlich. »Vielleicht ist dir ja schon aufgefallen, dass Konrad manchmal etwas…wie soll ich mich ausdrücken…« Hildegard suchte nach den passenden Worten.

Klara vervollständigte in Gedanken ihren Satz: ekelhaft, herablassend, frauenverachtend, unberechenbar…

»…dass Konrad manchmal etwas kühl anderen und mir gegenüber ist.«

Das war die Untertreibung des Jahrhunderts, dachte Klara, aber Hildegard war nun mal seit über vierzig Jahren mit ihm verheiratet und tat sich bestimmt schwer genug, vor ihrer zukünftigen Schwiegertochter schlecht über ihren Mann zu sprechen. »Ich schlage dir einen Deal vor.«

Klara hätte ihr gar nicht zugetraut, dass sie das Wort Deal überhaupt kannte und war beeindruckt, mit welcher Vehemenz Hildegard für ihre Frauenarztbesuche kämpfte.

»Frau Neumann, Behandlungsraum eins, bitte!«

»Herzlich Willkommen zu unserer letzten Einheit, liebe werdenden Eltern«, ertönte Cordulas Singsang. »Zum Abschluss dieses Kurses möchte ich euch mit auf den Weg geben, wie ihr Männer euch sinnvoll in die Geburt einbringen könnt.«

Klara hatte schon vorher erfahren, dass sie sich heute diesem Thema widmen würden und hatte dessen Potenzial für dumme Witze von Seiten ihres Zukünftigen erkannt. Deshalb

hatte sie die Hinfahrt genutzt und ihre Sorgen offen angesprochen. »Ich schäme mich, wenn du peinliche Sprüche
reißt«, hatte sie gesagt.

»Wann tue ich denn sowas?«

»Na, zum Beispiel bei der Kreißsaalbesichtigung.«

Lorenz verzog fragend das Gesicht.

»…deine Frage, ob die Ärzte bestechlich sind und eine Frau
enger nähen als sie vorher war«, erinnerte sie ihn an diesen
grauenhaften Abend.

»Ach ja! Das war doch lustig und nicht peinlich.« Er lachte,
als würde er sich noch nachträglich über seinen eigenen Humor amüsieren.

»Für dich vielleicht. Ich wäre aber am liebsten in dem Lino-
leumboden versunken.« Sie atmete tief durch. »Bitte halt dich
gleich zurück, okay? Mit der ein oder anderen von denen
könnte ich mir nämlich vorstellen, eine private Krabbelgruppe zu gründen, also bitte blamier mich nicht.«

Lorenz hatte sie von der Seite aus seinen schönen dunklen
Augen angeschaut und versprochen, sein kreatives Mund-
werk zu zügeln.

»Ich bin doch nicht ihr Kellner! Ihre Beine funktionieren
doch noch«, schoss Selinas Dennis dazwischen, nachdem Iris
eingeworfen hatte, dass die Geburtspartner dafür zuständig
seien, die Gebärenden mit Getränken zu versorgen. Im Stillen
war Klara dankbar dafür, dass Dennis' Einwand nicht von
Lorenz kam.

»Du wirst ja auch nicht wie ein Kellner dafür bezahlt, sondern darfst das gratis machen«, witzelte Violas Christoph, die

das weniger komisch fand.

»Das ist ja noch schöner. Unbezahlt arbeiten - pah! Wo gibt's denn sowas?«, ereiferte Dennis sich spaßeshalber, während Selina unbeteiligt ihre grell pinken Fingernägel betrachtete.

»Ehrenamtliche Tätigkeit nennt sich sowas in der Wirtschaft«, nuschelte Jens humorlos, der Mann von Kathrin, während er irgendwas in seinen Laptop tippte, den er auf einem Stillkissen sitzend auf seinen Oberschenkeln balancierte.

»Ihr Lieben«, fuhr Cordula dazwischen, »die Bezahlung für eure unsäglich anstrengende Mühe, eurer Partnerin Wasser zu holen, während sie eigenständig ein Auto durch eine Katzenklappe quetscht, wird euch am Ende der Reise in Form eures Kindes in die Arme gelegt.« Sie sammelte sich kurz und forderte die Gruppe auf, weitere Ideen zu äußern.

»Wir könnten unseren Frauen kleine Massagen anbieten«, schlug Lorenz vor und guckte Klara triumphierend an.

Sie wartete fast auf eine alberne Pointe, doch die blieb aus. Er meinte es tatsächlich ernst.

»Sehr gut, Lorenz!«, begeisterte sich Cordula. Viola warf Klara einen Blick zu, den sie als anerkennend-neidisch à la 'Hast du einen tollen Kerl' deutete.

»Massage…« Dennis grunzte erheitert. »Happy End-Massage etwa? Ich habe von Orgasmic Birthing gehört! Das ist voll der Trend!«

»Jetzt wird's endlich interessant!«, wachte Manuel, der gelangweilt wirkende Mann von Andrea, aus seiner Trance auf. Klara vermutete, dass er zu Hause genauso geistig abwesend war, wenn Andrea ihm in allen drögen Einzelheiten von ihrem Tag berichtete.

»In Iris' Ratgeber steht, dass manche Frauen unter der Geburt keine Berührungen mögen, obwohl sie sonst totale Schmusekatzen sind.« Thomas gab sich genauso informiert wie seine Partnerin und überging die sexuelle Anspielung, was Manuel wieder wegdriften ließ.

»Genauso ist es, Thomas«, bestätigte Cordula seine Anmerkung. »Manche wollen plötzlich gar nicht mehr angefasst werden, andere brauchen plötzlich viel mehr Nähe als sonst. Was fällt euch noch ein?«

»Wir bleiben brav am Kopfende stehen und achten darauf, dass die Intimsphäre der Frau geschützt wird«, schlug Zoes Freund Felix vor. »Zum Beispiel, in dem wir die Kreißsaaltür schließen oder unsere Frau zudecken.«

»Super Idee, Felix.« Cordula zeigte sich beeindruckt. Zoe schaute ihn verliebt an.

»Sie zu loben tut den Frauen bestimmt auch gut. Lob und Motivation.«

Klara fragte sich so langsam, ob Lorenz sich auf diesen Termin vorbereitet hatte.

»Richtig!« Cordula schien wieder Hoffnung zu schöpfen, was die Eignung der Männer dieser Gruppe als Geburtspartner betraf. »Was noch?«

»Ich könnte mir vorstellen, dass wir eine Art Sprachrohr für unsere Frauen sein können. Zum Beispiel, wenn der Arzt fachsimpelt und Iris vor lauter Anstrengung nichts von dem Gesagten rafft.« Thomas meinte es bestimmt gut, aber Iris guckte trotzdem etwas angefressen.

»Wie soll ich das denn bitte verstehen?«, giftete sie ihn an.

»Na…« Thomas wollte sich schon rechtfertigen, als Cordula ihn rettete.

»Frauen gelten unter der Geburt als nicht zurechnungsfähig. Es kommt tatsächlich oft vor, dass die intelligenteste Gebärende vor lauter Schmerzen nichts mehr kapiert und da sind die Männer praktische Übersetzer.« Mit einem Blick zu Dennis, der gerade fasziniert einer Fliege nachsah, ergänzte sie: »Meistens jedenfalls.«

»Wir verkneifen uns blöde Sprüche.« Lorenz sah Klara verbindlich in die Augen. Klara wurde warm vor Glück.

»Auf jeden Fall«, bekräftigte Cordula.

»Was für Sprüche hast du denn schon so im Kreißsaal gehört, Cordula?«, wollte Viola wissen, was auch alle anderen - sogar Dennis, Manuel und Jens - neugierig machte.

Cordula machte es spannend und genoss die Aufmerksamkeit. »Wollt ihr meine Top drei hören?«

»Yeah man!«, rief Dennis euphorisch.

»Okay. Auf Platz drei war ein Typ, dessen Frau seit fünf Stunden fiese Schmerzen hatte und ihm sagte, dass er sich nicht ansatzweise vorstellen könne, was sie gerade durchmache. Und er antwortete: »Denkst du! Wegen dir war ich jetzt schon ewig nicht mehr pinkeln - weißt du, wie weh 'ne volle Blase tut?««

Die Gruppe lachte.

»Platz zwei belegt ein Mann, der unbedingt sehen wollte, wie sein Kind herauskommt. Als dann der Kopf sichtbar wurde, rief er geschockt: »Der passt da doch niemals durch, so gigantisch wie er ist!««

Die Männer fingen an zu gröhlen, das Lachen der Frauen verstummte.

»Kommen wir zu Platz Nummer eins.« Cordula schaute von einem zum anderen, als überlege sie, wer sich wohl so eine Aussage leisten würde. »Ein frischgebackener Vater ging direkt nach der Geburt um seine Frau herum, um Fotos von ihr und dem Kind aus verschiedenen Blickwinkeln zu machen. Dabei kam er an ihren noch immer gespreizten Beinen vorbei und sagte: »Das ist ja ein Schlachtfeld!««

Wäre Zoe nicht kalkweiß an Felix' Schulter zusammengesackt, hätten sich Dennis und Manuel vermutlich noch eingenässt vor Lachen.

»Damit sind wir am Ende dieses Kurses«, verabschiedete Cordula sich. »Ich wünsche euch großartige Geburten, elastische Dämme, stabile Nerven und natürlich gesunde, entzückende Kinder.«

»Wie findest du diese Wickelkommode?« Interessiert zog Lorenz die Schubladen mit einem prüfenden Blick auf und zu. »Da kriegst du bestimmt viele Babysachen unter.«

Klara kam mit einem bunten Mobile, einem Lätzchen mit Ärmeln und drei Packungen Mullwindeln beladen dazu und lud alles in die große gelbe Tüte, die an seiner Schulter baumelte. »Nicht schlecht.« Als würde sie gerade ihr Knöpfchen wickeln, stellte sie sich davor. »Für mich hat sie zumindest die passende Höhe. Und für dich?«

Lorenz guckte erst entgeistert, als wollte er sich gegen das Wickeln seines Sohnes sträuben, ruderte aber schnell zurück. »Ich werde mich ein bisschen bücken müssen, aber realistisch betrachtet wirst du den Mini-Weber öfter wickeln als ich. Während ich arbeite, zum Beispiel.« Er stellte sich neben sie, schaute andächtig auf die noch kinderlose Wickelauflage und nahm Klara in den Arm.

So kuschelig und liebevoll hatte sie ihn schon lange nicht mehr erlebt. Als er heute Morgen vorgeschlagen hatte, gemeinsam bei Ikea die noch fehlenden Möbel für den Kleinen zu kaufen, hatte sie fast den Eindruck, eine neue Seite an ihm zu entdecken. Vorhin in der Spielzeugabteilung hatte er die Bauklötze und Eisenbahnsets bestaunt und - ganz stolzer Vater - einer Mitarbeiterin von seinem baldigen Nachwuchs erzählt. Dafür, dass er sich anfangs eine Fehlgeburt gewünscht hatte und noch nicht einmal mit beim Ultraschall war, hatte er einen beeindruckenden Sinneswandel hingelegt, dachte Klara. Sollte die nahende Geburt etwa sein bisher verborgenes Traummannpotenzial zu Tage fördern?

»Ich kann mir die gut bei uns vorstellen«, sagte Lorenz entschlossen und notierte die Regalnummer des Artikels.

»Ich auch. Was brauchen wir denn noch?« Klara kramte ihre Liste hervor. »Krabbeldecke, Schlafsack…«

Lorenz wendete sich ihr zu. »Wir können uns doch einfach entspannt hier umgucken und sehen dann, was…« Er stockte.

»Was hast du denn?« Ihm war plötzlich die Farbe aus dem Gesicht gewichen. »Alles in Ordnung?«

»Ja. Nein. Ich meine…lass uns gehen.« Ein bisschen rabiat zog er sie am Ellenbogen.

»Hä? Was ist denn auf einmal los mit dir? Und was ist mit unseren Sachen, die wir…«

Er hatte die Tüte abgestreift und einfach auf der Kommode

stehen gelassen. »Ich habe mir gerade überlegt, dass das hier viel teurer ist, als wenn wir alles online bestellen«, erklärte er im Stechschritt Richtung Ausgang. »Außerdem wird mir von den komischen Dämpfen schlecht.«

»Was für Dämpfe?« Klara versuchte, auf mehreren Ebenen mitzukommen. »Lorenz, ich kann nicht mehr so schnell. Wollen wir uns nicht kurz hinsetzen? Vielleicht geht es dir besser, wenn wir was trinken oder…«

»Nein, ich will hier nur noch raus.«

»Aber ich muss nochmal auf die Toilette, bevor wir nach Hause fahren.« Ihre Blase war in den letzten Tagen gefühlt auf die Größe einer Erbse geschrumpft und machte jede Autofahrt zur Herausforderung.

Mit den Worten »Dann treffen wir uns am Auto« rauschte er ab.

Aus diesem Kerl werde ich nicht schlau, dachte sie mit einer Hand auf dem Bauch und der anderen auf der Stirn. Sie brauchte einen Moment, um sich zu sammeln.

»Geht es Ihnen nicht gut?« Eine besorgte Kundin mit blondierten Haaren und künstlichen Fingernägeln kam auf sie zu.

»Danke…nein…alles okay.« stotterte Klara.

»Sind Sie sicher? Sie sehen aus, als hätten Sie gerade einen Geist gesehen.«

Merkwürdig, dachte Klara. Genauso hätte sie Lorenz' Mimik vorhin auch beschrieben.

Mein liebes Köpfchen,

habe keine Zeit - bin aufgeregt - heute wird geheiratet!

Bis bald, deine Mama

Die Sonne schien von einem makellos blauen Himmel und es wehte ein angenehmes Lüftchen, so dass es Klara in ihrem Hochzeitskleid gut aushielt. Die Globuli hatte sie gleich nach dem Aufstehen eingeworfen und streichelte jetzt, in voller Montur vor dem Standesamt stehend, verliebt ihren Bauch. Mit der anderen Hand hielt sie ihren zauberhaften Brautstrauß aus kleinen bunten Rosen, den Leonore und Hildegard ausgesucht hatten.

Seit ihrem Ausflug zu Ikea war eine knappe Woche vergangen, in der Klara mehrfach versucht hatte, den wahren Grund für seinen plötzlichen Aufbruch zu erfahren. Lorenz hingegen hatte alles daran gesetzt, dass sie die Geschichte endlich vergaß. Seine Strategie bestand aus öligen Baucheinreibungen, Fußmassagen und fadenscheinigen Beteuerungen - und funktionierte nur deshalb, weil Klara ihm unbedingt glauben wollte.

Heute war abgesehen von ihrer Hochzeit noch aus einem anderen Grund ein ganz besonderer Tag: Klara brauchte zum ersten Mal Hilfe, weil sie wegen ihres Bauchumfangs ihre Brautschuhe nicht alleine angezogen bekam. Damit sie nicht barfuß gehen musste, hatte Lorenz die feinen Riemchen in die winzigen Schnallen eingefädelt und betont, dass er das doch gerne mache, was Klara traurigerweise überraschte. Anscheinend musste sie dringend das Bild, das sie von dem Mann, den sie nach fast fünf gemeinsamen Jahren gleich heiraten würde, korrigieren, hatte sie sich geschämt. Den permanenten Magendruck, der sie seit ihrem Ikeabesuch quälte, versuchte sie geflissentlich zu ignorieren.

Lorenz suchte noch nach einem nahegelegenen Parkplatz, während die Hochzeitsgäste langsam eintrudelten.

»Klara, wie hübsch du aussiehst.« Hildegard und Herr Weber trafen als erstes ein.

»Danke.« Klara hätte sich wohler gefühlt, wenn sie nicht alleine mit den Webers gewesen wäre.

»Frau Neumann.« Herr Weber gab ihr die Hand. Bloß keine Worte verschwenden, dachte sie.

»Vater, Mutter.« Lorenz hatte offensichtlich einen Parkplatz gefunden und eilte zu ihnen herüber. »Ist das ein aufregender Tag.«

»Aufregend trifft es nicht ganz, mein Sohn«, holte Herr Weber zu seinem ersten Schlag aus. »Ärgerlich würde ich es eher nennen, wenn einer meiner Söhne zur Heirat gezwungen wird, weil eine Sexualpädagogin nicht verhüten kann.«

Lorenz und Klara schnappten nach Luft, doch bevor sie etwas entgegnen konnten, sagte Hildegard überschwänglich: »Ich bin so froh, endlich eine Schwiegertochter zu bekommen!« und schaute Klara dabei verschwörerisch an.

»Hallo zusammen!« Klaras Eltern gesellten sich zu ihnen, stützten dabei Oma Lilli und umarmten ihre Tochter.

»Seid ihr beiden denn schon nervös?«, fragte Leonore an

Klara und Lorenz gerichtet. Statt eine Antwort abzuwarten, fuhr sie fort: »Das Leben verändert sich durch eine Hochzeit und durch die Geburt eines Kindes grundlegend. Da braucht man eine gut funktionierende Basis. Aber Klara, du hast so ein Glück mit deinem Lorenz, dass da gar nichts schief gehen kann.«

Lorenz richtete sich stolz auf, während Klara sich fragte, ob Lorenz denn kein Glück mit ihr hatte.

Oma Lilli schien Klaras Gedanken gelesen zu haben. »Lorenz, auch unsere Klara ist ein guter Fang und ich werde höchstpersönlich ein Auge darauf haben, wie du sie behandelst.« Oma Lilli zwinkerte Klara zu.

Lorenz' Haltung sackte wieder etwas in sich zusammen.

Nach und nach kamen Romy, Alexander, Florian und Maja dazu. Nach der gemeinsamen Brautkleidsuche, die ja ziemlich giftig geendet hatte, hatte Maja sich per SMS bei Klara halbherzig entschuldigt und ihr Gekeife sehr reflektiert auf ihre ehelichen Umstände geschoben. Klara tat es im Nachhinein leid, Maja damals mitgenommen zu haben - nicht, weil es Streit gab, sondern weil die Situation für Maja im Brautmodenladen ähnlich deprimierend gewesen sein musste, wie für die ungewollt kinderlose Paula ein Wochenende mit einer Schwangeren zu verbringen. Jetzt allerdings ging ihr durch den Kopf, wie rausgeputzt sie alle aussahen und freute sich zum ersten Mal so richtig darauf, mit beiden Familien ihre Hochzeit zu feiern.

»So, es ist kurz vor zwölf. Wollen wir?« Lorenz sah ihr in die Augen, in denen die gleiche Nervosität stand, wie er sie empfand.

Klara nickte.

»Verehrtes Brautpaar, verehrte Gäste, wir haben uns hier im Standesamt der schönen Stadt Bielefeld versammelt, um Klara Neumann und Lorenz Weber in den heiligen Stand der Ehe zu erheben. Oder wie ich die Ehe noch gerne nenne: Lebensende mit drei Buchstaben.« Der Standesbeamte lachte über seinen schlechten Witz, den außer ihm nur Herr Weber lustig fand. »Das Brautpaar lernte sich vor fast fünf Jahren auf einer Party kennen und lieben. Wie wir alle sehen können, waren sie damit sehr erfolgreich.« Er schielte unangemessen zu ihrer Babykugel hinüber. »Genießen Sie ihr Liebesleben so lange wie möglich, denn statistisch betrachtet haben neunzig Prozent der Ehepaare nach zwölf Jahren ausgefallenen Sex: er fällt montags aus, fällt dienstags aus, mittwochs…«

Klara fragte sich, ob sie darüber lachen oder weinen sollte, dass sie offenbar den Möchtegernkomiker unter den Standesbeamten erwischt hatten.

»Da ist es ja kein Wunder, wenn viele Paare eine Ehe mit dem Motto führen: Festhalten und Weitersuchen.«

Sie rechnete mittlerweile fest mit dem dreifachen Tusch, wie bei einer Büttenrede im Kölner Karneval.

»Kommen wir nun zum offiziellen Teil. Lorenz Weber, möchten Sie die hier anwesende Klara Neumann zu ihrer rechtmäßig angetrauten Ehefrau machen, dann sagen Sie: Wenn es sein muss.«

»Wenn…« Lorenz stockte und bemerkte erst jetzt den Fehler.

»Kleiner Scherz«, kicherte der Standesbeamte. »Dann sagen Sie 'Ja, ich will'.«

Lorenz sah Klara feierlich an. »Ja, ich will.«

Klara spürte, wie sich die ersten Tränen ihren Weg bahnten.

»Sehr schön. Klara Neumann, möchten Sie den hier anwesenden Lorenz Weber zu ihrem rechtmäßig angetrauten Ehemann machen, ihn lieben, begehren und befriedigen, bis dass der Tod euch scheidet, dann sagen Sie:« - er machte eine Kunstpause - »Nur über meine Leiche.«

Klara guckte ihn genervt an, drehte sich zu Lorenz um und sagte: »Ja, ich will.«

»Wunderbar, das könnte Hollywood nicht besser«, fuhr er fort. »Dann reichen Sie sich jetzt die Hände - schließlich machen das Boxer vor einem Kampf auch so - und tauschen die Ringe.«

Klara und Lorenz steckten sich gegenseitig die Weißgoldringe an.

»Herzlichen Glückwunsch, Herr und Frau Weber. Ich erkläre Sie hiermit zu Mann und Frau. Herr Weber, Sie dürfen die Braut jetzt küssen.«

»Herzlichen Glückwunsch, Schwesterchen.« Florian nahm sie liebevoll in den Arm. Das hatte er schon ewig nicht mehr gemacht und Klara fiel jetzt erst auf, wie sehr sie die Nähe zu ihrem Bruder vermisst hatte. »Du siehst wunderschön aus mit deinem Bäuchlein und ich ziehe meinen Hut vor dir, wie souverän du diese Comedytrauung gemeistert hast.«

»Ach Florian, danke!« Klara hatte ganz feuchte Augen. »Es

tut so gut, dich mal wiederzusehen. Hast du meine Nachricht auf deinem Anrufbeantworter abgehört?«

»Ja, habe ich, aber irgendwie passte es nie, dich zurückzurufen. Vielleicht haben wir ja heute etwas Zeit zum Reden.«

Klara hatte den Eindruck, dass es Florian viel besser ging als vor ein paar Monaten, als sie ihrer Familie von der Schwangerschaft erzählt hatten. Bestimmt hatten er und Maja ein paar Ungereimtheiten aus der Welt geschafft und endlich mal wieder einen Urlaub geplant.

»Klara, Schätzchen!« Ihre Eltern drückten sie gleichzeitig fest an sich.

»Herzlichen Glückwunsch, mein Töchterchen.« Ihr Vater machte ebenfalls einen gerührten und auch aufgeregten Anschein. Von ihrer Mutter wusste sie, dass er im Restaurant eine Rede halten würde, obwohl ihm das nicht besonders lag.

Lorenz' Eltern beglückwünschten erst ihren Sohn und kamen dann zu ihr.

»Frau Weber. Schön, dass unser Sohn Sie doch noch zur Vernunft gebracht hat und Sie sich gegen diesen Unsinn mit dem Doppelnamen entschieden haben.« Anscheinend hatte Lorenz seinem Vater zwar erzählt, dass sie mit dem Gedanken an einen Doppelnamen gespielt hatte, hatte ihm aber offensichtlich verschwiegen, dass Klara zwar seinen Namen annahm, dafür allerdings im Gegenzug den Namen des Kindes alleine bestimmen durfte. Deshalb lächelte sie nur lieblich zurück und nickte.

»Herzlichen Glückwunsch, Klara. Willkommen in der Familie. Ich freue mich sehr über weibliche Verstärkung.« Hildegard und Klara mochten sich mittlerweile richtig gerne.

»Danke, Schwiegermama.«

»Drei…« Klara hörte Romys und Alexanders Stimmen, »zwei…eins…herzlichen Glückwunsch!« In ein paar Metern Entfernung öffneten die beiden einen riesigen Karton und ließen dutzende rote Herzluftballons in den blauen Himmel steigen. Lorenz und Klara blickten ihnen verträumt hinterher.

Das Lokal »Glückundseligkeit« lag wenige Autominuten vom Standesamt entfernt und bot der Hochzeitsgesellschaft als ehemalige und zum Restaurant umgebaute Kirche ein ganz besonders feierliches Flair. Das aufmerksame Personal hatte die große runde Tafel festlich gedeckt und die Blumen um die Kerzen herum drapiert. Die Namenschildchen hatte Romy geschrieben und gemäß der Sitzordnung aufgestellt. So saß Hildegard standesgemäß neben Klara und Leonore neben Lorenz. Daneben jeweils die Väter und Geschwister. Maja, Romy und Oma Lilli vervollständigten den Kreis.

»Wir freuen uns, dass ihr alle mit uns diesen besonderen Tag feiert und wünschen euch einen guten Appetit«, beendete Lorenz seine Rede und gab dem Serviceteam ein Zeichen.

»Moment, jetzt möchte ich ein paar Worte sagen.« Herr Weber, also Konrad Weber, erhob sich und schickte die Kellnerinnen, die gerade die Vorspeise servieren wollten, mit einem drohenden Blick wieder weg.

Klara wappnete sich innerlich gegen mögliche Beleidigungen.

»Drum prüfe, wer sich ewig bindet, ob sich nicht doch wer bess'res findet. Diesen Rat von meinem Vater - Gott habe ihn selig - habe ich schon vor meiner eigenen Hochzeit nicht beachtet.«

Autsch. Hildegard machte zu recht einen betretenen Gesichtsausdruck.

»Anscheinend habe ich diese, nennen wir es mal wohlwollend 'Abenteuerlust' an meinen einen Sohn vererbt. Sollte es dir allerdings mal zu abenteuerlich werden, dann nutze dein Recht als Mann, das Verhalten deiner Frau zu korrigieren.«

Klara fragte sich, in welchem Jahrzehnt ihr Schwiegervater stecken geblieben war.

»Ich hoffe, dass du mit deiner Entscheidung sehr glücklich wirst und freue mich, dass du zumindest einen weiteren Weber-Mann gezeugt hast. Und Klara - du hast einen guten Geschmack. Auf das Brautpaar.« Herr Weber hob sein Glas und trank einen großen Schluck. Alle anderen guckten ein wenig beschämt und stießen verhalten ihre Gläser aneinander.

»Wer hat denn dieses Bruschetta gewürzt? Da fehlt es ja an allem«, mäkelte Herr Weber an der Vorspeise herum.

»Also mir schmeckt es super. Klara, das habt ihr richtig gut ausgesucht.« Hildegard war nach der demütigenden Rede ihres Mannes mehr als willig, ihren Deal mit Klara in die Tat umzusetzen, damit ihre Termine mit Dr. Dubois geheim blieben. Ein Teil des Deals bestand darin, jeden blöden Spruch von Herrn Weber durch ein Kompliment wieder auszugleichen.

»Die Melonen-Schinken-Schiffchen mag ich besonders gern«, kam von ihrer Mutter.

»Hier stimmt die Summe der einzelnen Komponenten«,

lobte Herbert die Vorspeise auf seine matheverliebte Art.

»Wann und wohin geht's denn in die Flitterwochen?«, wechselte Maja das Thema. »Wir waren ja damals auf den Seychellen. Das war herrlich, hat aber gefühlt in einem anderen Leben stattgefunden.«

Klara wunderte sich über Majas frustrierten Unterton. Während Florian heute so einen relaxten Eindruck machte, wirkte Maja angespannter denn je. Hatte er vielleicht doch eine andere?

»Wir fahren noch heute Abend ins Sauerland«, antwortete Lorenz.

»Oh.« Maja guckte mitleidig. Honeymoon in Winterberg hätte sie damals vermutlich nicht akzeptiert.

Die Kellnerinnen gingen herum und schenkten Wein nach. Herr Weber war gerade in ein Gespräch mit Alexander über das optimale Verhandeln einer Gehaltserhöhung vertieft, als Hildegard ihr Glas vollmachen ließ und unauffällig gegen sein Glas tauschte. Sie hatte heute mit Absicht keinen Lippenstift aufgetragen, damit ihr Plan und somit der zweite Teil ihres Deals - Konrad Weber abzufüllen und somit etwas angenehmer im Umgang zu machen - nicht auffog. Ihrem Mann fiel es sowieso nicht auf, wenn sie an ihrem Aussehen etwas veränderte.

»Du solltest immer mehr verlangen, als du eigentlich haben willst, weil…« Herr Weber griff nach seinem vollen Weinglas und trank es zur Hälfte aus. »Was wollte ich sagen? Ach ja. Weil die Gegenpartei dir immer weniger vorschlagen wird, als sie eigentlich bezahlen kann.«

Die Kellnerin kam wieder vorbei, Hildegard hielt wieder

ihr Glas hin und vertauschte es mit seinem. Manchmal hatte es auch Vorteile, wenn der eigene Mann sich selbst so gerne reden hört, dass er den Rest der Welt nicht mehr wahrnimmt, dachte Hildegard.

Klaras Vater erhob sich und brachte alle anderen damit zum Schweigen. »Meine liebe Klara, lieber Lorenz, addiert man eine attraktive Frau mit einem intelligenten Mann, dann kommt dabei eine Ehe heraus, die nicht auf Augenhöhe stattfindet. Zum Glück seid ihr beide attraktive und intelligente Menschen, die sich noch dazu multipliziert haben und bald ein formschönes Dreieck ergeben.« Herbert atmete einmal tief durch. Seine leicht zittrige Aussprache verriet seine Nervosität, was ihn noch sympathischer machte. »Vor nicht einmal hundert Jahren hättet ihr wegen einer Schwangerschaft heiraten müssen. Das ging viel mehr Paaren so, als ihr vielleicht glaubt.« Er blickte kurz zu Oma Lilli, die schnell so tat, als würde sie die Serviette neu falten. »Heute steht euch dieser Schritt zum Glück frei und es liegt ganz in eurer Hand, welchen Weg ihr für euch wählt. Auch wenn euer Leben nicht immer linear oder als Gerade verläuft, achtet immer darauf, ein Team zu bleiben - wie Sinus und Cosinus, x und y oder Punktrechnung und Strichrechnung.«

Die übrigen Gäste lachten.

»Wie ihr merkt, fühle ich mich in Kurvendiskussionen mehr zu Hause als in Tischreden und eigentlich möchte ich nur eines sagen: ich freue mich für euch und wünsche euch beiden alles Glück dieser Welt. Auf das wundervolle Brautpaar.«

Alle zusammen erhoben sie die Gläser und tupften ihre

Tränchen weg. Selbst Herr Weber verkniff sich einen dummen Spruch.

Während des Hauptganges wurde munter gequatscht. Oma Lilli erzählte der interessierten Romy, welche Schlankheitskuren kurz vor dem zweiten Weltkrieg im Trend waren und wie sehr sie sich diese Luxusprobleme dann während des Krieges zurückgewünscht hätten. Florian hörte seinem Vater zu, der ihm mit finsterer Miene von seiner gerade erst überstandenen Magenspiegelung berichtete. »Die Ärzte vermuten irgendwas zwischen einer Laktoseintoleranz und Krebs«, hörte Klara ihren Vater sagen und schob ihre aufkeimende Angst schnell beiseite. Alexander und Maja fachsimpelten laienhaft über den örtlichen Immobilienmarkt und Hildegard und Leonore bewunderten die Blumendeko, die sie ja selbst ausgesucht hatten. Zwischendurch durften sich Klara und Lorenz immer wieder küssen, wenn die Gäste die Gläser zum Klingen brachten.

So oft wie heute haben wir uns schon lange nicht mehr geküsst, ging Klara durch den Kopf.

»Der Rinderbraten schmeckt gar nicht so übel, Frau Weber«, sprach Konrad Weber mit allmählich schwerer werdender Zunge Klara an. »Als ich 'Basilikumsoße' gelesen hab, war ich etwas erstaunt, aber…«

»Balsamicosoße, Vater«, unterbrach ihn Lorenz.

»Ja, habe ich doch gesagt. Schmeckt jedenfalls ganz okay.«

Aus seinem Mund war das ja fast ein Lob, dachte Klara. Hildegard hatte anscheinend schon ganze Arbeit geleistet. »Freut mich, dass es Ihnen schmeckt, Herr Weber.« Sie wand-

162

te sich Lorenz zu. »Wie gefällt dir unsere Hochzeit bisher?«, wollte sie von ihm wissen.

»Gut. Bis auf den katastrophalen Standesbeamten ist doch bis jetzt nichts schief gelaufen. Wie geht's denn dem Mini-Weber?«

»Heute spüre ich ihn nicht so viel. Bestimmt bekommt er die Aufregung mit und hält sich deshalb zurück.« Klara legte ihre Hände auf den Bauch. »Lorenz, ich habe noch einen Wunsch.«

Lorenz guckte überrascht. »Und zwar?«

»Ich wünsche mir, dass wir weiterhin so ehrlich zueinander sind, wie in den letzten beiden Wochen. Lass uns gegenseitig alles sagen, was uns beide betrifft.« Sie musste sich unbedingt ein Hintertürchen bauen, um Hildegard nicht verraten zu müssen. »Ich habe das Gefühl, dass uns das gut tut.«

»Das Gefühl habe ich auch. Abgemacht.« Lorenz beugte sich zu ihr und küsste sie.

»Na na na, ihr ssswei!« Herr Weber hob grinsend den Zeigefinger. »Wir haben doch gar nicht gepinkelt - äh - ge…wie heißt das?«

Als die Teller abgeräumt wurden, nahm Florian seine Schwester zur Seite. »Ich habe noch ein Geschenk für dich.« Er überreichte ihr eine kleine Tüte.

Klara nahm sie entgegen und zog eine leere Coladose aus den Neunzigern heraus. »Dein Autogramm von Jon Bon Jovi!« Klara kreischte fast.

»Ja, genau. Du kannst dich also noch daran erinnern.« Obwohl er lachte, stand auch Traurigkeit in seinem Gesicht.

»Erinnern? Machst du Witze? Ich habe dich meine gesamte Jugend über glühend darum beneidet!«

Florian hatte den Helden ihrer Teeniejahre zufällig während eines Wochenendtrips in London getroffen und in Ermangelung eines Zettels das Autogramm auf seiner Coladose bekommen. Klara durfte sie mindestens fünf Jahre lang nicht einmal anfassen.

»Und wieso schenkst du sie mir?«

Florian schien nach den richtigen Worten zu suchen. »Mir bedeutet sie einfach nicht mehr so viel und ich habe gedacht, dass ich lieber dir eine Freude damit mache, als sie wegzuschmeißen.«

»Auf jeden Fall! Danke!« Klara fiel Florian um den Hals. »Wie geht's dir denn? Du wirkst heute viel zufriedener als bei unserem letzten Treffen bei Mama und Papa.«

»Ja, mir geht es wirklich besser. Ich konnte einiges regeln, was mich da bedrückt hatte.« Florian sah ihr direkt in die Augen. »Lass uns jetzt nicht über mich sprechen. Das ist schließlich dein großer Tag und ich freue mich so sehr für dich.«

»Danke.«

Als das Zitronensorbet mit frischen Erdbeeren serviert wurde, war Klara froh über ihr weit geschnittenes Kleid. Sie hatte noch nie verstanden, warum viele Bräute so enge Kleider trugen, dass sie auf ihrer eigenen Hochzeit nichts essen konnten. Maja war zum Beispiel so ein seltsames Exemplar, allerdings aß sie ja generell wie ein Spatz. Oder wie ein Spätzchen.

»Für wen ist denn der Kaffee?«, fragte die Bedienung an ihrem Tisch.

Klara erinnerte sich. »Herr Weber? Ihr Kaffee ist da.«

Er schaute auf und grinste fast debil. »Herr Weber, dasss kling ja soooo... ich bin der Konrad. Wir sind ja jetz eine family!«

Klara fragte sich, wie viel er wohl getrunken haben mochte und hoffte, dass er nicht auch noch anfing 'We are fa-mi-ly' zu singen. »Gerne. Klara.«

Leonore tippte ihr geheimnisvoll auf die Schulter. »Ich wollte dir noch etwas mitgeben...so von Frau zu Frau.«

»Ich bin gespannt.«

Leonore zog einen schwarzen Organzabeutel aus ihrer Handtasche und flüsterte: »Das soll eure anstehende Hochzeitsnacht beleben.« Auf Klaras geschockten Blick reagierend erläuterte sie: »Sexualität ist äußerst wichtig in einer Ehe. Guck dir deinen Vater und mich an, wir…«

»Stop«, unterbrach Klara ihre Mutter. »Bringen wir es einfach hinter uns.« Klara nahm das Säckchen entgegen und beförderte einen schwarzen BH aus Lack ans Licht.

»Die Cups kann man mit einem Handgriff nach unten klappen. Das ist auch total praktisch, wenn du demnächst euer Kind stillst«, erläuterte Leonore.

Klara sah sich schon in einer Krabbelgruppe sitzen, wie sie da vor den anderen Müttern ihre Brüste aus der schwarzen Lackwäsche auspackte. »Äh, danke, Mama.«

Konrad Weber war aufgestanden und wankte nun auf sie zu. »Tschüssssss, meine liebe Klara...die wollen mich nach Hause schaffen.« Hinter ihm standen Lorenz und Alexander, um ihn im Notfall aufzufangen.

»Wir packen ihn schnell ins Auto und Mutter fährt«, erklärte Lorenz.

Alexander gab ihr die Hand. »Bis bald, Schwägerin.«

Hildegard schloss sie herzlich in die Arme. »Klara, danke für den schönen Tag. Es hat mir großen Spaß gemacht.« Sie zwinkerte Klara zu.

Nach und nach löste sich die Hochzeitsgesellschaft auf, was Klara und Lorenz gut passte. Immerhin wollten sie noch heute Abend ins Sauerland fahren, um ihre Flitterwochen einzuläuten.

Maja und Florian verabschiedeten sich auf dem Parkplatz des Lokals als letztes von ihnen.

»Danke, dass ihr da wart und kommt gut nach Hause.« Klara drückte erst ihren Bruder, danach seine Frau und winkte ihnen, bis ihr Auto nicht mehr zu sehen war.

»So, Frau Weber, wollen wir uns Richtung Hochzeitsnacht begeben?« Lorenz hielt ihr gentlemanlike den Arm hin.

»Sehr gerne, Herr Weber«, sagte sie und versuchte krampfhaft, dabei nicht an ihren Schwiegervater zu denken.

»Wir sind ja auch keine Maschinen, die beim Befehl 'Hochzeitsnacht' direkt anspringen«, beschwichtigte Klara die Situation. Sie waren fast drei Stunden lang von einem Stau in den nächsten gefahren, hatten ihre Sachen ausgepackt und lagen jetzt nebeneinander in ihrem Hotelbett. Statt Bobby Flitter hatte sich allerdings das Sandmännchen zu ihnen geschlichen. Die bleierne Müdigkeit hatte all ihren erogenen Zonen den Saft abgedreht.

»Morgen ist doch auch noch ein Tag und auch eine Nacht«, gähnte sie.

»Okay. Dann schlafen wir jetzt und können morgen umso fitter den Tag genießen. Und die Nacht.« Lorenz beugte sich über sie, gab ihr einen langen Kuss und hauchte: »Außerdem wartet auf dich noch dein Hochzeitsgeschenk.«

»Was? Aber wir wollten uns doch nichts schenken!« Klara hatte zum einen mittlerweile einen gewissen Respekt vor seinen Überraschungen entwickelt und fand es zum anderen blöd, kein Geschenk für ihn zu haben. Wobei - notfalls hatte sie ja Leonores Anheizer dabei. »Was ist es denn?«

»Das verrate ich dir erst morgen!« Lorenz genoss es offensichtlich, sie hinzuhalten.

»Lorenz, bitte! Ich kann doch sonst die ganze Nacht nicht schlafen. Soll ich etwa raten?«

»Das errätst du nie!«

♥ »Ich schenke dir zu unserer Hochzeit einen Tantra-workshop. Kandidatin 1, was sagst du dazu?« ♥

Klara rätselte und sah Lorenz an, dass er es selber gerne loswerden wollte. »Jetzt sag schon.«

Lorenz stand aus dem Bett auf, holte eine große Schmuck-schatulle aus seiner Reisetasche und überreichte sie ihr. »Mach sie auf.«

Klara hatte feuchte Finger bekommen, öffnete sie und sah darin einen Schlüssel und einen Anhänger mit der Aufschrift »Home Sweet Home« blitzen. »Du hast unsere Wohnung gekauft?« Klaras Herz machte einen freudigen Satz.

»Besser.« Lorenz strahlte.

»Ein Haus?« Eigentlich wollte sie nicht umziehen.

»Noch besser.«

Klara signalisierte ihm, dass er mit der Sprache herausrücken soll.

»Das Reihenhaus neben meinen Eltern!«

Klara wurde heiß und kalt. »Sag das nochmal.« Sie hoffte ganz stark, sich verhört zu haben.

»Ich habe für uns das Haus neben meinen Eltern gekauft.« Lorenz schien sehr stolz auf seine Leistung zu sein. »Meine Mutter freut sich schon darauf, dir im Haushalt zu helfen, wenn das Baby erstmal da ist und mein Vater findet es auch gut, viel Zeit mit seinem Enkelsohn verbringen zu können, damit aus dem Kleinen ein richtiger Mann wird.«

Als wollte es sich dagegen wehren, fing ihr Knöpfchen in ihrem Bauch an zu toben.

»Du kaufst für uns ein Haus, ohne das mit mir zu besprechen und das auch noch neben deinen Eltern steht? Obwohl du weißt, dass dein Vater und ich am liebsten einen großen Bogen umeinander machen würden?« Klaras Stimme wurde schrill.

Lorenz guckte tatsächlich überrascht. »Ich kaufe uns ein Haus und du freust dich nicht?«

»Lorenz, ich...manchmal habe ich das Gefühl, dass du mich gar nicht kennst.«

»Aber ich will uns dreien doch einfach nur ein schönes Nest bauen und weiß nicht, was daran schon wieder verkehrt sein soll.« Lorenz wirkte verzweifelt. »Und mit meinem Vater verstehst du dich doch mittlerweile blendend.«

»Seit heute und nur im hackedichten Zustand.« Klaras

Kopf fühlte sich leer an. »Ein Familiennest ist ja auch an sich eine schöne Idee, aber…«

Ihr Handy klingelte.

»Wer ruft dich denn jetzt noch an? Es ist doch mitten in der Nacht.«

Immer noch schockiert von seinem Geschenk ging sie ans Telefon. »Klara Neumann? Äh, Weber?«

Es war Oma Lilli. »Klara.« Pause.

»Oma Lilli? Bist du noch dran? Ist was mit dir?«

»Klara, etwas Schreckliches ist passiert.«

Mein liebes Knöpfchen,

mir fehlen die Worte. Ich bin fassungslos. Wie kann es in meinem Leben etwas so Wundervolles wie dich und etwas so Grausames wie den Tod geben? Ich spüre deine Bewegungen und berühre dich durch die Bauchdecke. Das tut mir so gut und ich freue mich so sehr darauf, dich bald kennenzulernen. Aber es ist so etwas Unfassbares passiert, dass ich das Gefühl habe, im Moment in zwei Welten zu leben. Die Rückenschmerzen und die müden Beine, die mich gestern noch gestört haben, nehme ich heute nicht mehr wahr. Sie kommen mit dem seelischen Schmerz einfach nicht mit. Wie gerne würde ich rückwirkend alle Schwangerschaftsbeschwerden auf einmal auf mich nehmen - sogar Sodbrennen - und gegen das, was passiert ist, eintauschen - wenn es doch so einfach wäre.

Ich habe gelesen, dass du meine Emotionen mitbekommst, deshalb möchte ich dir erklären, was du gerade fühlst. Du erlebst meine Trauer über einen riesigen Verlust, meine Wut darüber, nichts mehr daran ändern zu können und große Angst vor meinen Selbstvorwürfen. Irgendwie hatte ich in der letzten Zeit diese unbestimmte Ahnung, dass etwas passieren würde - jetzt hat sie sich leider bestätigt. Traurigkeit, Wut und Angst gehören zu unserem Leben genauso dazu, wie glücklich zu sein, allerdings erleben wir beide sie gerade in einem extremen Ausmaß. Du bist jetzt schon außerhalb von mir lebensfähig mit deinen zweiundvierzig

Zentimetern und mehr als drei Pfund Körpergewicht, was mich sehr beruhigt. Denn solltest du meinen Zustand nicht mehr aushalten und meinen Körper vorzeitig verlassen wollen, was ich gerade absolut nachvollziehen könnte, wäre deine kleine Lunge schon bereit, ihren Job zu machen.

Danke, dass du da bist!

In Liebe, deine Mama

PS: Ich habe entschieden, wie du heißen wirst - Julius Florian Weber.

Nach und nach kam alles ans Licht. Die Gespräche mit Florians Arbeitgeber und die Informationen, die sie dank Leonores beruflichen Kontakten erhielten, beförderten sein trauriges Schauspiel an die allmählich bröckelnde Oberfläche. Florian hatte bereits seit Jahren schwere Depressionen, nahm dagegen Medikamente und war in Behandlung bei einem Kollegen seiner Mutter. Vor zwei Jahren war er zu einer anderen Bank gewechselt, um dort die große Karriere zu machen, die er für seinen Selbstwert dringend brauchte. Keine Erfolge zu erzielen hielt er nicht aus, weil er sich dann als wertlos empfand. Bei der anderen Bank geriet er jedoch in eine Abwärtsspirale. Die Konkurrenz war groß, seine Arbeitstage lang und seine Antriebslosigkeit nahm ungeahnte Ausmaße an. Schließlich wurde er dauerhaft von seinem Psychiater krankgeschrieben und bekam Krankengeld statt Gehalt.

Maja wusste von alldem nichts. Florian stand morgens mit ihr zusammen auf, vermutlich unter größten Anstrengungen, zog sich seinen Anzug an und fuhr mit dem Auto los. Sie hatte natürlich angenommen, dass er sich auf den Weg zur Arbeit machte. Wie sie jetzt vermuteten, parkte er um die Ecke und fuhr wieder nach Hause, so bald er sicher sein konnte, dass Maja das Haus verlassen hatte. Dass er weniger Geld verdiente als bisher fiel ihr ebenfalls nicht auf, da sie sowieso kaum noch etwas unternahmen oder kauften.

Florian war es immer wichtig gewesen, nach außen den schönen Schein zu wahren und als erfolgreich, wohlhabend und glücklich angesehen zu werden. Da sein Krankengeld im nächsten Monat auslaufen sollte, stand diese Fassade jedoch kurz vor dem Zusammenbruch. Er hätte zumindest Maja einweihen müssen, für die ein luxuriöses, wenn auch ober-flächliches Leben eine höhere Priorität zu haben schien, als ihrem psychisch kranken Ehemann beizustehen. Dann hätte er sich beim Arbeitsamt melden müssen, was sein Ego wohl auch nicht überstanden hätte. Nach den schroffen Worten seines Arztes, Florian müsse wahrscheinlich für den Rest seines Lebens Antidepressiva nehmen und werde nie wieder ganz gesund, fasste er letztendlich den Entschluss, sich um-zubringen.

Klaras und Lorenz' Hochzeit hatte er dazu genutzt, um noch einmal seine Familie zu sehen, mit jedem einzelnen zu sprechen und sich schließlich zu verabschieden, nur dass er der einzige war, der wusste, dass es ein Abschied für immer war. Als Florian und Maja am Abend von der Feier zurück-kamen, stritten sie darüber, ob Florian sie nicht doch mit einer anderen betrog. Auch Maja war seine entspannte Art aufgefallen, die er schon seit über einer Woche an den Tag legte.

»Maja, bitte glaub mir: ich liebe nur dich. Es gibt keine andere Frau in meinem Leben und wird es auch nie geben.« Florian hatte ihr dabei eindringlich in die Augen geschaut und Maja hatte geschnaubt.

»Sag niemals nie«, hatte sie zickig geantwortet.

Dann war Maja ins Badezimmer gegangen, um sich bettfertig zu machen. Dass Florian nicht mitkam, damit sie zusammen ins Bett gehen konnten, wunderte sie nicht. Warum sollte heute auch etwas anders sein als sonst, hatte sie noch gedacht. Während Maja sich abschminkte, ihr Nachthemd aus lilafarbenem Satin anzog und sich die Zähne putzte, verließ Florian das Haus und warf sich bei den benachbarten Bahngleisen vor den nächsten Zug.

»Nein, er hat keinen Abschiedsbrief hinterlassen«, erklärte Oma Lilli ihrer Enkelin. »Auf eurer Hochzeit hat er ja mit jedem von uns reden können.«

Klaras Familie befand sich wie in Trance. Leonore machte sich größte Vorwürfe, dass ausgerechnet sie als Psychotherapeutin keins der Anzeichen bemerkt hatte. Die Appetitlosigkeit, die mangelnde Energie, die Schlafstörungen, der ungemeine Ehrgeiz, sich behaupten zu müssen, die Abhängigkeit vom Erfolg und letztes Endes die merkliche Ruhe vor dem Sturm.

»Menschen, die kurz vor dem Suizid stehen, erscheinen plötzlich glücklich, ruhig und ausgeglichen, weil sie den

Entschluss gefasst haben und wissen, dass ihre Qual bald vorbei ist. Sowas predige ich Angehörigen doch seit Jahren!«, stammelte Leonore in ihre Hände, in die sie ihr Gesicht stützte.

»Bei deinem eigenen Sohn konntest du aber nicht die objektive Therapeutin sein«, versuchte Klara ihre Mutter zu trösten, auch wenn sie nicht wusste, ob das so stimmte.

Klaras Vater saß nur noch stumm in seinem Sessel und guckte vor sich hin. Er war auf einmal um mehrere Jahre gealtert. Ihm fiel es sowieso schon schwer, über Gefühle zu reden, aber diese Situation überforderte ihn mehr als alles andere zuvor in seinem Leben.

»Wie geht's denn eigentlich Maja?« Klara konnte sich ihre Schwägerin gar nicht in Verbindung mit dem Begriff 'Witwe' vorstellen.

»Sie ist noch in der gleichen Nacht von ihrer Schwester abgeholt worden, damit sie nicht alleine ist«, wusste Oma Lilli Bescheid. »Die Polizei, die sie aus dem Bett geklingelt hat, hat ihr dazu geraten.«

Klara nickte und sah ihre Oma an. »Du wirkst so gefasst.«

»Klara, in meinem Herzen tobt ein Sturm, der das, was passiert ist, nicht wahr haben will. Aber ich habe schon so viel Schlimmes erlebt - erst der Krieg, dann ist meine erste Tochter mit vier Jahren an Kinderlähmung gestorben, vor zwanzig Jahren habe ich auch noch meinen Mann an Krebs verloren - sagen wir mal, dass ich gelernt habe, mit Schicksalsschlägen umzugehen. Außerdem muss ja auch noch einiges vorbereitet werden.«

»Du meinst die Trauerfeier und die Beerdigung.« Der Kloß

in ihrem Hals schwoll wieder an.

»Ja genau. Maja steht bestimmt mindestens genauso unter Schock wie wir, deshalb sollten wir sie unterstützen.«

Klara dachte daran, wie klapperig und hilfsbedürftig sie ihre Oma immer wahrgenommen hatte und wie souverän die alte Dame jetzt die Dinge in die Hand nahm. Sie hatte ihre Lebenserfahrung wohl immer unterschätzt. »Ich gehe mal in die Küche und hole uns allen etwas zu trinken.«

Sie nahm einen Umweg und streifte einmal durch ihr Elternhaus. Sie hatte den Eindruck, als warte in jedem Raum oder an jeder Ecke eine Erinnerung an ihre gemeinsame Kindheit mit Florian. Am Treppengeländer sind sie zusammen herauf- und heruntergeklettert, im Garten hat er ihr beim Schaukeln Anschwung gegeben und in seinem Zimmer durfte sie mit dreizehn Jahren zum ersten Mal an einer Zigarette ziehen. Auf seinem Schreibtisch stand damals die signierte Coladose. Rückblickend machte es Sinn, dass er ihr die Dose geschenkt hatte - er brauchte sie jetzt nun wirklich nicht mehr. Hätte sie denn darauf kommen können, dass er seine Habseligkeiten verschenkte, weil er plante, seinem fünfunddreißigjährigen Leben ein Ende zu setzten? Klara hatte kurz an eine Depression gedacht, nachdem Maja sich über ihre Ehe ausgelassen hatte, hätte aber so einen endgültigen Schritt niemals erwartet. Sein Blick, als er ihr die Dose schenkte, hatte sich in ihr Gedächtnis gebrannt. In seinen Augen hatte etwas gestanden, dass sie bis vor einigen Stunden nicht einzuordnen wusste. Jetzt schon.

»Da bist du ja.« Lorenz umarmte sie von hinten in ihrem alten Kinderzimmer. »Deine Oma meinte, ich sollte mal nach dir schauen.«

Nach dem Anruf in der letzten Nacht hatten sie ihre Sachen wieder eingepackt und den Rückweg aus dem Sauerland angetreten. Der fehlende Nachtschlaf ließ sie jetzt frösteln, so dass Lorenz' Umarmung in mehrfacher Hinsicht gut tat.

»Danke, dass du da bist, Lorenz.« Klara drehte sich zu ihm um und weinte an seiner Schulter. Endlich konnte sie sich fallen lassen und musste nicht die Starke spielen.

»Na klar.« Lorenz streichelte über ihren Kopf. »Das muss so schrecklich für euch alle sein.« Er klang so mitfühlend und liebevoll. »Ich darf mir echt nicht ausmalen, was in ihm vorgegangen sein muss.«

Klara schüttelte zustimmend den Kopf. »Ich mir auch nicht.«

»Und wie viel Überwindung es kosten muss, den Plan dann tatsächlich durchzuziehen und sich wirklich auf die Gleise…«

»Lorenz«, unterbrach Klara ihren Ehemann, »ich will mir das gar nicht so bildlich ausmalen, okay?«

»Oh, sorry.« Er verkniff sich die Frage, wann sie ihre Flitterwochen fortsetzen wollen.

Der Tag, an dem Florians Beisetzung stattfinden sollte, erwachte wie jeder andere Tag dieses Sommers auch. Die Luft war noch herrlich-frisch von der Nacht und forderte eher dazu auf, sich mit Badesachen und Lesestoff bewaffnet an den nächsten See zu begeben, statt im kleinen Schwarzen den großen Bruder zu beerdigen. Klara hätte ein tosendes Gewitter wesentlich passender gefunden, weil es die Urkräfte ihrer

Empfindungen so viel besser widergespiegelt hätte. Außerdem stellte sie sich vor, dass Florians Seele anscheinend schon lange nicht mehr sonnendurchflutet gewesen war. Das Wetter war also in doppelter Hinsicht unpassend und änderte sich dreisterweise trotzdem nicht.

Während sie das schwarze Kleid mit dem Stretcheinsatz in der Körpermitte über ihre achtmonatige Babykugel zog, hoffte sie insgeheim, Florian würde reinschneien, weil sich die Polizei bei der Identifikation der in allen Einzelteilen herumliegenden Leiche vertan hatte. Unfassbar, dass es ihn tatsächlich einfach nicht mehr gab. Unser Leben ist endlich, dachte sie geschockt. Noch nie war sie sich dessen so bewusst wie heute.

»Wir müssen langsam los«, riss Lorenz sie aus ihren Gedanken.

Sie fuhren gemeinsam mit ihren Eltern und Oma Lilli zum Friedhof und sprachen auf dem Weg dorthin kein Wort. Als sie in die Kapelle gingen, war Klara überwältigt von der Menschenmenge, die Florian zu Ehren gekommen war. Viele von ihnen waren Verwandte, mit einigen hatte sie nicht gerechnet und manche mochte sie nicht besonders. Mit seinen Arbeitskollegen fand sie es beispielsweise immer schwierig, warm zu werden, so als wären Banker und Pädagogen einfach nicht aus demselben Holz geschnitzt. In einer der hinteren Reihen entdeckte sie Hildegard, die ihr einen anteilnehmenden Blick zuwarf.

Maja saß in der vordersten Bank auf der linken Seite vom Mittelgang und war umringt von ihrer Mutter und ihrer Schwester, deren Männer wiederum daneben saßen. Sie schaute kurz auf, begrüßte Florians Familie mit einem Nicken und guckte wieder weg, als wollte sie nicht angesprochen werden. Klara, Lorenz, Leonore, Herbert und Oma Lilli nahmen auf der vordersten Bank auf der rechten Seite Platz.

Während der Pfarrer, der sie und Florian bereits konfirmiert hatte, einfühlsame Worte sprach und aus Florians kurzem Leben erzählte, ließ Klara ihren Tränen freien Lauf. Sie konnte nicht fassen, wo sie sich gerade befanden und was sie hier taten. Das Geraschel von Taschentüchern, das Geräusch von röchelnden Nasen und die unterdrückten Schluchzer, die aus den Menschen um sie herum herausbrachen, verrieten ihr, dass es den anderen ähnlich ging. In den letzten Tagen hatte sie erwartet, dass die Welt doch auf irgendeine Weise auf Florians Tod reagieren müsste - mit Erdbeben, Sondersendungen im Fernsehen oder geschlossenen Geschäften. Aber die Erde drehte sich tatsächlich und nicht nur sprichwörtlich einfach weiter.

Zum Auszug aus der Kapelle erklang aus den Lautsprechern das Lied "Freiheit" von Marius Müller-Westernhagen, das Florian laut Maja in der Zeit ihrer ersten Dates gerne gehört hatte. Das Foto von ihm, das neben der Urne auf einem kleinen Altar stand, wurde vor zwei Jahren aufgenommen, als sein Lachen bereits aufgesetzt und seine Augen eingetrübt wirkten. Es brach Klara das Herz, seinen damaligen Gesichtsausdruck erst jetzt deuten zu können. Lorenz hielt ihr ein frisches Taschentuch hin und legte zärtlich den Arm um ihre Schultern. Er sah ebenfalls ziemlich mitgenommen aus.

Als die Kondolenzschlange endlich ein Ende fand, brauchte Klara dringend einen Moment für sich. Ihre Füße waren angeschwollen und drückten in den Ballerinas, die im nichtschwangeren Zustand gut saßen. Auch die hochsommerlichen Temperaturen machten ihr zu schaffen und schlugen ihr auf den Kreislauf.

»Klara, meine Liebe!« Onkel Alfred, familienintern auch Ekel Alfred genannt, nicht grundlos übrigens, fing sie auf dem Weg zur Toilette ab. »Was für eine stilvolle Predigt! Du hast dich ja ganz schön verändert, seitdem wir uns das letzte Mal gesehen haben. Wann war das? Weihnachten?«

»Ja, schon möglich…«

»Und in welchem Monat bist du jetzt? Die Schwangerschaft steht dir super!« Sein Blick huschte über ihr pralles Dekolleté und er lächelte anzüglich. Sollte er ihr über den Bauch streicheln wollen, würde sie ihn zurechtweisen, nahm sich Klara fest vor, auch wenn sie sich gerade saft- und kraftlos wie nie zuvor fühlte.

»Ähm, im achten Monat…und danke… ich würde jetzt gerne…«

»Ach, dann hat es wohl an Silvester bei euch ordentlich geknallt, was?« Wieder dieser zweideutige Unterton.

»E…Onkel Alfred, ich möchte jetzt wirklich gerne…«

»Und weißt du schon, was es wird?«

»Ja. Es wird ein…« Klara stockte. Sie hatte Lorenz entdeckt, wie er abseits der Menge mit dem Handy am Ohr lässig über eine Grünfläche schlenderte. »Bitte entschuldige, Onkel Alfred, aber wir sehen uns ja gleich noch bei Kaffee und Kuchen.«

Klara näherte sich Lorenz' Rückseite und dachte: Wenn ich schon nicht auf der Toilette meine Ruhe habe, dann möchte ich mich wenigstens an Lorenz anlehnen und mit ihm eine kleine Pause machen.

»…natürlich ist Klara traurig, Vater…«, hörte Klara ihn genervt in sein Handy sagen. »Ja, das sehe ich genauso wie du…«

Klara fragte sich, was er wohl meinte. Noch hatte Lorenz sie nicht gesehen.

»Ja, stimmt. Zum einen hat er ja sein Ziel erreicht, warum sollte man da trauern…«

Wie bitte? Hatte sie sich verhört?

»…und zum anderen finde ich es so feige von ihm, vor einen Zug zu springen. Sich zu erhängen oder - noch besser - irgendwo eine Waffe aufzutreiben ist wenigstens männlich und hat Stil, aber so…« Lorenz drehte sich nichtsahnend um und stockte. »Mist. Vater, ich muss auflegen.«

In Klaras Augen standen Schock und Ablehnung. Pure Verachtung für den Mann, dem sie erst vor einer knappen Woche das Ja-Wort gegeben hatte. Sie fasste sich an den Bauch und dachte, dass ihr in einem Hollywoodfilm vermutlich genau jetzt die Fruchtblase platzen würde.

»Klara«, setzte Lorenz an.

Klara hob eine Hand, drehte sich um und ging so würdevoll sie konnte davon. Der Herzblatt-Hubschrauber war gerade an einer Felswand zerschellt.

»Ich möchte ein paar Worte sagen.« Klara hatte sich erhoben und blickte nun der kuchenmümmelnden Trauergemeinde entgegen. »Für alle, die mich nicht kennen: ich bin Florians kleine Schwester Klara.« Sie musste sich an ihrer Stuhllehne festhalten, weil ihr ganz schön schwummerig war. Du musst das hier nicht tun, beschwor sie sich innerlich. »Die meisten von euch würden Florian als sachlichen, ergebnisorientierten, zielstrebigen Typen beschreiben, der mit Zahlen jongliert und ohne Krawatte nicht das Haus verlässt. Ich habe ihn in unserer Kindheit allerdings ganz anders gesehen.« Sie atmete einmal tief durch. »Florian hat mir gezeigt, mit welchen Tricks ich meine Wackelzähne los werde, hat mein Fahrrad festgehalten, als ich zum ersten Mal ohne Stützräder unterwegs war und hat mich mit Witzen aufgeheitert, als ich mir mit acht Jahren den Arm gebrochen habe. Florian hatte damals Eigenschaften, die in den letzten fünfzehn Jahren nach und nach verloren gegangen sind. Vermutlich kennen nur wenige von euch seinen Faible für rockige Popmusik, seine Leidenschaft für exotisches Essen oder sein Talent, dass andere sich bei ihm gut aufgehoben fühlen.« Klara musste schlucken, um nicht loszuweinen. »Florian war so ein toller Mensch und mir ist es wichtig, dass sein...« Das Wort 'Tod' blieb ihr im Hals stecken. »...Schicksal...nicht umsonst so geschehen ist. Mir vermittelt es eine Botschaft.« Klara straffte die Schultern. »Ich nehme mir ab jetzt vor, mein Leben als wertvolles und kostbares Geschenk anzusehen, das gepflegt und genossen werden will.« Sie legte ihre Hände auf ihren Bauch. »Unser aller Leben ist endlich und wir sollten es so intensiv, so glücklich, so vielseitig und so aufrichtig wie irgend möglich verbringen. Oder um es mit den Worten von meinen jugendlichen Kunden auszudrücken: YOLO.« Die

Jüngeren im Publikum lachten auf. Sie schloss die Augen und setzte hinzu: »Florian, wo auch immer du gerade bist: du fehlst. Ich vermisse dich und begreife es nicht. Warum?«

Nach einem Moment des Schweigens wurden die Gespräche der Gäste langsam wieder aufgenommen. Klara schaute Lorenz von der Seite an und bat ihn, sie vor die Tür zu begleiten.

»Das war eine sehr schöne…«, setzte er gerade an.

»Sei still«, unterbrach sie ihn knapp. »Wenn du mir vorhin zugehört hast, dann bist du ja auf das vorbereitet, was jetzt kommt.«

Lorenz guckte sie erschrocken an.

»Ich habe gehört, was du am Telefon zu deinem Vater gesagt hast und ich ertrage dich gerade nicht mehr.« Sie holte tief Luft. »Bitte geh.«

»Du schließt mich von der Trauerfeier aus?«, fragte er ungläubig.

»Ja, denn wie der Name schon sagt, ist das eine Feier für die Trauernden und wenn ich mich nicht verhört habe, bist du nicht traurig, weil Florian ja 'sein Ziel erreicht hat'.« Mit den Fingern malte sie Anführungsstriche in die Luft.

Lorenz schwieg. Immerhin versuchte er gar nicht erst, sich herauszureden.

»Aber ich möchte nicht nur, dass du diese Feier verlässt, sondern vorerst auch mein Leben. Wenn ich nachher nach Hause komme, möchte ich dich nicht mehr sehen.« Sie fragte sich, ob sie zu hart war, fühlte sich jedoch verdammt gut dabei. Stark und voller Entschlusskraft.

»Klara, wir sind verheiratet. Findest du nicht, dass du überreagierst?«

»Nein.«

Lorenz schüttelte den Kopf und fühlte sich in die Ecke gedrängt. »Das sind doch gerade deine Hormone, die dich so grantig machen. Jetzt krieg dich mal wieder ein, Zickl...« Mit einem Blick in ihr Gesicht verstummte er.

Klara hatte sich vorgenommen, sich nicht provozieren zu lassen und erwiderte darauf nichts, was ihn erst recht verunsicherte.

»Du kannst mich doch nicht einfach so vor die Tür setzen. Wo soll ich denn hin?«

»Du hast doch ein Haus gekauft - du wirst also nicht obdachlos werden«, sagte sie, drehte sich um und ließ ihn stehen. Zum zweiten Mal an diesem Tag.

»Wie war denn noch die restliche Trauerfeier?« Romy saß neben ihr auf dem Sofa und knabberte Karotten. Nachdem Klara nach Hause gekommen war und festgestellt hatte, dass Lorenz ihrem Wunsch tatsächlich gefolgt war, brauchte sie ihre Freundin zur Besprechung der Lage. Lorenz hatte natürlich noch nicht all seine Sachen gepackt, aber ohne der aktuellen Ausgabe der Autobild, die immer auf dem Wohnzimmertisch lag, seiner blinkenden elektrischen Zahnbürste neben ihrer eigenen und seinem Bettzeug im Schlafzimmer wirkte die Wohnung gleich leerer. Hochschwanger von der Beerdigung des Bruders zu kommen und zu bemerken, dass sie ihren Ehemann rausgeschmissen hatte, fühlte sich seltsam an. Seltsam unwirklich. Seltsam beängstigend. Seltsam befreiend.

Klara erinnerte sich an Romys Frage zurück. »Eigentlich ganz nett. Ich wurde von meinen Tanten belagert, die mir ihre Geburtsgeschichten auftischten«, erinnerte sie sich.

Romy verzog angewidert das Gesicht.

»Erst versuchten sie sich gegenseitig zu übertrumpfen, wer am längsten in den Wehen lag und dabei am meisten gelitten hat und danach verloren sie sich in einem Wettstreit darüber, wer als erstes wieder in die alten Klamotten gepasst hat.« Klara verdrehte amüsiert die Augen. »Und meine Top Drei der nervigsten Sprüche sind 'Es ist noch kein Kind drin geblieben', 'Stillen schützt nicht vor der nächsten Schwangerschaft' und 'Man kann es erst nachvollziehen, wie es mit Kindern ist, wenn man selber welche hat'.« Klara tat es gut, mal wieder ein bisschen aufgeheitert zu werden und an etwas anderes als an die jüngsten Ereignisse zu denken.

»Und wie geht es jetzt zwischen dir und Lorenz weiter?«

»Keine Ahnung.« Klara zuckte die Schultern. »Ich kann nicht mit jemandem verheiratet sein, der mir gegenüber so wenig loyal ist, der seinem Vater gegenüber kein Rückgrat hat und ständig über meinen Kopf hinweg Entscheidungen trifft.« Sie drängte die aufkommenden Tränen zurück. »Das war so demütigend, was er da auf dem Friedhof von sich gegeben hat. Seitdem frage ich mich, in welchen Punkten er mir noch die falsche, verlogene Seite von sich vorgespielt hat.«

»Könnt ihr die Ehe annullieren lassen?«, überlegte Romy.

»Du meinst, wie Britney Spears damals?« Klara lachte verzweifelt. »Weiß ich nicht. Vielleicht brauchen wir ja auch einfach erstmal etwas Abstand voneinander.« Erschöpft streichelte sie ihren Bauch. »Ich hoffe, dass der kleine Mann hier noch nicht so viel von dem ganzen Stress mitbekommt.«

Romy nickte betroffen.

»Darf ich dich um einen Gefallen bitten?«

»Na klar. Schieß los!« Romy legte Klara eine Hand auf den Arm.

»Begleitest du mich in den Kreißsaal, wenn es losgeht? Lorenz war darauf von Anfang an nicht unbedingt erpicht und jetzt sieht es ja so aus, dass er tatsächlich nicht dabei sein wird.« In Klaras Augen schimmerten Tränen.

Romy umarmte ihre Freundin. »Ich bin auf jeden Fall dabei, verlass’ dich drauf.«

»Danke.« Klara rappelte sich auf und schnäuzte sich. »Ein Gutes hätte unsere Trennung aber auf jeden Fall«, wollte sie die Stimmung retten.

Romy guckte neugierig. »Nie wieder sonntägliches Kaffeetrinken bei den Webers?«

»Stimmt, das auch.« Klaras Augen funkelten. »Und: Keiner könnte mir mehr die Termine bei Dr. Voulez-vous-couchez-avec-moi Dubois verbieten.«

»Hey Frau Neumann, ich habe gehört, dass Sie jetzt Frau Weber heißen. Glückwunsch. Ich habe da nochmal 'ne Frage. Ich hatte jetzt mit dem Adrian mein erstes Mal und Sie hatten recht: mein Jungfernhäutchen hat wirklich keinen Mucks gemacht. Allerdings macht meine Periode seit einigen Wochen auch keinen Mucks mehr, also, sie bleibt einfach weg. Haben Sie einen Tipp? Hey ho - let's go! Jackie«

»Liebe Jackie, danke für die Glückwünsche. Bitte lass dich

möglichst bald von deinem Frauenarzt untersuchen, damit dieser eine Schwangerschaft ausschließen kann. Viele Grüße, Klara Weber. PS: Was ist aus YOLO geworden?«

»YOLO ist schon lange out, Frau Weber. Mann, wenn Sie mich nicht hätten.«

Klara saß wieder an ihrem Arbeitsplatz, genoss die Ablenkung und beantwortete E-mails. Viel zu tun hatte sie während der Sommerferien meistens nicht, weshalb sie Gustav einarbeiten und sich auf die Vorbereitung der Dreharbeiten für die Reportage stürzen konnte. Laut Waltraud fielen diese zwar mitten in ihren Mutterschutz, der in drei Wochen beginnen sollte, aber Klara wollte sich trotzdem so gut wie möglich einbringen. Sie sammelte gerade die größten Ängste von Eltern zum Thema Aufklärung zusammen, als es in ihrem Bauch plötzlich heftig zog.

»Autsch!«, stieß sie schmerzverzerrt hervor.

»Alles okay?« Romy kam zu ihr herüber und guckte besorgt.

»Alles Roger, Frau Kollegin?« Gustav schaute ebenfalls von seiner Lektüre hoch, die Klara ihm zur Beschäftigung gegeben hatte. Er hätte vermutlich willenlos alles getan, was Klara ihm aufgetragen hätte, auch wenn es darum gegangen wäre, Ketten aus Büroklammern zu basteln oder das geschredderte Papier nach Farben zu sortieren.

»Bestimmt. Es hat nur gerade…aua!« Da war es schon wieder. »Wie Tritte fühlt sich das aber nicht an.« Jetzt fing Klara selber an, sich Sorgen zu machen. Sie betastete ihren Bauch und bemerkte, dass er sich richtig hart anfühlte.

»Was könnte es denn noch sein? Sowas wie Wehen?«

»Ach Gottchen!« Gustav machte große Augen.

»Ich hoffe nicht. Au…« Klara bekam Angst und versuchte mit geschlossenen Augen, wieder ruhiger zu atmen.

»Was können wir tun?«, fragte Romy vorsichtig.

Gustav schien ebenfalls mitzudenken. »Wir könnten Mama fragen.«

Klara zögerte, weil sie nicht sicher war, ob sie ihn richtig verstanden hatte. »Nette Idee, aber ich will meine Mutter nicht unnötig belasten.«

»Nein, ich meinte…«, probierte Gustav es erneut.

Romy fiel ihm ins Wort. »Gustav, lass uns beide doch bitte kurz alleine. Deine Vorschläge sind zwar bezaubernd, aber…«

»Au…verdammt!« Klara griff nach ihrem Handy und wählte. »Hallo Franziska, ich brauche deine Hilfe.«

»Salut Chérie, wie schön, dass wir uns wider Erwarten doch noch einmal se'en.«

Franziska hatte mit Klara vereinbart, dass sie sich postwendend von ihrem Gynäkologen durchchecken lässt und sie nachmittags bei ihr vorbeischaut.

»Was verschafft mir die Ehre?« Dr. Dubois hatte in der Zwischenzeit nicht an Esprit verloren.

Klara hatte ihm damals ehrlicherweise erzählt, dass ihr zu der Zeit noch Verlobter von einer Frau Dr. Dubois ausgegangen war und etwas gegen einen männlichen Arzt hätte. Dass sie ihn anziehend fand und die Termine bei ihm Balsam für ihre Seele waren, hatte sie selbstverständlich für sich behalten. »Ich habe den Mann in die Wüste geschickt und leide seit etwa zwei Stunden unter schrecklichen Schmerzen im Bauch.«

»Blöd für den Mann, gut für misch. Und ihren Bauch schaue isch mir direkt an.« Er verteilte das kalte Gel auf ihrer Kugel und fuhr mit dem Schallkopf darauf herum. »Da ist ja der kleine Mann...da ist die Nabelschnur...da die Plazenta...Sie 'aben eine wunderschöne Plazenta, mon coeur.«

Klara freute sich über dieses seltsame Kompliment und kam sich direkt albern dafür vor. »Äh, merci.« Ihr Knöpfchen beziehungsweise Ausschnitte von ihm auf dem Monitor zu sehen, ließ ihr Herz direkt höher schlagen. So langsam wollte sie den kleinen Mann endlich knuddeln und kennenlernen.

»Wenn isch mir das CTG anschaue, das vor'in gemacht wurde, würde isch sagen, dass Sie Übungswe'en 'aben.«

»Übungswehen?« Klara konnte sich besseres vorstellen, als schon wochenlang vor der Geburt Schmerzen aushalten zu müssen.

»Ja, ihre Gebärmutter trainiert schon mal für das Finale sozusagen.« Dr. Dubois schien darüber ganz erfreut zu sein. »Ihrem Baby schadet das nischt, falls Sie sisch darüber den 'übschen Kopf zerbreschen.«

»Gut zu wissen.«

»'aben Sie eine 'ebamme?«

»Ja, eine sehr nette und kompetente zum Glück. Franziska Bergmann.« Klara hatte den Eindruck, als hätte sein Gesicht bei der Erwähnung ihres Namens fast unmerklich gezuckt. »Kennen Sie sie?«

Dr. Dubois schaute konzentrierter als sonst in ihren Mutterpass. »Äh, oui. Non. Flüschtisch, wenn überhaupt. Wir 'aben mal an derselben Tagung teilgenommen.« Irgendwie wirkte er verlegen.

»Soll ich sie von Ihnen grüßen?« Klara schmunzelte vielsagend.

»Ja, warum eigentlisch nischt. Bien, das wäre es für 'eute. Bis in zwei Wochen, mon ami.«

»Ich soll dich von Dr. Dubois grüßen.« Klara hatte sich seit dem Termin kaum von ihrem Sofa wegbewegt und sich brav ausgeruht. Franziska saß ihr nun gegenüber, sah noch schlechter aus als beim letzten Mal und bekam rot angehauchte Wangen.

»Danke.«

»Ihr habt mal eine Tagung zusammen besucht?« Klara wollte eigentlich nicht so nachbohren, konnte ihre Neugierde aber kaum zügeln.

»Nee, also, so ähnlich«, stotterte Franziska herum.

Klara zog eine Augenbraue hoch und legte den Kopf schief.

»Wir waren nicht zusammen auf der Tagung, sondern haben uns dort kennengelernt.«

»Aha.« Der muss man ja alles aus der Nase ziehen, dachte Klara. »Und?«

»Ach, das ist jetzt nicht so wichtig. Du hast also Übungswehen?«, lenkte Franziska ab.

»Ja, sieht so aus.« Klara hätte zwar gerne mehr erfahren, beließ es aber dabei. »Kann ich dagegen irgendwas tun?«

»Nicht direkt. Vor allem solltest du aber auf deinen Körper hören und dir viel Ruhe gönnen.«

Klara dachte an den psychischen Stress der letzten Tage

und Wochen und überlegte, wie sie sich mehr entspannen könnte. Als sie Tränen in Franziskas Augen schimmern sah, hakte sie vorsichtig nach. »Wie viel Ruhe gönnst du dir denn so?«

Franziska schniefte. »Viel zu wenig.« Sie putzte sich geräuschvoll die Nase und fuhr fort: »Die Reparaturkosten meines Autos habe ich gerade noch gestemmt gekriegt, aber jetzt ist auch noch eine Mieterhöhung meiner Wohnung ins Haus geflattert, so dass ich entweder rund um die Uhr arbeiten muss, wenn ich da wohnen und weiter als freie Hebamme tätig sein will oder ich muss mir eine andere Lösung einfallen lassen.« Franziska versuchte sich zu sammeln und stutzte mit Blick auf die halbleeren Regale. »Sag mal, hast du ausgemistet?«

»Sozusagen.« Klara lächelte. »Ich habe Lorenz vor die Tür gesetzt.«

Franziska nickte anerkennend. »Alleinerziehend zu sein ist bestimmt nicht einfach, aber wenn ich abwägen müsste zwischen der alleinigen Verantwortung für ein Kind und einem Leben mit Lorenz…« Franziska stockte. »Du Klara, ich habe gerade eine Idee.«

In ihren letzten beiden Arbeitswochen schleppte sich Klara mit Übungswehen, Sodbrennen und Atemnot ins Büro. Der August gab hitzetechnisch noch einmal alles und trieb ihr schon morgens den Schweiß auf die Stirn. So langsam wurde es zudem immer mühsamer, sich auf etwas anderes als auf ihr Knöpfchen zu konzentrieren. Der Kleine strampelte munter vor sich hin und ihre Vorfreude darauf, ihn endlich live zu sehen, nahm stetig zu.

Je mehr Zeit seit Lorenz' Auszug verging, desto mehr konnte sie ihren Freiraum genießen und sich ein Leben ohne ihn vorstellen, fürchtete sich aber noch vor dem endgültigen Schritt. Hildegard rief regelmäßig an, fragte, wie es ihr und ihrem Enkel ging und versuchte, Klara zu einer Versöhnung mit ihrem Sohn zu überreden. Von Lorenz selber hatte Klara allerdings seit der Trauerfeier nichts mehr gehört.

»Welche Karte hast du gezogen?«, fragte Waltraud bei einem Glas Edelsteinwasser.

»Der Turm.« Klara fächelte sich mit einem Notizblock Luft zu.

Waltraud guckte leicht erschrocken.

»Was bedeutet sie, Waltraud?« Klara glaubte zwar nur bedingt an die Aussagekraft der Karten, hatte aber großen Respekt vor Waltrauds energetischen Fähigkeiten.

»Das ist eine sehr starke Karte, die dafür steht, dass Altes zerstört wird, damit Neues entstehen kann.«

»Ach was, ach was«, kommentierte Gustav, der sich geweigert hatte, eine Karte zu ziehen - erstaunlicherweise, weil er doch sonst so ein Arschkriecher war.

Waltraud wandte sich Romy zu. »Was isst du denn da?«

Romy guckte gedankenverloren von ihrem Teller hoch. »Mh?…ach so, Porridge. Das frühstückt Madonna auch.«

»Du hast aber zweifelhafte Vorbilder. Ihr Lieben, lasst uns nochmal über die Dreharbeiten sprechen.« Waltraud blätterte in ihren Unterlagen. »Klara, du hast ja deine Themen schon fertig und so vorbereitet, dass wir notfalls für dich einspringen könnten, sollte der Kleine vorher kommen, richtig?«

»Ja, genau.«

»Romy, wie sieht's bei dir aus?«

»Ich habe einen exhibitionistischen Kunden akquiriert, für den es sogar ein Kick ist, vor die Kamera zu treten, ein Paar, das nur Lust aufeinander bekommt, wenn Verwandte zu Besuch sind und...äh«, sie atmete tief durch, »eine Frau, die nur zum Orgasmus kommen kann, wenn dabei Musik von Elton John läuft.«

Klara nahm ein Kribbeln im Nacken und ein Summen in den Ohren wahr, schob aber beides beiseite und wunderte sich über Romys Klienten. »Und die würden alle vor die Kamera treten?«

»Außer dem Exhibitionisten müssten wir sie unkenntlich machen.«

»Prima, das sind doch spannende Stories.«

»Worüber spreche ich denn in der Reportage?« Gustav schaute Waltraud herausfordernd an.

»Ach Gustav, darüber haben wir doch schon eine Abmachung getroffen.« Waltrauds Mimik verriet einen Anflug von Ärger.

»Stimmt, aber die passt mir jetzt nicht mehr.«

Der kann ja richtig aufmüpfig sein, dachten Klara und Romy synchron.

»Ich könnte beispielsweise erzählen, wie sich Jugendliche fühlen, wenn sie erfahren, dass sie eigentlich abgetrieben werden sollten.« In seine Augen trat ein böses Funkeln.

Waltraud atmete tief durch. »Mein lieber Gustav, ich lasse mich nicht noch einmal von dir erpressen.«

»Aber du bist auf mich angewiesen, so bald Klara ihren

192

Mutterschutz antritt.«

Klara und Romy verstanden nur Bahnhof.

»Sei dir da mal nicht zu sicher.« Waltraud schaute erleichtert auf die Uhr. »Ich bin mit meinem Mann zum Mittagessen verabredet und muss so langsam los. Wir reden später weiter. Bis nachher!«

Gustav kramte seine Butterbrotdose hervor, die aussah, als wäre sie von seiner Mama gepackt worden, und fing an, hamstermäßig die Kanten anzuknabbern. Dabei schaute er wie ein Unschuldslamm zu seinen Kolleginnen herüber.

»Wollen wir auch eine Pause machen?« Klara hatte im Moment ständig Appetit, obwohl in ihren Magen nicht mehr viel hineinpasste.

»Ähm ja, können wir gerne gleich machen.« Romy seufzte und Klara bemerkte jetzt erst ihre Blässe. »Aber erst muss ich dir etwas erzählen.«

»Und diese Nadel ist dafür, dass du mich betrügst, du niveauloses Schwein.« Klara schluchzte und vergoss wütende Tränen, während sie die Voodoopuppe malträtierte, die Waltraud ihr und Romy nach Feierabend mitgegeben hatte.

Romy stärkte ihr den Rücken. »Du machst das toll.« Sie hatte lange überlegt, wie sie ihrer Freundin beibringen sollte, dass eine ihrer Kundinnen aktuell mit Lorenz ins Bett ging. Natürlich gab es nicht nur einen Lorenz in Bielefeld, so dass Romy ganz sicher gehen wollte, dass sie keine falschen und noch dazu erschütternden Geschichten streute. Nachdem seine Flamme allerdings seinen Nachnamen erwähnt, danach sein Aussehen inklusive seiner geheimen Blinddarmnarbe

schwärmerisch beschrieben hatte und ihr Datum des Kennen-
lernens auf seinen Junggesellenabschied fiel, brauchte Romy
keine weiteren Informationen.

»Was könnte dir noch helfen?«, fragte Romy, als die Puppe
eher einem Nadelkissen glich und Klara sich langsam wieder
fasste.

»Hm, ich habe Angst, dass ich Sehnsucht nach ihm oder
viel mehr nach seiner Unterstützung bekomme, wenn mir der
Stress mit dem Baby über den Kopf wächst.«

»Du meinst, dass du etwas brauchst, das dich davon abhält, seine Nummer zu wählen?«

»Ganz genau.« Klara nickte.

Romy überlegte. »Wenn ich eine Diät durchhalten will,
schreibe ich mir immer eine Liste über alles, was mich an mir
stört. Zum Beispiel kneifende Hosen, demütigender Bikini-
kauf, zu viel Winkefleisch und so. Die kommt dann an den
Kühlschrank und hält mich vom Essen ab. Theoretisch jedenfalls.«

»Wo hast du denn bitte Winkefleisch?« Klara schaute Romys Oberarme prüfend an.

»Darum geht es jetzt nicht.« Romy hasste es, wie eine
Zuchtstute begutachtet zu werden. Das weckte Erinnerungen, die sie gerade nicht ausgraben wollte.

»'Tschuldigung. Erzähl weiter.«

»Ich dachte gerade, dass du eine Liste schreiben könntest
mit allem, was dich an Lorenz stört.« Sie steckte sich ein Ra-
dieschen in den Mund. »Oder noch besser: du überlegst dir,
welche elterlichen Pflichten er im Alltag sowieso niemals
übernehmen würde und dir somit gar keine Hilfe wäre.«

»Und die hefte ich dann über den Wickeltisch?«

»Ja, zum Beispiel. Was meinst du?«

Klara zückte einen Stift und gab der Liste den Titel 'Dinge, die Lorenz sowieso nicht tun würde'. »Am besten, wir testen. Schieß los.«

»Würde er den Windeleimer ausleeren?« Romy strengte sich an, sich in die üblichen Aufgaben von Säuglingseltern hineinzuversetzen.

»Auf keinen Fall.« Klara setzte Romys Punkt auf ihre Liste. »Fieberzäpfchen würde er garantiert auch nicht geben«, ergänzte sie.

»Spazieren gehen mit Baby im Tragetuch, damit du dich in Ruhe in die Badewanne legen kannst?«

»Kann ich mir nicht vorstellen.« Klara schrieb eifrig mit. »Geduldig in den Schlaf singen.«

»Vollgekotzte Bettwäsche waschen«, schlug Romy vor. »Oder Brustwarzensalbe aus der Drogerie mitbringen.«

»Wickeln«, schrieb Klara dazu.

»Ernsthaft? Dürfen Männer sich davor heutzutage noch drücken?« Romy war entsetzt.

»Einem Mann wie Lorenz, der seiner schwangeren Verlobten die gesamte Hochzeitsvorbereitung auf's Auge drückt, während er eine andere begattet, ist es offensichtlich egal, was er darf und was nicht.« Klara schüttelte resigniert den Kopf. »Was hat er sich bloß dabei gedacht?«

»Ich bezweifle, dass er seinen Kopf dabei benutzt hat«, gab Romy zu bedenken.

♥ »Ich habe kurz vor unserer Hochzeit eine Affäre begonnen und du hast es herausgefunden. Kandidatin 1, wie rächst du dich an mir?« ♥

Will ich mich überhaupt an ihm rächen?, hinterfragte sie den Herzblatteinwurf. Will ich seine Zahnbürste durch die Toilette ziehen und sie ihm unbemerkt wieder hinstellen? Will ich in seiner neuen Wohnung eine Garnele in der Gardinenstange verstecken, die langsam vor sich hingammelt und Lorenz der Gestank in den Wahnsinn treibt? Will ich zu den Frauen gehören, die im Namen des Expartners Abos für Schwulenpornos abschließen und zu seinem Arbeitsplatz schicken lassen? Fast fünf Jahre waren sie ein Paar gewesen. Fast fünf Jahre, in denen sie sich für seine peinlichen Sprüche in der Öffentlichkeit geschämt hatte und sie demzufolge viel zu Hause geblieben sind - abgesehen von den lästigen Sonntagskaffeetrinken bei Webers. Fast fünf Jahre, in denen sie sich gestritten hatten wie die Kesselflicker und er immer noch nicht wusste, was sie brauchte. Fast fünf Jahre, in denen sie sich trotz seiner Anwesenheit einsam und nicht gesehen gefühlt hatte. Vielleicht sollte ich ihm lieber eine Dankeskarte schicken, als sein Auto mit Schuhcreme einzuschmieren, schloss Klara für sich das Kapitel 'Lorenz' mit einem Ruck für immer ab.

»Was ist?«, wunderte Romy sich über Klaras Gesichtsausdruck, der sich in den letzten Minuten von verbittert über enttäuscht bis entspannt gewandelt hatte.

Klara straffte energisch die Schultern. »Es ist gut so, wie es ist.«

Mein liebes Knöpfchen,

heute ist der erste Tag meines Mutterschutzes. Ab jetzt wollte ich mich eigentlich ausschließlich auf deine Ankunft vorbereiten, Babysachen waschen und einsortieren, wichtige Anträge so weit wie möglich ausfüllen und vor allem die Füße hochlegen. Das klappt allerdings nicht so ganz. Diese Woche zieht meine neue Mitbewohnerin ein, weil dein Vater und ich uns nun endgültig getrennt haben und ich mir die Wohnungsmiete nicht alleine leisten kann. Es tut mir sehr leid, dass ich dir keine intakte Familie bieten kann mit Eltern, die sich lieben und für deren öffentliches Geknutsche du dich lautstark genieren kannst. Ich versichere dir allerdings, dass wir als Paar nicht funktioniert haben und eine Trennung die beste Option war.

Ich bin schon sehr gespannt darauf, wann du das Licht der Welt erblickst. Stehst du jetzt vielleicht schon in den Startlöchern und überraschst mich mitten in der Nacht mit einer geplatzten Fruchtblase? Ich habe unzählige Geburtsberichte im Internet gelesen, in denen die Schwangeren die Wehen verpasst und kurze Zeit später das Kind per Sturzgeburt entbunden haben. Dabei heißt es doch immer, man spüre, wann es losgeht… Und ich gestehe, dass ich schon ziemlichen Bammel vor den Schmerzen habe. Auch wenn es immer heißt, dass der Körper einer Frau schließlich dafür gemacht sei, sonst wären wir Menschen bereits ausgestorben, bla bla bla… - Ich vermute, dass so etwas nur

Männer sagen oder Frauen, die noch keine Geburt erlebt haben. Solltest du einmal Vater werden und deiner Partnerin diesen dämlichen Spruch vorhalten, dann erinnere dich an diesen Brief und zeig ein bisschen Taktgefühl. Vielleicht sollte ich endlich anfangen, zu Cordulas Mantrasätzen zu meditieren, um den Wehenschmerz in blühende Blumenwiesen oder so ähnlich verwandeln zu können, wenn es so weit ist.

Bis bald, mein Schatz! Ich freue mich auf dich!

Deine Mama

PS: Ob du wohl die Spieluhr, die ich jeden Abend auf meinen Bauch lege und die dir 'Schlaf, Kindlein, schlaf' vorsingt, in ein paar Wochen wiedererkennst? Ich bin gespannt. Auf dich. Auf deinen Geruch. Auf dein Gesicht, deine Händchen, Füßchen und auf alles andere auch.

Franziska ließ sich erschöpft auf das Sofa sinken. »Das war die letzte Kiste. Wir haben fertig.«

Klara lachte. »Na dann lass uns anstoßen - auf ein lustiges, weibliches, harmonisches...«

»...kostengünstiges, freundschaftliches, aufrichtiges...«, ergänzte Franziska.

»...Zusammenleben«, schloss Klara ab und hob ihr Glas mit frisch gemixtem, alkoholfreiem Ginger Ale-Maracuja-Limetten-Cocktail.

»Auf uns!« Franziska genoss das kühle Getränk nach dem anstrengenden Umzug.

»Und weil wir jetzt Mitbewohnerinnen sind, was viel mehr

ist als Hebamme und Patientin, möchte ich jetzt alles über dich und Dr. Dirty Dream Dubois hören.« Klara grinste schelmisch und hoffte, dass sie Franziska mit dieser direkten Ansage nicht überfuhr.

Franziska ließ sich nicht lange bitten. »Also…vor zwei Monaten war diese Tagung für Hebammen und Gynäkologen und wir saßen in einem Vortrag über Schulterdystokie nebeneinander.«

Klara guckte verständnislos.

»So nennt sich eine ausgerenkte Schulter des Babys nach der Geburt«, erklärte Franziska kurz. »Jedenfalls haben wir uns da schon einander vorgestellt und herausgefunden, dass wir in derselben Stadt arbeiten, was ich ja schon wusste.«

Klara nickte ungeduldig.

Franziska fuhr fort: »Beim nächsten Vortrag, diesmal zum Thema Osteopathie in der Geburtshilfe, saß er direkt hinter mir. Und weil der Vortrag nach der Mittagspause stattfand, gab es zu Beginn eine Aktivierungsübung. Alle sollten aufstehen und ihrem Vordermann den Rücken massieren. Ich hatte es dabei sehr gut, weil ich in der ersten Reihe saß, somit niemanden massieren brauchte und nur die Bewegungen seiner Hände genießen durfte. Als wir uns dann abends in der Schlange zum Buffet wieder begegneten, meinte er, dass wir jetzt auf jeden Fall zusammen essen müssten.« Franziska exte ihr Glas, als wollte sie sich mit dem alkoholfreien Zeug Mut antrinken. »Und danach hatten wir Sex.« Franziska kniff die Augen zusammen, als wollte sie Klaras Gesichtsausdruck nicht sehen.

Klara quiekte. »Was? Wie ist es denn dazu gekommen?«

»Das war so platt und offensichtlich, dass es mir zu peinlich ist, das zu erzählen.« Franziska versteckte sich hinter
ihren Händen.

»Hey, du wirst nach der Geburt diejenige sein, die meine
Dammnaht überprüft. So peinlich kann deine Story gar nicht
sein. Erzähl schon, sonst platze ich!«

»Na gut. Wir wollten nach dem Essen, bei dem es schon
ordentlich geknistert hat, noch eine Runde spazieren gehen.
Pierre…«

»Du duzt ihn?!« Klara war ganz aus dem Häuschen. »Sorry, natürlich hast du ihn im Bett nicht 'Dr. Dubois' genannt.
Erzähl weiter.«

»Pierre meinte, er hätte seine Jacke noch im Hotelzimmer
liegen und ich könne ihn einfach dorthin begleiten…die Tagung war Anfang Juli und draußen waren es fünfundzwanzig Grad…«

Klara lachte laut und merkte, wie gut ihr das tat. »Und du
hast ihn begleitet, weil du scharf auf ihn warst.«

»Ja.« Franziska schämte sich.

»Und dann?«

»Wie, und dann? Dann hatten wir Sex. Mehr erzähle ich
nicht, das ist zu intim und…«

»Dammnaht, meine Liebe…«, erinnerte Klara sie eindringlich. »Sag wenigstens, wie es war.«

Franziska atmete tief durch und schloss genüsslich die Augen. »Sensationell. Überwältigend. Kernschmelzend.«

Klara kicherte und dachte, dass sie von einem Frauenarzt
auch nichts anderes erwartet hatte. »Und hat er dich dabei
die ganze Zeit Chérie, mon amour und mon coeur genannt?«

»Nee, die Show zieht er nur für seine Patientinnen ab.«

Klara schluckte leicht geknickt. »Wie ging es denn dann weiter? Ein Paar seid ihr ja offensichtlich nicht geworden.«

Franziska guckte nachdenklich aus dem Fenster. »Nein, sind wir nicht. Ich hatte den Eindruck, dass es ihm im Nachhinein unangenehm war, so klischeehaft als Gynäkologe etwas mit einer Hebamme anzufangen. Und da habe ich dann auch keine Annäherungsversuche mehr gemacht.«

»Hat er das denn so direkt gesagt?« Klara war entsetzt.

»Nee, das habe ich mir zusammengereimt.«

Klara hatte das Gefühl, dass Franziska nicht mehr weiter darüber reden wollte. »Okay, Themenwechsel. Woher weiß ich, dass die Geburt los geht?«

Klara war aufgeregt, als sie auf dem Weg zu ihren Eltern war. Seit Florians Beerdigung, die ja erst drei Wochen her war, hatten sie sich nicht mehr gesehen und sie hatte Angst, wie sehr sich die beiden durch die Trauer verändert haben könnten. Außerdem hatte sie bisher keine Gelegenheit gehabt, ihnen von ihrer und Lorenz' Trennung zu berichten, was sie heute endlich nachholen wollte. Da ihre Eltern immer so begeistert von ihm waren, wusste sie noch nicht, wie sie es ihnen am besten beibringen sollte. Bestimmt wollten sie wenigstens eins ihrer Kinder glücklich wissen.

»Klara, wie schön, dass du da bist!« Ihre Mutter kam ihr mit ausgebreiteten Armen durch das geöffnete Gartentor entgegen. Sie trug bunt geblümte Gummihandschuhe, eine mit Blumenerde verschmierte Schürze und einen großen Sonnenhut. Ihr Mund lachte, aber ihre Augen verrieten ihre

Traurigkeit.

»Mama…« Klara spürte, wie ihr selbst die Tränen kamen. Das ärgerte sie, weil sie doch gekommen war, um für Leonore und Herbert da zu sein.

Sie gingen in den wild-gepflegten Garten und setzten sich zu ihrem Vater an den kleinen Holztisch in den Schatten.

»Wie geht's euch denn?« Klara stellte sich vor, sie würde mit Klienten sprechen, um etwas Distanz zwischen sich und ihre Gefühle zu bringen.

»Ach, weißt du, es gibt je nach Modell verschiedene Phasen der Trauer und wir haben so langsam alle durchlaufen.« Leonore versuchte offenbar ebenfalls, sich durch ihren Beruf zu dissoziieren.

»Und was heißt das genau?«

»Das heißt, dass wir anfangen, Florians Entschluss zu akzeptieren und wir unser Leben jetzt neu ordnen müssen.« Trotz aller Sachlichkeit kullerte eine Träne über Leonores faltige Wange. »Auch wenn er uns sehr fehlt.«

»Wusstest du, dass der Suizid zu den drei häufigsten Todesursachen bei den Fünfzehn- bis Vierundvierzigjährigen zählt?«, wandte sich Herbert an seine Tochter.

Sie hatte geahnt, dass er sich in Statistiken retten würde, wenn er den Halt verlor.

»Außerdem bringen sich fast doppelt so viele Männer um wie Frauen.«

»Nein, das wusste ich nicht.« Sie schluckte und legte eine Hand auf ihren Bauch. Wie sich ihre Eltern fühlen müssten, würde sie wohl erst in vollem Umfang verstehen, wenn ihr Knöpfchen auf der Welt war. »Und was meint ihr damit, dass ihr euer Leben neu ordnen müsst?«

Leonore sammelte sich. »So ganz wissen wir das noch nicht, aber wir müssen irgendwie die…Schuldgefühle loswerden.«

»Ihr habt Schuldgefühle?« Die Vollendungsschleife funktionierte fast immer, um mehr zu erfahren.

»Ja, wir sind immerhin die Eltern. Und du hast mich ja sozusagen mit der Nase auf seine Probleme gestoßen und trotzdem habe ich seine Situation nicht erkannt.« Leonore seufzte schwer, richtete sich aber im nächsten Moment auf und fragte unnatürlich froh: »Wie geht's dir und unserem Enkelkind denn? Seine Geburt ist für uns im Moment der einzige Hoffnungsschimmer.«

Klara spürte einen enormen Druck auf der Brust. 'Der einzige Hoffnungsschimmer' zu sein, wollte sie weder sich selbst noch ihrem Kind aufbürden. Sollte sie jetzt mit ihren Neuigkeiten herausrücken? »Oh, uns beiden geht's gut. Der Kleine strampelt kräftig und weckt mich manchmal mit seinem Schluckauf. Theoretisch habe ich ja noch vier Wochen bis zur Geburt. Und…«

Herbert hatte auch hierzu Zahlen recherchiert und fiel ihr ins Wort. »Also, statistisch betrachtet kommen nur fünf Prozent aller Babys am errechneten Geburtstermin zur Welt.« Er tupfte sich den Schweiß von der Stirn und ergänzte: »Deine Mutter und ich wollen den Kleinen nach seiner Geburt natürlich so schnell wie möglich kennenlernen, aber wir brauchen auch in der nächsten Zeit einen Tapetenwechsel.«

»Unsere Idee ist, dass wir über den zehnten September wegfahren. Da ist der internationale Suizidpräventionstag«, warf Leonore ein. »Um ein Zeichen zu setzen, sozusagen.«

»Das klingt schön.« Klara lehnte sich zurück und war froh, dass ihre Eltern den Mut nicht verloren hatten und trotz allem Pläne schmiedeten. Auch wenn sie wieder den Faden verloren hatte. »Ich bin mir sicher, dass es Florian nicht darum ging, uns oder Maja unglücklich zu machen. Bestimmt sieht er von oben zu und freut sich, wenn wir unser Leben in die Hand nehmen.« Und das hatte sie mit Lorenz' Rausschmiss definitiv getan. Klara spürte, dass sie stolz darauf war, endlich unter ihre Beziehung einen Schlussstrich gezogen zu haben. Jetzt könnte sie es ansprechen.

Leonore trocknete ihre Tränen mit einem Taschentuch. »Ja, das glauben wir auch.« Sie sammelte sich kurz. »Übrigens haben wir Kontakt zu dem Lokführer aufgenommen, der den Zug fuhr, der - naja…«

»Ich verstehe schon, Mama. Warum habt ihr das gemacht?« Na gut, dachte Klara, nach diesem Thema rücke ich mit unserer Trennung heraus.

»Wir wollten uns erkundigen, wie es ihm geht. Immerhin leiden viele Lokführer nach so einem Erlebnis unter einer posttraumatischen Belastungsstörung und werden sogar berufsunfähig.«

»Wusstest du, dass in Deutschland circa siebenhundert Menschen den sogenannten Schienensuizid wählen?«, brachte Herbert sich ein.

»Nein.« Klara schüttelte den Kopf. »Und wie geht es ihm?«

»Besser als ich erwartet hatte. Florian war sein achter…Kandidat…und er hat uns sehr offen erzählt, wie genau es sich an dem Abend abgespielt hat.«

Klara fragte sich noch, ob sie das wirklich wissen wollte, als Leonore bereits fortfuhr.

»Er erzählte, dass er schlimme Fälle erlebt habe, bei denen er den Opfern viele Sekunden lang in die Augen schauen musste in dem Wissen, dass er sie auf Grund des langen Bremsweges gleich überfahren würde. Darunter habe er immer sehr gelitten. Als Florian seinen Entschluss in die Tat umsetzte, war es ja schon dunkel, so dass Herr Bogner, also der Lokführer, Florian gar nicht gesehen, sondern nur den...Unfall...gespürt hat.« Leonore suchte ständig nach den passenden Worten, um das Unaussprechliche zu umschiffen.

Klara nickte wieder. Nicken und zustimmende Laute machen waren sowas wie eine pädagogische Berufskrankheit.

»Vielleicht klingt das sonderbar, aber wir sind froh, dass Florian den Anstand hatte, nicht auch noch fremde Menschen in seine Entscheidung hineinzuziehen und zu traumatisieren.« In Leonores Stimme schwang ein gewisser Stolz mit.

»Florian war schon ein toller Typ«, bestätigte Klara und mit einem Mal wurde ihr bewusst, dass ihr Bruder sie zum Einzelkind gemacht hatte. Zu einem Einzelkind, das ab jetzt mutig seinen Weg gehen will, dachte sie. Jetzt! »...was ich von Lorenz nicht mehr behaupten würde.«

Ihre Eltern schauten sie nur fragend an.

»Ich habe ihn am Tag von Florians Beerdigung vor die Tür gesetzt.«

Ihre Mutter verfiel in ein stummes Grübeln, während ihr Vater in Gedanken zu rechnen schien. Typisch, dachte Klara mitfühlend. Das muss Papa so sehr aus der Bahn werfen, dass er sich in sein Schneckenhaus aus Formelsammlungen verkriecht. Trotzdem ging ihr die Stille auf die Nerven.

»Jetzt sagt doch endlich was!«, rief Klara verzweifelt.

»Wie viel Geld schulden wir deiner Mutter, Herbert?«, fragte Leonore.

»Was hat das denn damit zu tun?« Klara wurde langsam wütend. Natürlich hatte sie nicht vor, ihren Eltern alle Details haarklein zu erzählen, aber komplett übergangen werden wollte sie auch nicht.

»Deine Oma Lilli war der Meinung...nun ja…«, suchte Herbert nach den passenden Worten. »Sie meinte, dass eure Schnittmenge zu gering ist, als das ihr in Summe unendlich glücklich werden würdet und…«

»Ihre genauen Worte waren: 'Ich wette mit euch, dass die es keine Woche mehr miteinander aushalten.' Und die Wette haben wir dummerweise angenommen.« erklärte Leonore.

»Wie bitte?« Klara traute ihren Ohren nicht. »Wann war das denn?«

»Am Morgen vor der Trauung«, sagte Herbert. »Und die war sechs Tage vor Florians Beerdigung.«

Klara schwirrte der Kopf.

»Hast du dich denn gar nicht über den schwarzen Lack-BH gewundert, den ich dir gegeben hab?« Leonore guckte überrascht. »Der sollte uns Oma Lillis Wetteinsatz sichern.«

Nein, hatte sie nicht, weil sie ihre Mutter schon immer für verrückt genug gehalten hatte, um auf solche Geschenkideen zu kommen. Aber sie hatte ja bisher auch angenommen, ihre Oma sei eine zerstreute, liebenswürdige alte Dame und keine abgebrühte Zockerlady, die sich mit Wetten ihre dürftige Rente aufstockte. So langsam zweifelte sie an ihrer Menschenkenntnis.

»Guten Abend, Klara Weber hier. Ich habe eine Frage. Macht Dr. Dubois auch Hausbesuche?«

Klara hatte nach drei Wochen Mutterschutz bereits kolossale Langeweile. Die Babywäsche lag gefaltet in der Wickelkommode, Romy musste natürlich arbeiten und hatte wenig Zeit für sie und ihre Eltern hatten beschlossen, auf dem Jakobsweg ihre Trauer um Florian anzugehen. Klara fand die Idee gut, weil sie zum einen nicht wusste, was sie noch sagen oder tun könnte, damit es den beiden besser ging. Abgesehen davon war sie selber auch sehr traurig und konnte nicht immer die stützende Position einnehmen. Zum anderen fühlte sie sich gestresst, wenn sich ihre Eltern jetzt nur noch auf sie und den baldigen Enkel konzentrierten - so viel Aufmerksamkeit war sie noch gar nicht gewohnt. Oma Lilli residierte in der Zeit in ihrem Stammhotel auf Gran Canaria, das speziell auf Senioren ausgerichtet war. Sie war demnach ebenfalls versorgt.

Um nicht auf dumme Gedanken zu kommen, wie zum Beispiel Lorenz wütende Nachrichten zu schicken, hatte Klara es sich also zur Aufgabe gemacht, der Liebe von Franziska und Pierre auf die Sprünge zu helfen. So lange er ihr weiterhin Honig um den Muttermund schmieren würde, war sie absolut bereit dazu, ihn mit ihrer neuen zweitbesten Freundin zu verkuppeln.

»Nur in Ausnahmefällen. Geht es Ihnen nicht gut?«, fragte die Arzthelferin besorgt.

Klara überlegte schnell, welche Symptome in einer

Schwangerschaft als gefährlich eingestuft werden. »Nein, also, mir geht es nicht gut. Ich habe plötzlich ganz viele Wassereinlagerungen, Kopfschmerzen und...ja genau, äh, Herzrasen. Und schlecht ist mir auch.«

Die Arzthelferin atmete scharf ein. »Das klingt nicht gut, Frau Weber. Können Sie vielleicht Ihre Hebamme...«

»Die ist im Urlaub.« Genau genommen hatte Franziska angekündigt, heute Abend um halb sieben mit chinesischem Essen nach Hause zu kommen. Jetzt war es fünf und die Praxis hatte bis sechs geöffnet.

»Und die Vertretung Ihrer Hebamme...«, versuchte die Arzthelferin es erneut.

»...ist saumäßig unsympathisch«, vollendete Klara den Satz.

»Können Sie sich hierher bringen lassen?«

»Nein, dann hätte ich ja nicht nach einem Hausbesuch gefragt.« Klara hoffte, dass das plausibel klang.

Die Arzthelferin resignierte. »Okay. Bleiben Sie bitte in der Leitung, ich frage mal den Doktor.«

Es erklang die Melodie von 'Girls just wanna have fun', was Klara für die Durchführung ihres Plans motivierte.

Die Arzthelferin meldete sich zurück: »Hören Sie? Dr. Dubois kommt ausnahmsweise nach der Sprechstunde direkt zu Ihnen und ist ungefähr um zwanzig nach sechs da. Normalerweise würde ich Sie bei den Symptomen direkt ins Krankenhaus schicken, aber Dr. Dubois ist hier ja gleich fertig.«

Das passt perfekt, dachte Klara.

Sie dachte noch darüber nach, wie Sie ihm ihre Spontanheilung am besten verkaufen könnte und wie sie ihn trotzdem so lange hinhalten könnte, bis Franziska kommen würde, als es an der Tür klingelte.

»Verdammt«, fluchte sie leise vor sich hin, »es ist erst zehn nach sechs.» Klara bezweifelte, dass sie Dr. Dubois zwanzig Minuten lang trotz Beschwerdefreiheit in ein Gespräch verwickeln konnte. Ihn vor der Tür warten zu lassen war allerdings auch keine Option, also öffnete sie sie.

Klara stand einem riesigen Strauß mit roten Rosen gegenüber.

»Bitte nimm' mich zurück. Ich war ein Idiot und…« Der Rosenstrauß hatte einen Texthänger und lauschte einer flüsternden Stimme im Treppenhaus. »..ach ja. Ich war ein Idiot und werde dir für den Rest unseres gemeinsamen Lebens zu Füßen liegen, weil…« Er lauschte wieder. »…weil ich dich liebe und begehre und nicht verlieren will.«

»Lorenz?«

»Ja, wer denn sonst?« Lorenz war sofort anzuhören, dass er gar nicht hier sein wollte.

»Warum bist du hier?« Klara bemerkte ihren patzigen Tonfall.

»Das frage ich mich um ehrlich zu sein auch.«

»Na warum wohl.« Hildegard tauchte aus ihrem Theatergraben hervor. »Um dich zu entschuldigen und sie zurückzuerobern. Hallo Klara, hübsch siehst du aus.« Hildegard nahm ihre Schwiegertochter in den Arm.

»Wofür genau möchtest du dich denn entschuldigen?«, fragte Klara angriffslustig. »Für dein unmögliches Verhalten während unserer Beziehung oder für dein Techtelmechtel mit dieser Elton John-Fanatikerin?«

Lorenz wurde blass und fühlte sich vor seiner Mutter bloßgestellt.

»Wie bitte?« Hildegard riss verstört die Augen auf.

Klara klärte Hildegard auf: »Anders als dein oberschlauer Ehemann - Verzeihung - prophezeit hat, brauchte es gar kein Kind, das zwischen Lorenz und mir schläft, um ihn in andere Betten zu treiben.«

»Äh ja...also, das hat sich so ergeben als...«, stotterte er.

»Salut Chérie! Isch bin etwas früher gekommen, das passiert mir eigentlisch nie!« Dr. Dubois zwinkerte Klara charmant wie gewohnt zu.

»Dr. Dubois?« Hildegard fasste sich mit einer Hand ans Dekolleté und errötete.

»Frau Weber!« Dr. Dubois blickte von Klara zu Hildegard und zurück. »Ach, jetzt geht mir ein Lischt auf. Meine beiden Lieblingspatientinnen sind miteinander verwandt.« Er guckte zu Lorenz. »Und dann sind Sie bestimmt der werdende Vater, Monsieur.«

»Und Sie sind wohl dieser unprofessionelle, flirtende Frauenarzt, der...Moment mal, Mutter? Du lässt dich auch von diesem Quaksalber behandeln? Weiß Vater davon?«

Hildegard wusste sich nicht zu helfen, also sprang Dr. Dubois für sie in die Bresche.

»Mon ami«, er legte Lorenz kumpelhaft-verbindend eine Hand auf die Schulter und ging gar nicht erst auf die Beleidigung ein, »wenn isch eins über Frauen gelernt 'abe, dann sind das drei Dinge: erstens sind sie schlauer als wir Männer.

210

Zweitens lieben sie es, wenn man sie wie Göttinnen be'andelt und drittens 'aben die wundervollsten Exemplare von ihnen kleine Geheimnisse. Ihre Frau und ihre Mutter sind ganz besondere…«

»Hallo zusammen.« Franziska tauchte auf dem Treppenabsatz auf und guckte perplex. »Ich habe Essen mitgebracht.«

Romy kriegte sich nicht mehr ein vor lachen. »Und was ist dann passiert?«

Klara kaute zu Ende und zog noch einmal an ihrem Milchshake. »Die gesamte Combo drehte sich zu Franziska um, die die Tüten von Shanghai Garden hochhielt und erstmal sortieren musste, wen sie da auf der Türschwelle sah.« Sie tunkte eine Pommes in den Erdbeerdrink und grinste über Romys angewiderten Gesichtsausdruck. »Das schmeckt bestimmt besser als dein aufgewärmtes Eiweißomelette. Naja, jedenfalls haben sich Hildegard und Lorenz ziemlich schnell vom Acker gemacht, während Dr. Dubois und Franziska sich wie angewurzelt gegenüber standen.«

»In Hollywood wäre jetzt im Hintergrund 'When a man loves a woman' erklungen und sie wären sich küssend um den Hals gefallen«, fantasierte Romy vor sich hin.

»Stimmt«, lachte Klara, »leider ist Bielefeld aber nicht Hollywood. Franziska verschwand in der Wohnung, Dr. Dubois fragte mich, warum ich ihn herbestellt habe und ich antwortete, dass es mir ganz schlecht ging, ich mich aber erholt hätte und mich viel besser fühlen würde, wenn er als Entschädigung mit uns äße. Hat er aber nicht gemacht, weil er natürlich noch andere Patientinnen besuchen musste.« Sie atmete tief durch. »Und das Ende vom Lied ist, dass Franziska sauer auf mich ist, weil ich mich eingemischt habe, Dr. Dubois meine Beschwerden nie wieder ernst nehmen wird und Hildegard mit ihrem Mann Stress kriegen wird, weil Lorenz garantiert auf der Seite seines Vaters steht. Mein Plan ist also in mehrfacher Hinsicht nach hinten losgegangen.«

»Aber etwas Gutes hatte die Aktion trotzdem.« Romy schaute belustigt. »Du hast dich für eine halbe Stunde nicht mehr gelangweilt.«

»Da hast du recht. Wie läuft's denn mit Gustav?«

Romy schauderte. »Gar nicht. Heute morgen hatte ich ein Gespräch mit einer eurer Kundinnen, weil Mister Hamsterbacke sich nicht in der Lage fühlte, ihr zu erklären, in welchem Rhythmus sie die Pille einnehmen muss.«

»Ach was, ach was…« Klaras Handy piepte und sie schaute nach, wer ihr geschrieben hatte. »Oh, Saskia hat mir bei Facebook eine Freundschaftsanfrage geschickt.«

»Welche Saskia?«

»Lorenz' Verflossene, die wir bei der Kreißsaalführung getroffen haben.« Bei der Erinnerung daran wollte sie immer noch vor lauter Fremdschämen im Boden versinken.

»Ach ja.« Romy wusste Bescheid. »Und was will sie von dir?«

»Keine Ahnung, aber ich fand sie wider Erwarten echt nett. Sie ist ja gerade erst selber Mutter geworden. Warte mal, sie hat mir eine Nachricht geschickt.« Klara schaute auf ihr Handy. »Anscheinend ist ihre Tochter bereits aus den ersten kleinen Bodies herausgewachsen und sie fragt, ob ich sie noch gebrauchen kann. Vielleicht könnte ich mich ja mal mit ihr treffen.«

»Hältst du das wirklich für eine gute Idee?«, fragte Romy skeptisch.

»Ja, warum denn nicht? Wir haben immerhin mindestens zwei Dinge gemeinsam: wir sind Lorenz' Ex-Freundinnen und Mütter.«

»Stimmt. Aber möchtest du dich ernsthaft so kurz vor der Geburt mit einer Frau treffen, die gerade entbunden hat und dir alle möglichen schmerzhaften Details erzählen will? Frische Mütter haben doch meistens jegliches Schamgefühl im Kreißsaal gelassen und binden jedem halbwegs Interessierten alle intimen Einzelheiten auf die Nase.«

Klara überlegte kurz. »Hm, da mache ich mir bei Saskia keine Sorgen. Die hat zu viel Takt- und Stilgefühl, um solche Grenzen nicht zu erkennen.«

»Hallo Klara, schön, dass du da bist. Komm doch rein, aber bitte entschuldige das Chaos. Seitdem Mathilda auf der Welt ist, sieht's hier aus wie im Schweinestall«, begrüßte Saskia sie zwei Wochen später. Es war gar nicht so einfach gewesen, einen passenden Termin zu finden, weil Saskia mit den ganzen Babykursen einen volleren Kalender hatte, als Klara während ihrer Arbeitszeit. »Montags gehe ich zur Rückbildungsgymnastik, dienstags ist Babyschwimmen und donnerstags Krabbelgruppe«, hatte Saskia am Telefon mit abgehetzter Stimme erklärt. »Gut, dass wir bei der Babymassage und im Pekip keinen Platz mehr bekommen haben, sonst hätten wir gar keine Zeit für ein Treffen.«

Klara musste zweimal hinschauen, um Saskia zu erkennen.

Die strahlend schöne, gepflegte, überglückliche Frau an Adonis' Seite hatte sich zu einer übernächtigten Kreatur mit strähnigen Haaren, Augenringen und fleckigem Pulli verwandelt. Der Glanz, der sie bei ihrer letzten Begegnung umgab, war vollständig verflogen.

Saskia schien sie ebenfalls zu mustern. »Meine Güte, siehst du hübsch aus! Genieß deine letzten Tage mit dem Schwangerschaftsglow. Und mit regelmäßigem Duschen.«

»Äh, danke.« Klara betrat das Wohnzimmer und suchte sich ein freies Fleckchen auf dem Sofa, auf dem sich Spucktücher, Stillkissen und Babydecken für jedes erdenkliche Wetter türmten. »Wie geht's dir denn? Wie ist das Leben mit Baby?«

»Super«, antwortete Saskia einsilbig, nippte an ihrem Stilltee und legte die winzige Mathilda an ihre riesige Brust. »Komm, mein Schatz, trink doch ein bisschen. Die Mama möchte, dass du noch ein bisschen trinkst…«

Klara wartete ab, bis Mathilda angedockt war und Saskia sich wieder auf ihre Umwelt konzentrieren konnte. Dass sie Lorenz den Laufpass gegeben hatte, hatte sie Saskia schon geschrieben, weshalb sie sich direkt über das Wesentliche unterhalten konnten.

»So, sorry, ich kriege seit ihrer Geburt kaum noch ganze Sätze zustande, weil…«

Mathilda verschluckte sich, fing an zu husten und wurde von Saskia an die Schulter gehoben. Dass ihre linke Brust immer noch nackt aus dem Still-BH hing und stoßweise Muttermilch herausschoss, schien sie nicht zu bemerken.

Klara erinnerte sich kurz an das schwarze Lack-Ding, das ihre Mutter ihr an ihrem Hochzeitstag überreicht hatte.

»Wo bin ich stehengeblieben?«

»Ach, das war nicht so wichtig. Wie geht's dir denn?« Klara hatte sich gefragt, wie vertraut sie wohl miteinander umgehen würden, weil sie sich ja eigentlich kaum kannten.

»Gut. Naja, gut den Umständen entsprechend. Es ändert sich tatsächlich alles, wenn man ein Kind hat.« Saskia stand auf und ging wippend mit Mathilda im Wohnzimmer auf und ab. »Man weiß plötzlich Kleinigkeiten zu schätzen, wie zum Beispiel, wenn man nach der Geburt wieder schmerzfrei pinkeln kann oder öfter als einmal pro Woche zum Haarewaschen kommt.«

Klara schluckte und dachte, dass sich die Frage nach zu geringer Vertrautheit wohl erledigt hatte.

»Außerdem macht man sich plötzlich so viele Sorgen«, fuhr Saskia fort. »Hat sie vielleicht Bauchweh? Oder Hunger? Oder eine volle Windel? Wie viele volle Windeln hatte sie heute schon? Zu wenig, so dass sie trotz Milchstuhl Verstopfung haben könnte? Oder ganz viele und ich übersehe, dass sie eigentlich Durchfall hat?« Sie machte ein besorgtes Gesicht. »Ziehe ich sie zu warm an oder zu kalt? Ab wie vielen Niesern ist es ein Schnupfen? Du siehst, meine Ängste nehmen kein Ende.« Mathilda war inzwischen auf Saskias Arm eingeschlummert und Saskia versuchte nun, sich so vorsichtig wie möglich hinzusetzen, was Klara an die Matrix-Filme erinnerte.

»Wacht die Kleine so leicht wieder auf?«

»Hm, wieso?«, flüsterte Saskia.

Klara begriff, dass ihre Unterhaltung ab jetzt leise fortgesetzt wurde. »Weil du dich so vorsichtig bewegst«, flüsterte sie zurück.

»Ach so, nee, das mache ich nicht wegen Mathilda, sondern wegen meines Dammrisses.« Sie kniff kurz die Augen zusammen, als sie sich endlich niederließ. »Ich bin so sehr gerissen, dass der Spruch 'Die hat den Arsch offen' eine ganz neue Bedeutung bekommt.«

»Oh.« Peinlich berührt rang Klara mit sich, ob sie von der Geburt hören wollte oder nicht. Schließlich siegte ihre Neugier. »Wie war denn die Geburt?«

Saskia schien zu überlegen, wie viel sie Klara zumuten konnte. »Eine ganz besondere, einmalige Herausforderung.« Dabei vermied sie eindeutig Blickkontakt.

Klara zog die Augenbrauen hoch.

»Wie viel willst du denn hören?«, ging Saskia auf sie ein.

»Das frage ich mich auch gerade«, gestand sie. »Fangen wir doch mit den Eckdaten an. Hattest du einen Blasensprung?«

»Nein, leider nicht.« Saskia seufzte. »Wir mussten die Geburt einleiten, weil von alleine keine Wehen kamen. Deshalb musste ich nun doch im Krankenhaus entbinden und war froh, dass wir uns vorher wegen meiner Langeweile den Kreißsaal angeschaut hatten.«

»Das ist ja ärgerlich«, versuchte Klara die Situation nachzuempfinden. »Wie schnell ging das dann mit der Einleitung, bis die Kleine kam?« Wie für die meisten Schwangeren war eine Einleitung auch für sie ein rotes Tuch, weil in dem Zusammenhang oft von unkontrollierbaren Wehenstürmen gesprochen wurde.

»Zum Glück ganz flott. Ich würde mich an deiner Stelle schon mal mit den unterschiedlichen Methoden zur Weheneinleitung auseinandersetzen, damit du dann im Zweifelsfall mitreden kannst.«

Klara nickte und setzte das Thema auf ihre gedankliche To Do-Liste. »Und in welcher Position hast du entbunden?« Klara dachte an die komischen Tiernamen zurück, die Cordula ihnen eingebläut hatte.

»Im grasenden Büffel.« Saskia hatte anscheinend den gleichen Kurs besucht.

Klara atmete tief durch. »Und wie schlimm waren die Schmerzen?« Sie hoffte, dass Saskias Erzählungen durch den Flüsterton an Furchteinflößung verlieren würden.

Saskia tat sich schwer. »Ach, weißt du, die empfindet ja jede Frau anders und…« Mathilda wachte auf und fing lautstark an zu quäken. Saskia stand wieder mit zusammengekniffenen Augen auf und ging wieder wippend auf und ab. Immerhin mussten sie jetzt nicht mehr flüstern, sondern sich eher bemühen, um Mathilda zu übertönen und sich gegenseitig noch zu verstehen.

»Um ehrlich zu sein kann ich dir keine vergleichbaren Schmerzen nennen. Auch wenn ich währenddessen gedacht habe, dass Mathilda definitiv ein Einzelkind bleiben wird oder ihre potenziellen Geschwister per geplantem Kaiserschnitt auf die Welt kommen werden, bin ich jetzt sehr überrascht, wie schnell die Erinnerungen an die Schmerzen verblasst sind.« Mathilda pupste laut, was Saskia in absolute Verzückung versetzte. »Ja fein, ein Pups! Das war ein Pups, mein Schatz! Ein Pupsi-pupsi-pups!«

Klara war verdutzt über die Veränderung von Saskias Stimme. Offenbar hatte Saskia eine extra Mama-Stimme, die mehrere Oktaven über ihrer normalen lag.

»Die Mama will dich gleich mal wickeln. Ja, wickeln will die Mama dich!«, flötete Saskia ihrer Tochter zu. An Klara gewandt erklärte sie stolz: »Wir benutzen jetzt schon eine größere Windelgröße, weil die Mathilda so eine tolle Verdauung hat.«

»Aha.« Was sollte sie darauf antworten? Herzlichen Glückwunsch?

»Hast du denn schon alles, was du für euren kleinen Mann brauchst?« Saskia redete zwar mit Klara, schenkte aber ihrer Tochter neunzig Prozent ihrer Aufmerksamkeit. Mindestens.

»Ich glaube schon. Und wenn mir erst nach der Geburt auffällt, dass etwas fehlt, kann ich das ja immer noch nachkaufen oder irgendwen zum Einkaufen schicken.« Klara hatte dazu eine entspannte Einstellung, Saskia anscheinend nicht.

»Das glaubst du jetzt, meine Liebe.« Aus Saskias Stimme spritzten regelrecht die Stresshormone. »Wenn euer Söhnchen erstmal auf der Welt ist, kommst du in den ersten Wochen zu nichts und wirst froh sein, wenn dich jemand mit Essen und Trinken versorgt. Sich dann um Besorgungen einen Kopf machen zu müssen, obwohl dir rund um die Uhr fast die Augen zufallen, dir die Brüste platzen und vom Babygeschrei die Ohren klingeln, kommt einer Höchststrafe gleich.« Sie atmete einmal tief durch und setzte etwas ruhiger hinzu: »Aber ich will dir keine Angst machen.«

Klara schluckte, als Mathilda spuckte. Die halbverdaute, säuerlich riechende Milch ergoss sich platschend auf Saskias ohnehin schon fleckigem Shirt.

»Ich wollte mich sowieso wieder auf den Weg machen.«

Klara erhob sich mühsam aus dem weichen Sofa und nahm den Beutel mit Mathildas ausgemusterten Bodies entgegen. »Hast du noch irgendeinen letzten Tipp für mich?«

Saskia legte Mathilda im Laufstall ab und sagte auf dem Weg zur Haustür sehr entschieden: »Ja. Nimm' Lorenz nicht zurück. Und solltest du ihn doch zurück in dein Leben lassen, dann nutz' die Gelegenheit unter der Geburt, um ihm wehzutun.«

Klara nickte gehorsam und nahm sich insgeheim vor, eine coole, relaxte Mutter zu werden, die Halbfremde weder über den Windelinhalt ihres Babys oder den Grad ihres Dammrisses aufklären noch mit piepsiger Singsangstimme alles doppelt sagen würde.

»Bitte erinnere mich daran oder kneif mich oder so, falls ich das vergessen sollte«, berichtete Klara ihrer Freundin von ihrem Treffen mit Saskia und Mathilda. »Eine Geburt muss doch nicht zwingend mit einer Gehirnwäsche einhergehen, oder?«

»Keine Ahnung«, Romy zuckte mit den Schultern, »aber ich sage dir definitiv Bescheid, wenn mit dir nichts mehr anzufangen ist. So, jetzt zeig doch mal deine Liste.«

Romy hatte Klara angeboten, mit ihr zusammen die restlichen Dinge einzukaufen, die sie laut Hebamme, Ratgeber und Internet in den nächsten Wochen unbedingt im Haus haben sollte.

»Himbeerblättertee, Stilltee, schwarzen Tee…«, las Romy laut vor und verzog dabei den Mund, »Heilwolle, Abführzäpfchen, Brustwarzenkompressen, Damenbinden XXL,

Pupsglobuli - und ich hatte gedacht, wir würden Windeln shoppen. Wozu braucht man das denn alles? Wofür so viel Tee?«

»Also, der Stilltee soll die Milchbildung anregen, der schwarze Tee ist für den möglicherweise wunden Babypopo und der Himbeerblättertee soll angeblich den Muttermund weicher machen.«

»Ach so. Soll Sperma das nicht auch?« Romys Augen blitzten frech.

»Ja, das habe ich auch gehört. Im Moment ist mir der Tee aber sympathischer als die Vorstellung, Lorenz zum Geburtseinleitungssex einzuladen. Vor allem, wenn es dann nicht einmal was bringt.«

»Du könntest ja auch Gustav fragen.« Romy prustete los. »Der würde bestimmt antworten 'Ach Gottchen, Frau Kollegin, was sagt man denn dazu?' Und dann würde er dich aufgeregt fragen, wie du es gerne hättest.«

Klara lachte mit, war aber zu sehr auf ihre Einkäufe konzentriert, um sich so richtig auf Romys Witz einzulassen.

»Entschuldige. Ich bin wieder voll für dich da. Was macht man mit Heilwolle?«

»Die kommt in den BH, um die Brustwarzen wieder flott zu machen.« Klara hatte sich gründlich in das bevorstehende Abenteuer Baby eingelesen. »Oder in die Windel, um sie vor dem Überlaufen zu schützen.«

Romy warf wieder einen Blick auf die Liste. »Gallseife«, murmelte sie. »Will ich das wirklich wissen?«

»Bestimmt. In einem Mamiforum im Internet habe ich neulich gelesen, dass eine Mutter ihren Sohn beim Wickeln aus

seinem Body herausgeschnitten und das Teil lieber wegge-
schmissen hat als es sinnloserweise zu waschen, weil er sich
bis zum Nacken hoch eingekackt hatte.«

»Oh man, du lebst echt in einer anderen Welt als ich.«

»Würdest du gerne tauschen?«

Romy dachte nach und sah dabei sentimental aus. Für ihre
Antwort zwang sie sich ein Lächeln ab. »Du meinst, ob ich
mein dahinplätscherndes, diätgesteuertes und von Gustav
begleitetes Singledasein gegen die Aussicht eintauschen wollen würde, ein kuscheliges Leben mit einem niedlichen Baby
zu verbringen, das mich vermisst, so bald ich den Raum
verlasse und sich nach meiner Rückkehr selig an mich
schmiegt? Auf gar keinen Fall!«

Klara wollte nicht einfach in Romys Ironie einsteigen. »Du
kannst doch auch immer noch Kinder kriegen. Oder nicht?«

»Doch, aber dafür brauche ich erstmal den passenden
Mann.« Klara holte schon Luft, als Romy sie direkt unterbrach. »Und komm gar nicht erst auf die Idee, mir Gustav
oder Lorenz vorzuschlagen. Auch wenn ich wenigstens weiß,
dass Lorenz offensichtlich zeugungsfähig ist.«

»Vielleicht können wir ja in ein paar Monaten zusammen
auf Männerfang gehen, wenn der kleine Kerl und ich dazu
bereit sind.« Jetzt guckte Klara nachdenklich.

»Hast du Angst?«, wollte Romy nach ein paar Schweigese-
kunden wissen.

»Wovor?«

»Vor der Geburt? Vor dem Leben mit Kind? Vor dem Leben ohne Lorenz?«

Klara atmete tief durch und streichelte ihren Bauch. »Ja, ja und ja.« Tränen schossen ihr in die Augen und jetzt war sie es, die sich um ein fröhliches Gesicht bemühte. »Ich frage mich, ob ich eine gute Mutter und dem Stress gewachsen sein werde. Bestimmt sollte man schon alleine wegen der vielen neuen Aufgaben zu zweit sein, wenn man ein Kind bekommt.«

Romy nickte mitfühlend.

»Andererseits war ich mit Lorenz viel gestresster, als ich es jetzt ohne ihn bin. Und wenn wir als Paar schon kein Team waren, wären wir als Eltern wohl erst recht keins geworden.«

Romy legte einen Arm um Klara. »Ich bin zwar kein Vaterersatz, aber sehr gerne für dich und den Kleinen da.«

»Danke.«

Nachdem sie in der Apotheke und im Drogeriemarkt fast alles bekommen hatten, gingen sie im ,Nichtschwimmer' Mittagessen. Hier hatten sie schon viele lustige und leckere Abende miteinander verbracht und genossen immer wieder das gemütliche Ambiente. Und ehrlicherweise auch die süßen Kellner.

»Wer weiß, wann wir dazu wieder kommen.« Romy erhob ihre Rosa Pfeffer-Limetten-Limo und sagte feierlich: »Auf dich, mich und die anstehende Geburt.«

Mein liebes Knöpfchen,

heute ist der Tag gekommen, an dem du laut gynäkologischem Computerprogramm und Mutterpass zur Welt kommen sollst. Es ist jetzt neun Uhr und der ganze Tag liegt noch vor uns. Außerdem habe ich gelesen, dass zur Zeit Blasensprungwetter sein soll. Sehen wir uns heute noch?

Aufgeregte Grüße
Deine Mama

»Merkst du denn schon irgendwas?« Romy machte große Augen. Die Warterei ließ die Luft im gesamten Raum sonderbar vibrieren.

»Nein. Zumindest nichts, was dich in Panik versetzen müsste.« Klara spießte lustlos mit der Gabel ein Salatblatt auf. »Ich hatte mir diesen Tag so...naja, als was ganz Besonderes vorgestellt. Seit Monaten habe ich dieses Datum im Kopf. Und was passiert? Nichts.« Klara guckte deprimiert vor sich hin. »Es ist bisher ein ganz stinknormaler Tag gewesen.«

»Das geht fast allen Schwangeren so, die erst nach dem errechneten Termin entbinden«, erklärte Franziska. »Die Erwartungshaltung ist an diesem Tag riesig, obwohl die wenigsten Kinder termingerecht geboren werden. Und dafür ist die Enttäuschung umso größer.«

Die drei Frauen saßen zusammen in Klaras und Franziskas Küche, aßen zu Mittag und besprachen die Lage. Mit Franziska hatte sie sich wieder versöhnt, in dem sie ihr ein paar warme Socken gestrickt hatte, weil sie sich doch ständig in fremden Haushalten die Schuhe ausziehen musste. Naja, 'gestrickt' war übertrieben - 'gekauft' traf es eher.

Mit Blick auf ihre Freundin ging Romy durch den Kopf, dass andere Schwangere aber wahrscheinlich den Tag mit dem werdenden Vater verbringen, statt die Zeit als Neu-Single totzuschlagen. »Dafür sind wir ja jetzt für dich da!« Romy nahm Klaras Hand in ihre Hände. »Worüber möchtest du reden?«

Klara seufzte und schaute zu Franziska. »Ich möchte von dir wissen, wie ich die Geburt in Gang bringen kann.«

»Oh, da gibt's eine ganze Menge. Vorausgesetzt, dass der Kleine bereit dazu ist.« Sie nippte an ihrem Bitter Lemon. »Du könntest sowas hier trinken. Das Chinin kann angeblich Wehen auslösen.«

Klara schnappte nach Franziskas Glas und leerte es in einem Zug. »Was noch?«

»Zimttee, ein Saunabesuch, ansteigende Bäder, scharfes Essen...alles kann, nichts muss. Ich kann nochmal Akupunktur bei dir machen oder dir einen Cocktail mit Rizinusöl mixen, aber damit würde ich gerne noch warten.«

»Warum?« Romy versuchte sich das alles zu merken. Nur für den Fall, dass es ihr einmal ähnlich gehen sollte.

»Ja, warum? Ich habe echt keine Lust auf eine Einleitung im Krankenhaus.«

»Bevor bei dir die Geburt eingeleitet wird, probieren wir

den Cocktail aus. Aber jetzt denke ich, dass dein Knöpfchen vielleicht einfach noch nicht so weit ist. Sonst würde er sich ja von selbst auf den Weg machen. Hast du denn schon irgendwelche Vorzeichen?«

»Außer den Übungswehen nicht. Die habe ich aber dafür seit Wochen.« Klara verdrehte genervt die Augen.

Franziska presste die Lippen aufeinander. »Ist dein Schleimpropf schon abgegangen?«

»Igitt.« Romy ließ ihre Gabel sinken. »Solche Themen sind besser als jede Diät.«

»Nein. Das hättest du bestimmt mitbekommen.« Mit ihrer Hebamme zusammen zu wohnen hatte mindestens den Vorteil, dass Klara sozusagen rund um die Uhr von ihr betreut werden konnte. Außer zwischen acht und achtzehn Uhr. Schließlich hatte Franziska noch andere Patientinnen.

»Da hast du recht. Ich sag dir was«, Franziska packte schon wieder ihre Sachen zusammen und machte sich abfahrbereit, »unternimm den restlichen Tag etwas Schönes, das in den nächsten Monaten oder vielleicht auch Jahren mit Kind nicht möglich ist. Bring dich auf andere Gedanken, lass dich massieren, entspann dich.« An Romy gerichtet fragte sie: »Kümmerst du dich um sie? Ich muss jetzt los.«

Romy salutierte. »Jawohl, Sir, äh, Ma'am.« An Klara gewandt stellte sie klar: »Ich habe mir den Nachmittag frei genommen und stehe Ihnen stets zu Diensten.«

Klara hätte im Normalfall gegen einen Babysitter protestiert, war jedoch zu dankbar, um sich dagegen zu wehren.

»Alles klar, dann viel Spaß euch beiden. Bis nachher, Klara. Tschüss, Romy.«

»Worauf hast du Lust?«

Einen amerikanischen Schmachtfetzen im Kino und ein scharfes mexikanisches Essen später hockten sie nebeneinander bei einer Pediküre. Laut Frauenzeitschriften war es vielen Gebärenden wichtig, während der Entbindung gepflegte Füße präsentieren zu können. Obwohl Klara diese Einstellung belächelte und dachte, dass ein anderer Bereich ihres Körpers, der im Kreißsaal viel mehr im Fokus stehen würde, eher etwas Styling gebraucht hätte, genoss sie jetzt doch den Anblick ihrer Fußnägel. Die Naildesignerin namens Jessica trug gerade Lack in wochenflussrot auf. Romy hatte sich für ein fröhliches käseschmieregelb entschieden.

»Bitte. Lenk. Mich. Ab. Ich denke nur noch in Entbindungssprache«, jammerte Klara an Romy gewandt.

»Ach, wann ist es denn so weit?«, fragte die Frau zu ihren Füßen.

»Heute.«

Jessica wurde blass und ließ den kleinen Pinsel sinken. »Was?«

»Heute wäre eigentlich der errechnete Termin, wollte meine Freundin sagen, aber es gibt noch keine Anzeichen.«

»Ach, das hätte ich aber nicht gedacht.« Sie hatte sich wieder gefangen und schlug einen künstlichen Ton an. »Sie sehen ja noch so schmal aus und…« Ganz offensichtlich wollte sie nur nett sein.

»Nein, das tue ich nicht. Und Sie brauchen auch nicht so zu tun, als dächten Sie nicht, dass ich mein Kind jeden Moment gebären könnte, indem ich einfach nur platze.« Das Warten machte Klara motzig und machte ihr ständiges Harmoniebedürfnis zunichte. Trotzdem tat ihr der Ausbruch leid, so bald die Worte ihren trockenen Mund verlassen hatten. »Entschuldigen Sie bitte. Ich bin ziemlich gereizt.«

»Ach, schon gut. Ich bin schwierige Kundinnen gewohnt.« Unerwartet friemelte sie ihr Handy aus ihrer Kitteltasche und steckte sich Kopfhörer in die Ohren. Eigenartiger Anblick in einem Dienstleistungsberuf, aber jetzt konnten sie sich immerhin in Ruhe unterhalten. So laut, wie ihnen Jessicas Musik entgegenschlug, könnte neben ihnen eine Bombe explodieren, ohne dass sie es bemerkt hätte.

»Warum wolltest du vorhin nicht hören, dass sie dich schmal findet?«, fragte Romy verständnislos.

»Weil es nicht stimmt. Außerdem brauche ich keine Lobhudelei für mein Äußeres.«

»Spannend.« Romy schaute auf ihre Finger. »Sowas ist für mich immer Seelenbalsam.«

Klara sagte nichts in der Hoffnung, mehr über diese Seite von Romy zu erfahren.

»Das Problem ist dabei immer, dass es mir gut geht, wenn ich für meinen Körper gelobt werde und verunsichert bin, wenn das Lob ausbleibt. Das ist so, seitdem ich denken kann.« Romy schlang die Arme um ihren Oberkörper, als ob sie sich verstecken wollte.

»Klingt nach einer Art Abhängigkeit«, warf Klara ein. Ihr fielen dabei die pubertären Mädchen ein, denen Klara in ihrem Job begegnete. In ihren E-mails tauchte oft die komplexbehaftete Frage auf, ob ihr winziger Busen oder ihre fleischigen Oberschenkel der Grund dafür seien, dass sie immer noch Jungfrau waren. Immer noch - mit fünfzehn.

»Ja, das dachte ich auch gerade.« Manchmal half es einfach, Gedanken laut auszusprechen.

»Machst du deswegen eine Diät nach der anderen?«

»Ich glaube schon.« Romy wirkte bedrückt und sah gerade viel jünger aus als sonst. Jung und verletzlich. Jetzt war sie schon über dreißig und hatte sich noch nie jemandem so richtig anvertraut, was wirklich in ihr vorging. »Am Anfang einer Diät bin ich immer Feuer und Flamme und hochmotiviert, weil ich das Gefühl habe, ab jetzt mein Leben in den Griff zu kriegen. Mit der Zeit merke ich aber jedes Mal, wie wenig frei ich dadurch bin. Ich esse entweder nach einem Plan oder mache mich innerlich dafür fertig, wenn ich mich nicht an den Plan halte. Etwas anderes kenne ich gar nicht mehr. Du isst einfach, was du willst. Dafür bewundere ich dich.«

Klara nahm Romys Hand.

Romy fuhr fort: »Und seit Florians...Entscheidung...frage ich mich, ob ich für immer in diesem Teufelskreis aus Diäten und Versagensgefühlen leben will oder ob es nicht langsam Zeit wird, etwas daran zu ändern.«

»Das wäre ja mal ein guter Plan.« Klara lächelte. »Auf ein neues Leben?« Sie hielt Romy ein Nagellackfläschchen zum Anstoßen entgegen, während Jessica anfing, wie bestellt zu Bon Jovis 'It's my Life' aus ihrem Handy mitzusingen.

»Auf ein neues Leben.«

Eine wehenlose Woche später standen endlich die Dreharbeiten zu der Reportage an. Klara war nun seit sieben Wochen im Mutterschutz und hatte darauf hingefiebert, dass endlich mal wieder etwas in ihrem Leben passierte - wenn sich schon geburtstechnisch nichts tat. Mit einer Woche über dem errechneten Termin machte sie die Warterei langsam wahnsinnig. Zum Glück machte Dr. Chippendale Dubois einleitungstechnisch keinen Stress, so dass sie mit Franziskas und Romys Hilfe alle möglichen natürlichen Mittelchen ausprobieren konnte.

Mit Lorenz hatte sie noch einmal per SMS Kontakt. Er hatte ihr geschrieben: »Sorry wegen neulich, das war echt ne blöde Idee von meiner Mutter. Wann kommt der kleine Weber-Mann denn genau?« Klara hatte die Nachricht kopfschüttelnd gelesen und geantwortet: »Ich frag ihn mal. Oh, er sagt, er kommt nur raus, wenn er nicht Weber heißen muss.« Damit war ihr Gespräch wieder beendet.

»Wir fangen mit dir an, Schätzchen.« Der hippe und mehrfach gepiercte Regisseur Fred von maximal fünfundzwanzig Jahren schob Klara zu einem Stuhl, der bereits optimal ausgeleuchtet war. Seine Assistentin puderte ihr erneut das Gesicht ab und gab dem Kameramann ein Zeichen. »Du erzählst erstmal etwas über die Ängste von Eltern, okay?«

»Okay. Soll ich einfach anfangen?«

Fred nickte hektisch und Klara wandte sich zur Kamera.

»Die meisten Eltern..."

»Cut!« Fred schien sich enorm wichtig zu fühlen. »Guck nicht in die Kamera, Schätzchen, sondern tu so, als würdest du es Daisy erklären.«

Daisy, die Frau mit der Puderdose, setzte sich in Position.

»Oh, klar.« Unter den mobilen Scheinwerfern wurde ihr

allmählich heiß und sie erinnerte sich an den Scheiterhaufen-traum, der sie vor einigen Monaten heimgesucht hatte. Klara sammelte sich und fing noch einmal von vorne an. »Die meisten Eltern, die ihre Kinder aufklären wollen, haben Angst davor, die korrekten Begriffe für die Genitalien in den Mund zu nehmen.«

»Cut!«

Klara guckte verdutzt, Fred schüttelte genervt den Kopf. »Das können wir nicht zu jeder Tageszeit senden, wenn 'Genitalien' und 'in den Mund nehmen' im selben Satz vorkommen. Denk dir was anderes aus, Schätzchen.«

Klara atmete tief durch und dachte, du kannst mich gleich mal sonstwo mit deinem ewigen Schätzchen, du Frettchen. »Die meisten Eltern, die ihre Kinder aufklären wollen, haben Angst davor, die korrekten Begriffe für die Genitalien...zu verwenden. Sie schämen sich und befürchten, dass ihre Kinder Fragen stellen, die sie nicht beantworten können oder möchten.« Sie machte eine kleine Pause und erwartete, dass Fred wieder irgendwas nicht gefiel, aber anscheinend gefiel ihm die Unterbrechung nicht und er fing an, ungeduldig mit der Hand zu wedeln. Klara fuhr fort: »Außerdem haben viele Eltern Bedenken, dass ihre Kinder das Thema Sex abartig finden könnten, dabei gehen Kinder viel neutraler an die Sache heran und stellen meistens nur solche Fragen, die zur Weite ihrer Vorstellungskraft passen. Je älter Kinder werden, desto detaillierter möchten sie Zusammenhänge erfahren. Ein dreijähriges Kind wird also vermutlich noch nicht wissen wollen, wie das Spermium die Eizelle erobert, ein Zehnjähriges aber schon.«

Fred nickte endlich zufrieden. »Das können wir so nehmen, Schätzchen. Du machst jetzt eine Pause und legst die geschwollenen Beinchen hoch.« Er wandte sich Romy zu. »Du bist dran mit Freak Nummer eins.«

Freak Nummer eins war Lorenz' Elton John-Affaire, die genauso fassungslos guckte wie Klara, Romy und Waltraud.

Gustav hatten sie vorsichtshalber von den Dreharbeiten ausgeschlossen, weil er auf keinen Fall 'Höhepunkt' vor der breiten Öffentlichkeit repräsentieren sollte. Da ihm das überhaupt nicht passte, hatte er Waltraud damit gedroht, seinen Job bei ihr zu kündigen. Waltraud hatte in Anwesenheit von Klara und Romy nur lässig geantwortet: »Gustav, wir beide wissen, dass du diesen Job nur deshalb bekommen hast, weil du mein Sohn bist und ich das Gefühl hatte, dir etwas schuldig zu sein. Wenn du nicht für mich arbeiten möchtest, dann steht es dir frei zu gehen.« Ihren Mitarbeiterinnen hatte sie im Nachhinein gestanden, dass sie mit Anfang zwanzig von Gustavs Vater ungewollt schwanger geworden war und das Kind abgetrieben hätte, wenn sich der werdende Vater und dessen Mutter nicht dazu bereit erklärt hätten, Gustav groß zu ziehen. »Das war ein schwieriges Kapitel in meinem Leben, auf das ich nicht stolz bin. Umso wichtiger empfinde ich unsere Arbeit.«

Lorenz' Flamme meldete sich jetzt pikiert zu Wort: »Ich habe auch einen Namen: Nathalie.«

Klara ergänzte in Gedanken boshaft 'Endstation Babystrich' und fragte sich, ob sie zu viel vor der Flimmerkiste hing. Romy hatte Klara um Erlaubnis gefragt, ob sie Nathalie in die Reportage mit aufnehmen dürfen und Klara war zu neugierig, um dagegen zu sein. Komischerweise war sie nie der eifersüchtige Typ Frau gewesen, der sich zu Hause sitzend ausmalte, wie Lorenz auf seinem Schreibtisch seine Kollegin flachlegt, nur weil er sich abends mal verspätete. Abgesehen davon wusste sie, dass er sich ein Großraumbüro mit dreißig anderen männlichen Computernerds teilte.

Nathalie kommt mir irgendwie bekannt vor, fing Klara an zu grübeln.

Romy und Nathalie setzten sich auf die vorbereiteten Plätze und warteten auf Freds Signal.

»Erzählen Sie mir, worum es geht.« Romy und Nathalie sollten eine Beratungsszene nachspielen. Nathalie saß dabei mit dem Rücken zur Kamera, um anonym zu bleiben.

»Also, das ist mir etwas unangenehm.«

Romy sah aus den Augenwinkeln, wie Fred sich die Stirn rieb. »Ja, das kann ich verstehen und geht den meisten meiner Kunden so. Sie brauchen nur das zu offenbaren, was Sie möchten.«

Nathalie rutschte auf ihrem Sessel hin und her. »Ich habe da einen speziellen Fetisch.« Sie atmete tief durch. »Und zwar komme ich nur zum Höhepunkt, wenn dabei Musik von Elton John läuft.«

Fred, Daisy und der Kameramann unterdrückten ein Prusten.

Klara erinnerte sich zurück, wie Lorenz nach seinem Junggesellenabschied im Badezimmer 'Your Song' sang. Wo war sie Nathalie schon einmal begegnet? Diese Stimme...

Romy bemühte sich derweil um Professionalität. »Aha. Wenn ich Sie richtig verstehe, muss während des Geschlechtsverkehrs diese bestimmte Musik gespielt werden.«

Nathalie nickte. »Genau. Allein von der Musik komme ich nicht.«

Klara schob das Bild von einer zu 'Candle in the Wind' stöhnenden Nathalie in der Müsliabteilung im Supermarkt beiseite, das sich vor ihrem inneren Auge gerade bildete.

»Was verbinden Sie denn mit dieser Musik?«

»Ich finde sie sehr gefühlvoll und romantisch.« Nathalie schluckte. »Wenn ich sie höre, fühle ich mich wirklich geliebt.«

»Und wenn Sie mit einem Mann im Bett sind, ohne dass Elton John dazu singt?«

»Dann kann ich mich nicht so gut fallen lassen, weil ich den Männern, mit denen ich zusammen bin, meistens nicht so viel bedeute. Das glaube ich zumindest.« Nathalie sah jetzt sehr verletzlich aus. »Durch die Musik bekommt der Akt eine tiefere Bedeutung.«

»Warum glauben Sie denn, dass den Männern nicht so viel an Ihnen liegt?« Romy klang ernsthaft interessiert und mitfühlend, obwohl es sich bei Nathalie um Klaras Kontrahentin handelte.

»Naja, weil...oh Gott...weil sie mich dafür bezahlen.«

Klaras Herz setzte für einen Moment aus. Eine Professionelle. Wusste Lorenz wohl, womit seine Neue ihre Brötchen verdiente? Oder besser gesagt: wovon sie ihre Fingernägel finanzierte? Diese Fingernägel…Selina vom Geburtsvorbereitungskurs hatte ja ein sehr ähnliches Design…

»Das heißt, dass Sie als Prostituierte arbeiten?« Romy hatte damit nicht gerechnet und nahm sich vor, selbstständige

Tätigkeiten ihrer Kundinnen in Zukunft genauer zu hinterfragen.

„Nein, nicht als Prostituierte, aber als Hostess. So verdiene ich mein Geld. Elton John kommt aber nur in meinem Privatleben vor.« Nathalie errötete. »Und jetzt kommt mein eigentliches Anliegen.«

Alle Anwesenden lauschten gespannt, selbst Fred.

»Ich habe mich in einen meiner neuen Kunden verliebt, der mich mittlerweile ebenfalls aufrichtig liebt. Für ihn möchte ich mich von meinem Fetisch verabschieden.« Nathalie richtete sich auf. »Für meinen Lorenz schaffe ich das.«

Ikea, schoss Klara durch den Kopf. In diesem Moment platzte ihre Fruchtblase.

Klara stand innerhalb von Minuten in einer gigantischen Pfütze und schaute als erstes und quasi geistesgegenwärtig auf deren Farbe. »Es ist klar!«, rief sie erleichtert. Alle anderen guckten sie sprachlos und mit großen Augen an.

Fred fand als erster seine Stimme wieder. »Ben!«, schnauzte er in Richtung des Kameramanns, »halt die Kamera drauf! Eine Geburt in einer Sexualberatungsstelle macht uns keiner so schnell nach.« Ben gehorchte und schwenkte um auf Klara.

Waltraud und Romy eilten ihr zur Seite und schienen aufgeregter als sie selber. »Wie geht's dir?«, »Was brauchst du?« und »Soll jemand heißes Wasser und Handtücher holen?«, fragten sie wild durcheinander.

»Jetzt kriegt euch mal wieder ein«, bat Klara, »das Fruchtwasser war klar, was ein Zeichen dafür ist, dass es dem kleinen Mann gut geht. Außerdem habe ich zum Einen noch keine richtigen Wehen und zum Anderen steht meine halb-gepackte Kliniktasche noch zu Hause.« An Fred, Ben und Daisy gewandt stellte sie klar: »Und aufgezeichnet wird hier gar nichts.«

Waltraud goss ihr eine Tasse ayurvedischen Tee ein und versuchte, sich selbst zu beruhigen. »Wie sieht dein Plan aus?«

Klara stand auf und ging zu ihrer Handtasche. »Ich gehe jetzt nach Hause, sage Franziska Bescheid und bekomme mein Baby. Romy, ich rufe dich an, wenn es wirklich los geht.«

»Du gehst nirgendwo alleine hin.« Romy war aufgesprungen und stand wie ein Jagdhund direkt neben ihr. »Ich begleite dich.«

Klara wollte einwenden, dass es noch Stunden dauern könnte, bis ihr Knöpfchen das Licht der Welt erblicken würde, ahnte jedoch, dass jeglicher Widerstand zwecklos war.

»Meine Cousine lag bei ihrem ersten Kind siebenundzwanzig Stunden in den Wehen, ist trotz regelmäßiger Dammmassage komplett gerissen und ist jetzt für immer inkontinent. Sie hatte einen ähnlichen Bauchumfang wie du«, gab Nathalie unsensibel ihren Senf dazu, während Klara sich gerade ihre Jacke anzog und sich mit Romy an den Hacken auf den Weg machen wollte.

Klara hielt inne, drehte sich zu Nathalie um und sagte mit den Händen auf ihrem Bauch: »Dieses Baby hier ist von deinem ach so aufrichtigen Lorenz, meinem zukünftigen Ex-Mann.«

Klara war froh, dass sie sich bald wieder hinsetzen durfte, als sie das heimische Mehrfamilienhaus erreichten. Allmählich wurde sie von dem Gefühl beschlichen, dass es wohl doch nicht mehr sehr lange bis zum Showdown dauern würde, wollte aber Romy nicht umsonst beunruhigen. Auf dem letzten Treppenabsatz angekommen ließen sich ihre mittlerweile kaum noch zu ertragenden Schmerzen jedoch nicht mehr verbergen.

»Ahhhh…« Klara klammerte sich am Geländer fest, kniff die Augen zusammen und beugte sich vor.

Romy stand die Panik auf der Stirn. »Was soll ich tun?«

»Schließ die Tür auf«, befahl Klara und streckte ihr den Schlüssel entgegen.

Romy friemelte mit zittrigen Fingern den Schlüssel ins Schloss und hielt Klara ihren Arm als Unterstützung hin. »Tut es ganz plötzlich so weh?«

»Ja.« Viele Worte waren gerade nicht mehr möglich.

»Willst du dich hinlegen?«

»Nein.« Atmen, erinnerte sich Klara an den Geburtsvorbereitungskurs. Tief atmen.

»Wo soll ich dich hinbringen?«

»Wohnzimmer«, stieß Klara mühsam hervor.

»Huch!« Romy hatte die Wohnzimmertür aufgerissen.

Franziska und Dr. Dubois fuhren erschrocken hoch.

»Klara, was machst du denn schon hier?« Franziska angelte mit ausgestrecktem Arm nach der Decke, die sie im Eifer des Gefechts vom Sofa gefegt hatten.

»Ihre Fruchtblase ist geplatzt«, antwortete Romy für sie. »Und ihr?« Eigentlich war es ja offensichtlich und die Frage somit überflüssig.

»Bei uns ist ein Knoten geplatzt«, schmunzelte Dr. Dubois. Er hatte sich erhoben, ein Sofakissen vor sein Gemächt gedrückt und stellte sich vor. »Isch bin Pierre.«

»Romy.« Sie lächelte amüsiert und begutachtete anerkennend seinen athletischen Oberkörper, während ihr die ganzen anzüglichen Spitznamen durch den Kopf schossen, die sie ihm - Monsieur Don Juan Casanova Charmebolzen Dubois - in den vergangenen Monaten verpasst hatten.

»Nett, dich wiederzusehen, Romy«, nuschelte die Hebamme unter ihrer Decke.

»Sch sch sch…«, schnaufte Klara. Mit den Worten »Soll ich euch noch ein pädagogisches Namensspiel zum gegenseitigen Kennenlernen beibringen oder könnt ihr mir jetzt endlich helfen?« mobilisierte sie endlich die anderen Anwesenden. Wut war anscheinend eine wichtige Zutat für die Produktion ganzer Sätze.

Dr. Dubois, also Pierre, eilte zu seiner Boxershorts und streifte sie sich über. Franziska schnappte sich ihren Bademantel und half Romy, die stöhnende Klara auf das Sofa zu bugsieren.

»Ich taste jetzt mal nach deinem Muttermund«, kündigte Franziska an, nachdem sie Klara aus ihrem nassen Slip befreit hatte.

Romy streichelte derweil Klaras Kopf und versuchte, ihr per Blickkontakt Mut zuzusprechen.

»Ähm Klara, wann ist deine Fruchtblase geplatzt und welche Farbe hatte das Fruchtwasser?«

»Es war klar.« Klara atmete brav weiter. »Vor einer Dreiviertelstunde ungefähr.«

»Was ist los?« Romy guckte Franziska ängstlich an.

»Klara, wir werden es nicht bis zum Krankenhaus schaffen.« Sie guckte kurz zu Pierre, dann wieder zu Klara und sagte mit fester Stimme: »Du kriegst dein Kind hier.« Dann verteilte sie die Aufgaben. »Romy, du bist ab jetzt für Klara da und tust alles, was sie will und was ich dir sage. Als erstes besorgst du ihr Wasser und einen Strohhalm, damit sie vernünftig im Liegen trinken kann. Pierre«, ein verliebter Ausdruck huschte über ihr Gesicht, »dich brauche ich gleich hier an meiner Seite.«

»Naturellement, Chérie«, flirtete er zurück.

»Ich dachte, dass Sie nur Ihre Patientinnen so zuckersüß einlullen«, presste Klara hervor.

»Ja, das stimmt. Und die Frauen, die darauf ste'en.« Er zwinkerte Franziska zu und kniete sich neben sie zwischen Klaras Beine. »Wir können uns auch gerne duzen. Isch 'eiße Pierre.«

Klara rang sich ein gequältes Lächeln ab. »Klara.«

»Wie weit ist denn der Geburtsfortschritt, Mademoiselle?«

»Der Muttermund ist vollständig, Dr. Dubois«, hauchte Franziska zurück.

Normalerweise hätte Klara sich über dieses Seifenopergetue der beiden Turteltauben aufgeregt, wurde aber von der nächsten Wehe abgelenkt. Sie prustete, keuchte und besann sich weiter auf das Atmen, so gut sie konnte.

»Du machst das super!«, motivierte Franziska sie.

»Trés bien, mon coeur!«, lobte auch Pierre sie. »Und du machst deinen Job auch ganz ausgezeichnet.« Er sah Franziska dabei tief in die Augen, während Klara gierig am Strohhalm sog.

Lieber dieses Gesülze als eine Geburt vor Bens laufender Kamera und unter Freds Anweisungen, dachte Klara. Sie stellte sich gerade vor, wie Fred so etwas rufen würde, wie »Können wir diese Wehe noch einmal drehen?« oder »Schrei doch bitte nicht direkt in die Kamera, Schätzchen«, als die nächste Wehe sie überrollte. Im Vorfeld hatte sie geplant, sich die Wellen des Meeres vorzustellen, wie sie erst stärker und dann immer schwächer über einen malerischen Sandstrand gespült werden. Oder wie eine rosafarbene Seerose auf einem tropischen Gewässer langsam ihre Blüte öffnet. Oder wie sie aktiv ein doppelflügeliges Tor weit aufmacht und auf ein sonniges Kornfeld schaut. Jetzt ging ihr jedoch nur eins durch den Kopf: »Ahhhhhh…ohhhhh...au au au au au...verdammter Mist!!«

»Verspürst du schon einen Pressdrang?«, wollte Franziska wissen.

»Nein.« Klara hatte das Gefühl, ihr bliebe die Luft weg. »Aber ich habe den Drang, meinem zehn Monate jüngeren Ich in den Arsch zu treten.«

»Okay, die Phase geht vorbei. Das verspreche ich dir.« Franziska kannte die Flüche von gebärenden Frauen nur zu gut.

»Willst du nicht lieber dem zehn Monate jüngeren Lorenz den Kopf abreißen?« Romy rieb sich ihre schmerzende Hand, die Klara gerade beinahe zerquetscht hätte.

»Das wäre noch zu nett im Vergleich hierzu.« Sie spürte schon wieder die nächste Wehe. »Es geht schon wieder los…«

»Ich dachte, es gäbe auch Verschnaufpausen«, sagte Romy mit fragendem Blick in Richtung der beiden Experten.

»Bei der einen Frau ist es so und bei der anderen anders. Dieser kleine Mann 'ier 'at es anscheinend sehr eilisch, seine wunderschöne Mama kennenzulernen. Oder was meinst du, femme fantastique?«, erklärte Pierre und wandte sich Franziska zu.

»Ja, eilig hat er es, aber wir sind noch nicht auf der Zielgeraden.« Franziska machte einen konzentrierten Eindruck.

»Waaas?!« Klara konnte es nicht fassen. »Das wird noch schlimmer?«

»Schlimmer würde ich nicht sagen. Du bist jetzt noch in der Übergangsphase. Am Ende werden die Schmerzen anders.«

Franziska wirkte sehr sachlich, während Klara langsam unsachlich wurde. »Scheiß was auf die Phasen. Ich will einen Kaiserschnitt!«, brüllte sie. In der Küche lag doch dieses ultrascharfe...

»Könnt ihr ihr denn nicht irgendwelche Schmerzmittel geben? Hier gibt's doch bestimmt Ibuprofen oder sowas.« Romy schien etwas überfordert mit der Situation.

»Chérie, glaubst du, dass man einen Dinosaurier mit einer Feder unter'm Fuß kitzeln kann?«

Romy sparte sich eine Antwort und tupfte Klaras Stirn mit einem feuchten Waschlappen ab, während die sich kurz von den Wehen erholen konnte.

Klara schloss die Augen und versuchte, sich zu entspannen und an ihr Knöpfchen zu denken. Vielleicht würde ihr die Vorfreude über die nächste Wehe... »Ahhhh....« Klara wurde schlecht vor Schmerzen. »Verdammt, verdammt, verdammt!!«

Franziska tastete auf ihrem Bauch herum. »Jetzt liegt sein Kopf schon ganz schön tief. Wenn du das Gefühl hast, dass du pressen musst, dann machst du das auch, verstanden?«

Klara nickte. Sie schwitzte und schnaufte und verfluchte das angebliche Wunder der natürlichen Geburt. Dass sie diese Schmerzen jemals vergessen würde, wie andere Frauen ja gerne behaupteten, hielt sie gerade für eine glatte Lüge.

»Du bist so sexy, wenn du arbeitest«, gurrte Pierre zwischen Klaras Knien.

»Merci beaucoup. Und ich liebe deine Komplimente, Dr. Dubois.« Sie wandte sich wieder Klara zu. »Halte durch! Du schaffst das! So bald der Kleine draußen ist, sind die Schmerzen vorbei. Versprochen!«

Endlich spürte sie den sagenumwobenen Pressdrang und hätte nie gedacht, was für eine Urgewalt in ihr schlummert. Sie holte tief Luft und schob mit Leibeskräften ihr Kind in Richtung Ausgang.

Romy hielt ihr die Hand, Franziska feuerte sie an und Pierre guckte fachmännisch zu.

»Genauso, Klara! Gleich hast du es geschafft!« Franziska war anzumerken, dass sie in ihrem Element war.

Die nächste Presswehe nahte und riss Klara mit. Noch nie hatte sie sich so übermannt, so ausgeliefert und gleichzeitig so stark und ursprünglich gefühlt.

»Du machst das großartig! Wenn du möchtest, kannst du jetzt seinen Kopf fühlen oder im Spiegel angucken.«

»Fühlen!«, entschied sich Klara knapp. Sie war nicht gerade darauf erpicht zu sehen, was sich zwischen ihren Beinen abspielte, die erste Berührung wollte sie sich aber nicht entgehen lassen. »Ohhh…!« In all den Ratgebern hatte sie gelesen, dass dieser Moment der Gebärenden einen gewaltigen Motivationsschub geben könnte und genau das empfand sie auch. Sein Köpfchen fühlte sich weich und flauschig an und sie konnte es jetzt kaum erwarten, ihn in voller Größe zu sehen, zu fühlen und zu riechen. Klara gab noch einmal alles, schob und presste, keuchte und schnaufte, mobilisierte alle Energien, die sie aufbringen und noch nie kennengelernt hatte - und brachte mit einem Flutsch ihren gesunden Sohn zur Welt.

Epilog

Mein lieber Julius,

du bist jetzt eine Woche alt und ich begehe die absolute Todsünde einer frischgebackenen Mutter: ich schlafe nicht, obwohl du gerade schläfst. Wobei in den Ratgebern ja einiges steht, was bei uns beiden nicht passt, zum Beispiel den Vater den Haushalt schmeißen oder ihn im Kreißsaal die Nabelschnur kappen zu lassen. Wie du vielleicht weißt, bist du im Wohnzimmer zur Welt gekommen und wurdest durch Romy von mir getrennt. Immerhin gehört das ehemals cremefarbene Sofa deinem Papa, das er bis dahin noch nicht abgeholt hatte - jetzt hat er immerhin auch bleibende Erinnerungen an deine Geburt.

Als ich dich zum ersten Mal gesehen und an mich gedrückt habe, fuhren meine Gefühle und Gedanken Achterbahn. Zum einen war ich total erleichtert, dass die Schmerzen tatsächlich komplett verschwunden waren und ich die Entbindung wirklich hinter mir hatte. Zum anderen ging mir auf, dass ich ab jetzt sofort für dich, dieses kleine, hilflose und verschmierte Bündel auf meiner Brust verantwortlich bin und du nicht mehr rundum versorgt wirst, wie in meinem Bauch. Das hat mir ganz schön viel Angst eingejagt. Außerdem habe ich darauf gewartet, dass mein Herz von Liebe überflutet wird, aber dafür war ich einfach zu kaputt. Unsere Liebe wächst von Tag zu Tag und ich würde dich nie wieder hergeben, auch wenn du der anstrengendste, anhänglichste und anspruchsvollste Mitbewohner bist, den ich jemals hatte. Ich empfinde das als gutes Zeichen. Niemals hätte ich geglaubt, dass ich jemanden vergöttern könnte, der mich mehrmals pro Nacht weckt, mich anspuckt, anpinkelt und mich von regelmäßigem Haarewaschen abhält. Und von meinen Lieblingsserien. Hast du ein Glück, dass du so niedlich bist.

Nachdem du dich auf mir zurechtgefunden und angefangen hattest, wie ein ausgehungertes Raubtierbaby an meiner Brust zu saugen, wurdest du von Franziska gewogen und vermessen und ich von Pierre verarztet. Romy lief zwischen uns hin und her und rief letztendlich beim Pizzataxi an, damit wir alle wieder zu Kräften kommen. Danach haben wir beide ausgiebig gekuschelt, während die anderen das Wohnzimmer gewischt haben. Jawohl, gewischt.

Romy war eine super Geburtshelferin, musste sich aber von den Eindrücken erstmal erholen. Ich gehe davon aus, dass ihr nicht so schnell der Sinn nach einer eigenen Geburt steht, auch wenn sie von dir absolut hingerissen ist. "Der hübscheste Mann, der jemals in dir war", scherzte sie anschließend. Ihre Witze waren schon mal besser, allerdings war sie auch noch nicht ganz auf dem Damm. Ha ha. Apropos: Dammnaht, Milcheinschuss, Schlafmangel und Baby Blues machen mir ganz schön zu schaffen. Früher habe ich mich über langzeitstillende Muttis lustig gemacht, deren Kinder noch im Kindergartenalter an der Brust hängen, aber heute ziehe ich meinen Hut vor jeder Frau, deren Brustwarzen nicht nach zweiwöchigem Stillen abgefallen und in einen lebenslangen Streik gezogen sind. Verglichen mit dem Stillen sind wir beide schon ein prima

Wickelteam. Du hast ganz schön viel Geduld mit mir und ich werde langsam geschickter. Am Anfang, als du noch das sogenannte Kindspech produziert hast, war das Abwischen gar nicht so einfach, aber der jetzige Milchstuhl geht wunderbar…sorry, ich verliere mich in Details deines Windelinhalts.

Deinem Papa habe ich ein Foto von uns beiden geschickt und geschrieben, dass du da bist und schon 'Can you feel the love tonight' singen kannst, sonst aber zum Glück keine Ähnlichkeit mit ihm hast. Das fand er zwar nicht witzig, machte sich aber trotzdem schnell auf den Weg zu uns. Er ist natürlich unglaublich stolz darauf, dein Papa zu sein und hat dich über alles lieb. Auch wenn wir kein Paar mehr sind, werden wir uns bemühen, ganz tolle Eltern für dich zu sein. Seine Beziehung zu Nathalie ist übrigens in die Brüche gegangen, aber nicht, weil ich ihr die Wahrheit über ihren Traummann erzählt habe, sondern weil Lorenz versehentlich die Elton John-CD mit der von Phil Collins verwechselt hat und sie sich von ihm jetzt nicht mehr ernst genommen fühlt. Übrigens leidet er seit Neustem unter undefinierbaren Schmerzen, die er wie Nadelstiche beschreibt…ups. Glaubst du an Voodoozauber? Ich eigentlich nicht…

Manchmal frage ich mich, wie die Beziehung von deinem Papa und mir verlaufen wäre, wenn ich nicht schwanger geworden wäre. Denn immerhin begründet er sein Auswärtsspiel, das übrigens dein Onkel Alexander während des Junggesellenabschieds eingefädelt hatte, mit meiner hormonell bedingten Launenhaftigkeit. Jedesmal komme ich zu der folgenden Überlegung: entweder hätten wir noch ein paar unglückliche Jahre miteinander verbracht und uns nach meiner gebärfähigen Zeit getrennt, so dass ich niemals in den Genuss einer Schwangerschaft gekommen wäre. Oder wir hätten uns ebenfalls am Tag von Florians Beerdigung getrennt und ich wäre irgendwann von jemand anderem schwanger geworden. Da beides deine Nichtexistenz bedeuten würde, bin ich froh, dass alles so ist, wie es ist. Vielleicht hat unsere Trennung auch mehr mit Florians Tod zu tun als mit dir, denn seitdem ist mir erst so richtig bewusst, dass das Leben tatsächlich keine Generalprobe für das echte Leben ist, das danach kommt. Von daher würde Waltrauds Einstellung, dass wirklich alles für irgendwas gut ist, sogar Florians Tod, zutreffen. So ergibt er wenigstens irgendeinen Sinn.

Ich hätte mich sehr gefreut, wenn du deinen Onkel Florian kennengelernt hättest. Er hätte dir bestimmt kleine Tricks beigebracht und mit dir Drachen steigen lassen, wenn er dazu gesund genug gewesen wäre. Während ich das schreibe, merke ich, wie sehr ich ihn vermisse und wie traurig ich bin. Die Zeit heilt angeblich alle Wunden, aber für eine Heilung ist noch nicht genug Zeit vergangen. Ich nehme mir vor, dir immer wieder Geschichten von ihm zu erzählen, damit du weißt, woher dein zweiter Vorname stammt. Übrigens hat er mir sein Auto - einen ziemlich neuen, riesigen Volvo - vererbt, damit ich dich sicher von A nach B kutschieren kann. Offenbar hatte er genauso wenig Vertrauen in meinen alten Polo wie dein Papa.

Oma Leonore und Opa Herbert sind ein paar Tage nach deiner Geburt von ihrer Wanderung zurückgekehrt und haben dich mit offenen Armen begrüßt. Die Trauer um deinen Onkel verschleiert zwar noch etwas ihre Freude über dich, aber gleichzeitig bist du für sie ein Lichtblick. Sie können es kaum erwarten, dass ihr Haus und Herz von deinem Kinderlachen erfüllt wird.

Deine Uroma Lilli ist ebenfalls eilig aus ihrem Rentnerdomizil zurückgekehrt, um dich willkommen zu heißen. Braungebrannt und mit Sonnenenergie aufgetankt ist sie hier reingeschneit, hat uns Kuchen von unserer hauseigenen Bäckerei geholt und ihre Lebensweisheiten versprüht. Leben und Tod liegen dicht beieinander, brachte sie es schlicht auf den Punkt. Das Geld, das sie sich erwettet hatte, hat sie übrigens nicht in ihrem Urlaub verbraten, wie ich angenommen hatte, sondern hat es für dich, ihr einziges Urenkelkind, angelegt. So hast du zumindest auch was davon, dass unsere Ehe keine Woche hielt.

Maja, die Frau von deinem verstorbenen Onkel, hat leider zu uns allen den Kontakt abgebrochen. Wir haben den Eindruck, dass sie sich selbst ein Stück weit die Schuld dafür gibt, dass sie Florians Leid nicht erkannt hat – so wie sich jeder von uns auch diese Vorwürfe macht. Uns zu sehen fällt ihr wohl einfach zu schwer.

Die Familie deines Vaters freut sich im Rahmen ihrer Möglichkeiten auch über deine Ankunft. Onkel Alexander hat in seiner typischen Art eine SMS geschickt: »Glückwunsch.« Oma Hildegard, die ich mittlerweile wirklich ins Herz geschlossen habe, hat dir ein Paar Püschchen gestrickt und mir stillfreundliches Essen zum Einfrieren gebracht. Bei ihrem letzten Besuch hat sie mir erzählt, dass Lorenz bezüglich ihren beglückenden Terminen bei Pierre, also bei Dr. Dubois, natürlich nicht dicht gehalten hat. Anstatt dass Opa Konrad ihr die Behandlung bei Pierre verbietet, hat er allerdings nur gesagt: 'Weniger Arbeit für mich.' Ich weiß nicht, ob ich seine Reaktion cool oder gleichgültig finde. Vermutlich von beidem etwas.

So, mein Knöpfchen, dies hier war der letzte Brief an dich. Wenn du alt genug bist, schenke ich sie dir. Oder ich lese sie an deinem sechzehnten Geburtstag vor all deinen Kumpels und vor deiner Herzdame laut vor, wenn du mir bis dahin zu sehr auf die Nerven gegangen bist.

Ich bin gespannt, welche Abenteuer wir beide zusammen erleben, wie dein Lachen klingt, wann du krabbeln, laufen und sprechen lernst, was dein erstes Wort sein wird und wofür du dich später interessieren wirst. Ich kann es kaum erwarten, für dich Seifenblasen zu machen, 'Backe, backe Kuchen' mit dir zu singen und dich fröhlich durch Pfützen hüpfen zu sehen. Wie es dir wohl gefällt, zum ersten Mal selber in die Hände klatschen zu können? In deine süßen kleinen Händchen... Schon nach der einen Woche, die wir uns erst face to face sozusagen kennen, kann ich mir ein Leben ohne dich nicht mehr vorstellen.

Es ist für mich kaum zu begreifen: ich bin Mutter geworden, mein Bruder ist tot und ich habe mich von deinem Vater getrennt. Mein Leben steht Kopf – und gleichzeitig empfinde ich eine größere Liebe als jemals zuvor.

Ich liebe dich, mein Knöpfchen, mein Herzblatt, mein Julius – für immer – deine Mama.

PS: Dass Stillen vor der nächsten Schwangerschaft schützt, glaube ich auch nicht – eine Dammnaht tut es aber ganz sicher. Und: Man kann sich nicht ansatzweise vorstellen, wie es ist, Kinder zu haben, bevor man kein eigenes hat. Wirklich.

PPS: Ich frage mich, was ich vor deiner Geburt mit der vielen freien Zeit angestellt habe?!

Danke

Meine lieben Testleserinnen Corinna, Bianca, Verena, Kathi, Edina, Maren, Friederike, Andrea, Dani, Karin, Ulli, Melanie, Christina, Christina und Christina! Vielen Dank für euer wertvolles Feedback, für das Teilen eurer Erfahrungen und für eure angebrachte Kritik. Euer Urteil war ausschlaggebend, ob dieser Roman in der Schublade oder im Buchhandel landet.

Liebe Mama (auch dir danke ich für's Lesen!), lieber Papa, liebe Rita! Danke, dass es euch gibt und ihr euch so gerne und liebevoll mit eurem Enkelsohn beschäftigt. Ihn in guten Händen zu wissen ist für uns das Wichtigste. Das Allerwichtigste.

Lieber Tobi, du Testleserin der ersten Stunde ;-) Ohne deine lustigen Ideen wäre Lorenz längst nicht so bescheuert geworden! Ich danke dir von ganzem Herzen für deine ehrliche Meinung, deinen technischen Support, deine Rückendeckung, deine aufbauenden Worte und für so vieles mehr. Deine Liebe und dein unerschütterlicher Glaube an mich beflügeln mich und geben mir immer wieder neuen Halt.

Lieber Titus, hättest du nicht so ein großes Nähebedürfnis gehabt, hätte ich während deiner Schlafenszeiten bestimmt geputzt. Stattdessen habe ich ein Buch nach dem anderen verschlungen und letztendlich dieses hier auf dem Handy getippt. Ich war so wahnsinnig gerne mit dir schwanger und genieße auch jetzt jeden Moment mit dir.

Julia Niewöhner im September 2017

PS: Alle Charaktere im Buch sind frei erfunden. Mein eigener Frauenarzt hat keinerlei Ähnlichkeiten mit Dr. Dubois und ich bin mir ganz sicher, dass er nichts mit meiner Hebamme am Laufen hat.

PPS: Möchtest du wissen, wie es mit Klara, Julius, Romy & Co. weitergeht? Dann trage dich im Internet unter www.julianiewoehner.de in meinen Newsletter ein und erfahre, wann der zweite Teil erscheint!

Und hier noch ein brandheißer Tipp
von meinem Mann für deinen Mann:
www.abenteuermannsein.de

Mein herzlicher Dank für das Sponsoring des Covers geht an:

Sixt-Agentur Bielefeld-Sennestadt
Betrieben von Helmut Siefert
Paderborner Straße 327
33689 Bielefeld

Tel.:   +49 (0)5205 950 764
Fax: +49 (0)5205 950 744
E-Mail: dt3448@sixt.com